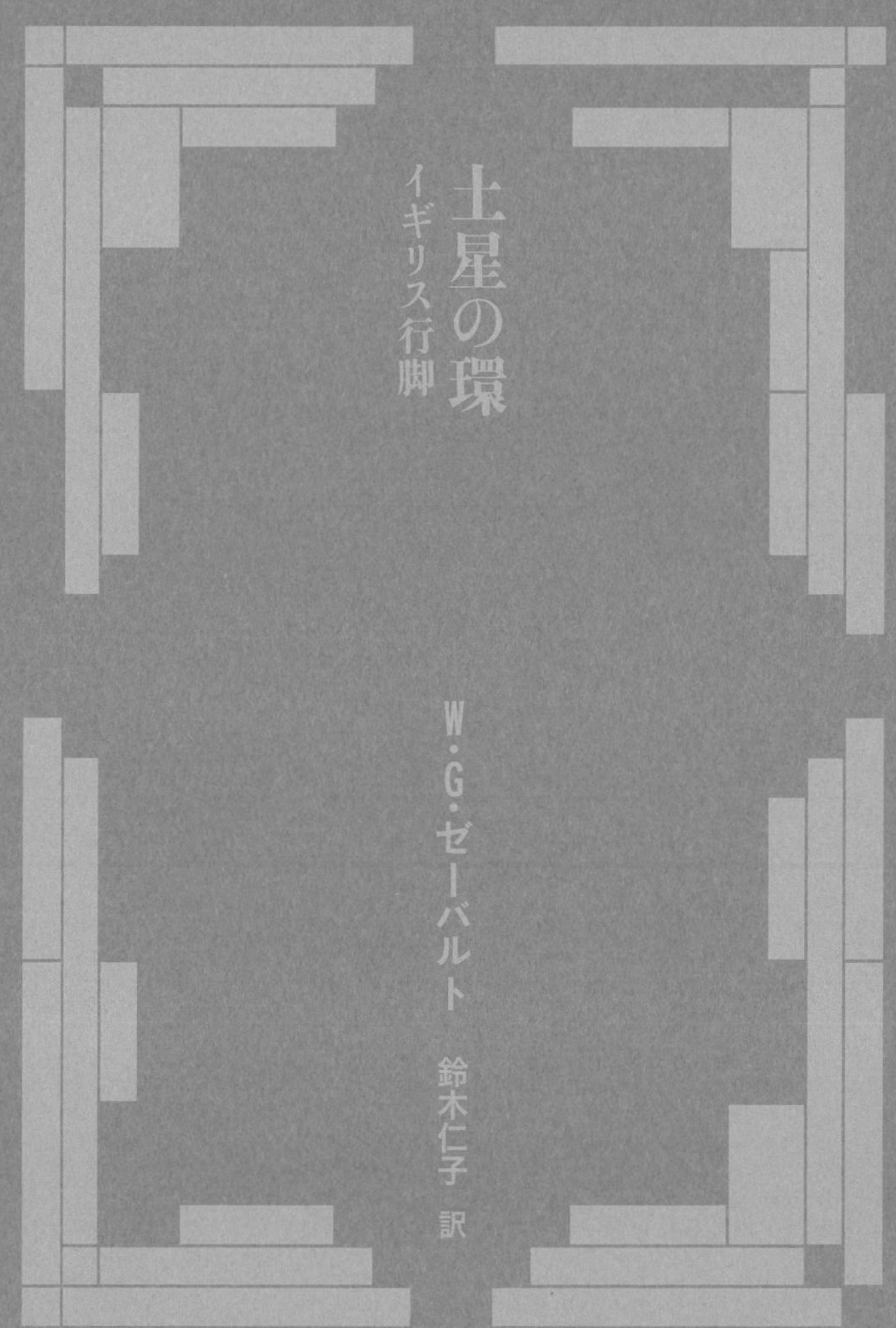

土星の環

イギリス行脚

W・G・ゼーバルト

鈴木仁子 訳

白水社

土星の環

イギリス行脚

この世の野原でわれわれになじみの善悪は、ほとんど一体となって生い育つ。

ジョン・ミルトン『失楽園』

みずから選んで行脚の旅をし、海浜を行き、戦いの恐怖や打ち負かされた者の深い絶望をわからぬままに打ち眺める不幸な魂を、くれぐれも咎めないでおかねばなりません。

コンラッド（マルグリット・ポルドフスカ宛書簡）

土星の環は、土星のまわりの赤道面を円形軌道を描いて公転する氷の結晶や隕石と思われる細かい塵状の粒子からできている。これらは惑星に近づきすぎたために惑星の潮汐力によって破壊された衛星の破片である可能性が高い（→ロシュ限界）。

『ブロックハウス百科事典』

土星の環　イギリス行脚　目次

1

一九九二年八月、シリウスの日々（夏の盛り）が終わりに近づこうというころ、私は大きな仕事をひとつやり終えた後に身内にひろがってくる空虚をなんとか逃れられはしまいかという思いから、イースト・アングリアのサフォーク州を徒歩でいく旅に出た。この望みはたしかにあるところまではかなえられた。海辺から内陸にひろがる、ときには人家のほとんどない地域を何時間、何日と逍遙したその当時ほど、束縛から解き放たれた感覚を味わったことは稀だったからである。だがいまもう一方で思われるのは、ある種の心と身体の病はシリウスの徴のもとで人に取り憑きやすい、という昔ながらの迷信が、まんざら当たっていなくもないのではないか、ということであった。いずれにせよそれからの一時、私の心はあの素晴らしい自在の記憶とともに、痺れるような恐怖感——それはこれほど鄙びた地方にすら残されている、はるかな過去に遡る破壊の痕跡を目の当たりにしたおりおりに襲ってきた恐怖感だった——に、ふたつながら占められていたのだった。おそらくはそれゆえだったろう、旅のはじまりからきっかり一年後のある日、私はほとんど身動きできない状態で、ノーフォーク州都ノリッジの病院に担ぎ込まれたのである。以下の頁を少なくとも思考のなかにおいて書きはじめたのは、この病院においてであった。いまもはっきりと憶えているが、入院まもなく、病院の九階の部屋にあって、前年の夏サフォークを歩き回ったときの広漠がこれを限りと縮みしぼんでいって、いまやたったひとつの眼も耳もきかない一点になってしまった、という思いに私は打ちのめされた。現にベッドから見える世界といっては、窓枠に切り取られた色のない一片の空のほかはなにひとつとしてなかった。

永遠に消え去ってしまったように思われる現実を、このへんてこにも黒い網目の掛かっている病室の窓からひとめ垣間見て確かにしたい、というその日幾度となく胸に湧き上がってきた欲望は、日が暮れかかるにしたがってますますふくらみ、私はとうとうなかば腹ばいになり、なかば横ざまになりながら、やっとのことでベッドの端から床に滑り落ちると、這いずりながら壁ぎわまでたどり着き、苦痛に耐えて体を起こして、からくも窓敷居につかまって立ったのだった。平らな地面からはじめて身を起こした生き物もかくやというぎこちなさで窓ガラスに寄りかかると、おぼえずある場面が甦った。あわれなグレゴール・ザムザが、震える小さな肢でひじ掛け椅子によじ登って、自室から外をのぞくあの場面である。かつて窓の外を眺めては味わっていた解放感——とカフカにはある——を薄ぼんやりと思い出しな

がらも、グレゴールの濁った眼は、家族とともに長年暮らしてきた静かなシャルロッテ通りがそれとわからず、灰色の荒野のように映ったのだが、おなじく私の眼にもまた、病院の表庭からはるかな地平線まで続いている馴染みの町は、まったく見ず知らずのものに思われた。入り組んだ建物の下にまだ生きて動いているものがあろうとはどうしても思えず、断崖の上から岩だらけの海か、瓦礫が原でものぞき込んでいて、そこから突き出している駐車場ビルのまっ黒な塊は、さながら巨大な棄て子石でもあるかのごときだった。暮れかけの薄い光のなかでは近くに道行く人の姿も見えず、ただ車の進入口の前のうら寂しい芝生を横切って、夜勤に向かうひとりの女性看護師の姿だけがあった。救急車の青い灯が、いくつもの角を緩慢に曲がりながら、中心街から救急センターに向かって動いていく。サイレンの音は耳に届いてこない。私は高みにあって、ほぼ完璧な、いわば人工の無音に包まれているのだった。ただ内陸から渡ってきた風が窓に叩きつける音だけが聞こえていて、その音はときおりふと止むことがあっても、耳の中のざわめきとなって、いつまでも消えやらずにいた。

書きとめておいたものを纏めはじめたいま、病院を出てからはやくも一年以上が経ったが、どうしても思いが行くのは、私が九階から夕闇に没していく町を見下ろしていたあのとき、マイケル・パーキンソンはポーターズフィールド・ロードの細長い家でまだ存命であって、たぶんいつものようにゼミの準備をしていたか、長年携わってきたシャルル・ラミュの研究にいそしんでいただろう、ということである。マイケルは四十代の終わり、独り身で、思うに私の会ったうちでもっとも邪気のない人のひとりだった。私利私欲ほどマイケルから遠いものはなく、昨今の状況からとみに難しさを増すばかりの義務を果たそうと、彼ほど気を揉んだ人はいなかった。だがなによりも際だっていたのは、ときに人から常軌を逸していると言われるほどの慎ましさだった。たいていの人が生きるためには物を買いつづけずにはいられない時代にあって、マイケルはおよそ買い物というものをしなかった。知り合ってからこっち、年がら年じゅう濃紺の上衣か錆色の上衣をかわるがわるに着ていて、袖が擦り切れたり肘が抜けたりすれば自分で針と糸を取り、革でつぎを当てていた。シャツの襟を裏返して仕立て直しているという噂すらあった。夏休みにはきまってラミュ研究の繋がりからスイスのヴァレー州やヴォー州を長いこと徒歩で旅し、ときにはジュラ山地やセヴェンヌ山地を歩くこともあった。そうした旅から戻ってきたとき、あるいは研究に打ち込むその真摯な姿勢に私が胸を衝かれるとき、私はたびたびこの人はこの人なりに、現代では想像もつかないような慎ましやかな形で幸せを見つけているのではないか、と思ったものだった。ところが先の五月、降って湧いたように知らせが入ったのである。何日も姿を見せなかったと思ったら、自宅のベッドで死んでいるのが見つかった、横をむいて寝たままですでに硬直していて、顔はへんに赤っぽくまだらになっていた、と。原因不明の死を遂げた（ヒー・ハド・ダイド・オブ・アンノウンコーズイズ）、と検視は結論を出したが、私はそこに自分でこう付け加えた、夜深けの暗がりの中（インザダーク・アンドディープアワーズ・オブザナイト）で、と。予想だにしていなかったマイケル・パーキンソンの死の衝撃が私たちのだれよりもこたえたのは、おそらくはおなじ独り身のロマンス語学科講師、ジャニーン・ロザリンド・デイキンズだっただろう。たぶんこう言ってもいい、彼女は子ども同士のような友情で結ばれていたマイケルを喪った痛手からどうしても立ち直れず、彼の死から数週間後、こんどは自分が病気に取り憑かれて、またたくまに身を滅ぼしてしまったのだ、と。病院のすぐ近所の狭い裏通りに住んでいたジャニーン・デイキンズは、マイケル同様にオックスフォードで学び、十九世紀フランス文学を専攻して、やがて一種の私的な学問を展開するようになったが、それはインテリにありがちな虚栄の微塵もない、自明なものとはまったく逆の模糊とした細部から出発する性質のものだった。とりわけ彼女が評価してやまないギュスターヴ・フロベールについては、何千頁ものその書簡集からおりにふれて長々と文章を引用してみせ、そのたびに私を瞠目させた。ちなみに自分の考えを話しながらときにこちらが心配になるほどの興奮にたびたび陥ったジャニーンが、ことのほか個人的な関心を込めて探究していたのが、書くことに対するフロベールの懐疑についてだった。ジャニーンの言うには、フロベールは嘘偽りを書いてしまうのではないかという恐怖に取り憑かれ、そのあまり何週間も何か月もソファーに座ったまま動かず、自分はもう一言半句も紙に書きつけることはできない、書けばとてつもなくみずからを辱めることになってしまう、と恐れていたという。そんな気持ちに駆られたときには、とジャニーンは語った、フロベールはこの先将来、自分はいっさい執筆などすまいと思ったどころか、過去に自分が書いたものはどれもこれも、およそ許しがたい、測り知れない影響をおよぼすだろう誤謬と嘘がたてつづけに並んでいるだけのものだ、とかたく思い込んでいた。ジャニーンの言うには、フロベールがこのような懐疑を抱いたのは、この世に愚鈍がますます蔓延していくのを目にしたからであり、そしてその愚かさがすでに自分の頭をも冒しつつあると信じていたからだった。砂の中にずぶずぶと沈んでいくような気がする、とフロベールはあるとき語ったという。だからこそフロベールの作品全体にわたって、砂にあれほどの意味が込められているのだろう、というのがジャニーンの意見だった。砂はすべてを征服する。フロベールの夢には、昼となく夜となく、くり返し巨大な砂塵の雲がただよっていた、とジャニーンは語った。砂塵の雲はアフリカ大陸の乾いた平原から渦を巻いて立ち起こり、北へ向かって、地中海からイベリア半島の上を通り、やがて火災で巻き上がった灰のようにテュイルリー庭園に、ルーアンの郊外に、あるいはノルマンジーの田舎町に降り下りて、どんな小さな隙間の中にも入り込んでいった。エマ・ボヴァリーの冬のガウンの裾にはさまった一粒の砂に、フロベールはサハラ砂漠全体を見ていたのだ、塵の粒のひとつひとつが、フロベールにとってはアトラス山脈とおなじ重みをもっていた、とジャニーンは話した。ジャニーンとは一日の仕事が終わるころ、彼女の研究室でフロベールの世界観についてしばしば語り合ったものだった。講義のメモや手紙、千差万別の書き物が部屋じゅうあふれんばかりにあって、あたかも紙の洪水のまっただ中にいるかのような印象の部屋だった。驚くべき紙の増殖のもともとの出発点にして集積点である書き物机の上には、積年のうちに山も谷もある、紙による紛れもない立体の風景図ができ上っていた。それは海に達した氷河さながらに机の端のところでぷっつり途切れ、こんどはあたりの床の上であらたな堆積物を造りなしていて、それがまた知らぬ間にじわじわと部屋のまん中にむかって移動していっていた。すでに何年も前から、ジャニーンは膨張しつづける紙塊のために、ひとつの机から別の机へと退避を余儀なくされていた。続いておなじような堆積過程を経ていったそれらの机は、いうなればジャニーンの紙宇宙の進化における、後世の諸々の時代を表していた。床の絨毯も、とっくの昔に幾層にも重なり合った紙の下に姿を消していた。いや、紙はこんどは床からはじまって、ある高さまでいくとまた低くなることをくり返しつつ、やがて壁を這い登りはじめ、ついにはドアのてっぺんまで達していて、一端をホッチキスで留めただけの、あるいは仮綴じのしてある分厚い覚書や資料が、びっしりと壁を埋めつくしていた。棚の書物の上にも、置けるかぎりはいたるところに紙束が積まれていて、夕暮れどきにそれらの紙がいっせいに消えかかった残照を集め、するとまるでそこが――とあるとき思ったことがある――はるかな昔、漆黒の夜空の下にひろがっていた雪野原のようなのだった。ジャニーンの最後の仕事場になったのは、研究室のおおむね中央まで動かされたひじ掛け椅子の上だった。いつも開けっ放されている扉の前を通りかかると、きまってその椅子に腰を掛けているのが見えて、背中を丸くして膝に載せた紙になにかカリカリと書きつけているか、背もたれに体を預けて、ぼんやり考えに耽っているかしていた。なにかのおりに彼女にむかって、そうやって紙に囲まれて座っているところは、破壊の道具に囲まれながらじっと動ぜずにいる、あのデューラーの《メランコリア》の天使に似ていますね、と言ったことがあるのだが、すると彼女は、ここの物は見た目には乱雑だけれども、ほんとうは完璧に秩序だっているんです、いや、完璧さにむかって進んでいくある秩序を表しているんです、と答えた。事実、紙であれ本であれ、あるいは頭の中であれ、彼女は探しているものをたいていその場でぴたりと取り出すことができた。私が退院後しばらくしてトマス・ブラウンの調査をはじめたとき、オックスフォード協会で知り合った人だといって外科医のアントニー・バティ・ショーの名前をあげてくれたのも、またジャニーンだった。トマス・ブラウンは十七世紀にノリッジで開業していた医師で、およそ他に比肩しうるもののない一連の書き物を遺した人である。そのころ私は一九一一年版の『ブリタニカ百科事典』にあたっていて、ブラウンの頭蓋骨がノーフォーク&ノリッジ病院の付属博物館に保存されている、との記述に出遇っていた。その書きぶりはいかにも明快であったが、当の頭蓋骨を一目見ようといざ先まで自分が入院していた病院で探してみると、成果はいっかなあがらなかった。現在病院を管理している紳士淑女のスタッフは、だれひとり、そんな博物館の存在など見たことも聞いたこともなかったのである。人々は一風変わった要件を持ち出した私をぽかんとした顔で見つめ、なかの何人かには、厄介なことを言い出す変なやつだとすら思われたらしかった。とはいえ、かつて社会全般にわたって公衆衛生の改革が進んだ時代に、いわゆる市民病院というものがつぎつぎと設立され、その多くに博物館、というかより正確には戦慄の陳列室といったものが設置されたのは周知の事実であって、そこにはガラス壜に入ったホルマリン漬けの早産や奇形の胎児、水頭、肥大した器官といった種々の標本が医学的な実例として展示され、ときには一般公開もされていたのである。問題は、それらが一体どこへ行ってしまったかだった。先年火事で焼失してしまったが、市の中央図書館の郷土史課に問い合わせてみたときも、ノリッジの病院についても、ブラウンの頭蓋骨についても、さっぱり情報は得られなかった。ようやく消息が知れたのが、ジャニーンの紹介で連絡をつけることができたアントニー・バティ・ショーを通じてだったのである。トマス・ブラウンは、――とバティ・ショーは、私に送ってくれた『医学伝記研究』誌に載ったばかりの論文に書いていた――一六八二年、七十七歳の誕生日に亡くなったあとノリッジのセントピーター・マンクロフト教区教会に葬られ、長年そこに遺骸が安置されていた。ところが一八四〇年に内陣のすぐ近くで別の埋葬の準備をしたさいに棺が傷つけられ、中のものが一部露出してしまった。この出来事の結果、ブラウンの頭蓋骨と遺髪は医師で教区の議会議員をしていたラボックなる人物の所蔵になり、そしてその人物がのこした遺言によって、のちに病院付属の博物館に贈られたのである。こうして頭蓋骨と遺髪は、ほかの

ありとあらゆる解剖学上の奇異な物ともども、特別製のガラスの覆いの下で一九二一年まで展示されていた。というのも一九二一年、ブラウンの頭蓋骨を返還してほしいというセントピーター・マンクロフト教区教会の再三の要求がようやく認められたかたちで、最初の埋葬からほぼ二百五十年を経てのちに、二度目の埋葬がいとも荘厳に執りおこなわれたのである。奇しくもブラウン自身が、あの名高い、なかば考古学的にしてなかば形而上学的な論考『壺葬（こそう）論』において、おのれの頭蓋骨がたどった迷走の旅についてもっとも相応しいコメントを残している――墓からほじくり出されるのは、じつに悲劇的な厭なものである、と。だが、と

ブラウンは付け足している。自分の遺骨の運命を知る者がどこにいよう、いくたび埋葬されることになるかを、だれ知るものがいよう。

トマス・ブラウンは、一六〇五年十月十九日、ロンドンで絹商人の息子として生を享けた。幼年時代のことはあまり知られておらず、また生涯についての記述を見ても、オックスフォードで修士号を取ったあとどんな種類の医学的教育を受けたのかははっきりしていない。確かにわかっているのは、二十五歳から二十八歳まで医学の分野で当時群を抜いていたモンペリエ、パドヴァ、ウィーンのアカデミーで学び、最後にオランダのライデンで医学博士の称号を得てすぐにイングランドに帰国した、ということだけである。オランダ滞在のさい、つまりブラウンが人体の神秘にますます深くのめり込んでいたころ、一六三二年一月にアムステルダムの計量所会館において、公開の人体解剖がおこなわれた。解剖に付されたのはアドリアーン・アドリアーンスツォーン、通称アリス・キント、窃盗の罪により数時間前に首をくくられた町のちんぴらの死体だった。確証はどこにもないが、ブラウンがこの公開解剖のことを聞きつけ、レンブラントによって外科医ギルド（同業組合）の肖像画として描かれることになる話題騒然の出来事に立ち会ったことは大いにあり得る。なにしろ毎冬、厳寒の時期に開かれるニコラース・テュルプ博士の解剖学講義は、医学を学ぶ者にとっては大きな関心の的だったし、それ以上にこの講義は当時の、暗闇を抜けて光へと踏み出した（と自己理解していた）社会にとって、時代を画するべき重要な出来事だったからだ。金を払って入場した上流階級の人々が観客としておおぜい見守るなかでおこなわれた見せ物の眼目が、ひとつには新しい科学の怖じ気を知らない探究精神を証し立てることであったことに疑問の余地はない。だがもうひとつ、当時の人々はけっして認めなかっただろうが、これは、人間の肉体を切り刻む太古の儀式でもあった。すなわち死してなお犯罪人の肉を陵辱するという、当時もなおおこなわれていた刑罰の一環だったのである。アムステルダムの解剖学講義が人体の内部器官のさらなる究明だけに終始するものでなかったことは、レンブラントの絵から読み取れる死体解剖の儀式的な性格からもあきらかである——外科医たちは盛装し、テュルプ博士は帽子すらかぶっているのだ。しかも、実演の終了後には盛大な、ある意味で象徴的な宴会が催されもしたのだった。今日マウリッツハイス美術館の横二メートル、縦一・五メートルはゆうにあるレンブラントの解剖学講義の絵画の前に立つ者は、そのむかし計量所において解剖のなりゆきを追った人々とおなじ立ち位置にいるのであり、彼らが見たものをいま自分も見ていると信じている。前景に横たわっている緑がかったアリス・キントの肉体、その折れた頸、死後硬直して不気味なほど弓なりに突き出された胸。しかしながら、人々が見ていたのがはたして本当にこの肉体だったかどうかは疑わしい。なんとなれば、当時揺籃期にあった解剖学は、なにはさておき罪人の肉体を不可視にする術であったからだ。テュルプ博士の同僚たちの視線が、キントの肉体そのものでなく、きわどいところで傍をかすめて、そのむこうのページを開いた解剖学図鑑に注がれていることは特筆に値する。おぞましい肉体性は、この書物の中の一枚の図解（ダイアグラム）に、人間の概略図に還元されているのだ。それは一月のこの朝、やはり計量所に居合わせていたとされる熱狂的な素人解剖学者、ルネ・デカルトの脳裡に浮かんでいたその概略図とおなじ種類のものであった。周知のようにデカルトは、主体が世界を屈服させる歴史の重要な一章をなすその考察において、つぎのように説いている。われわれの理解の外にある肉体は無視せよ、かわりにわれわれの内

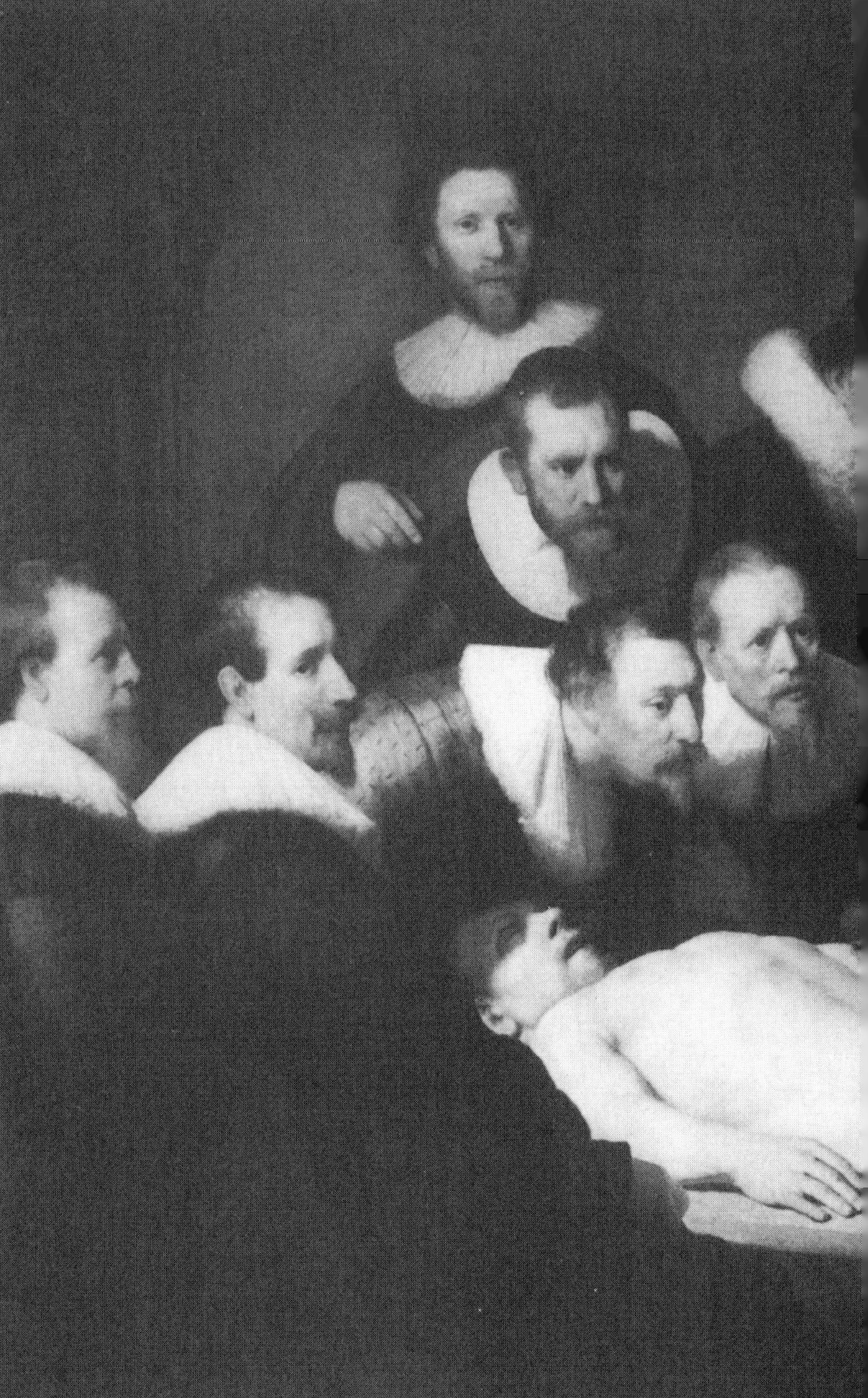

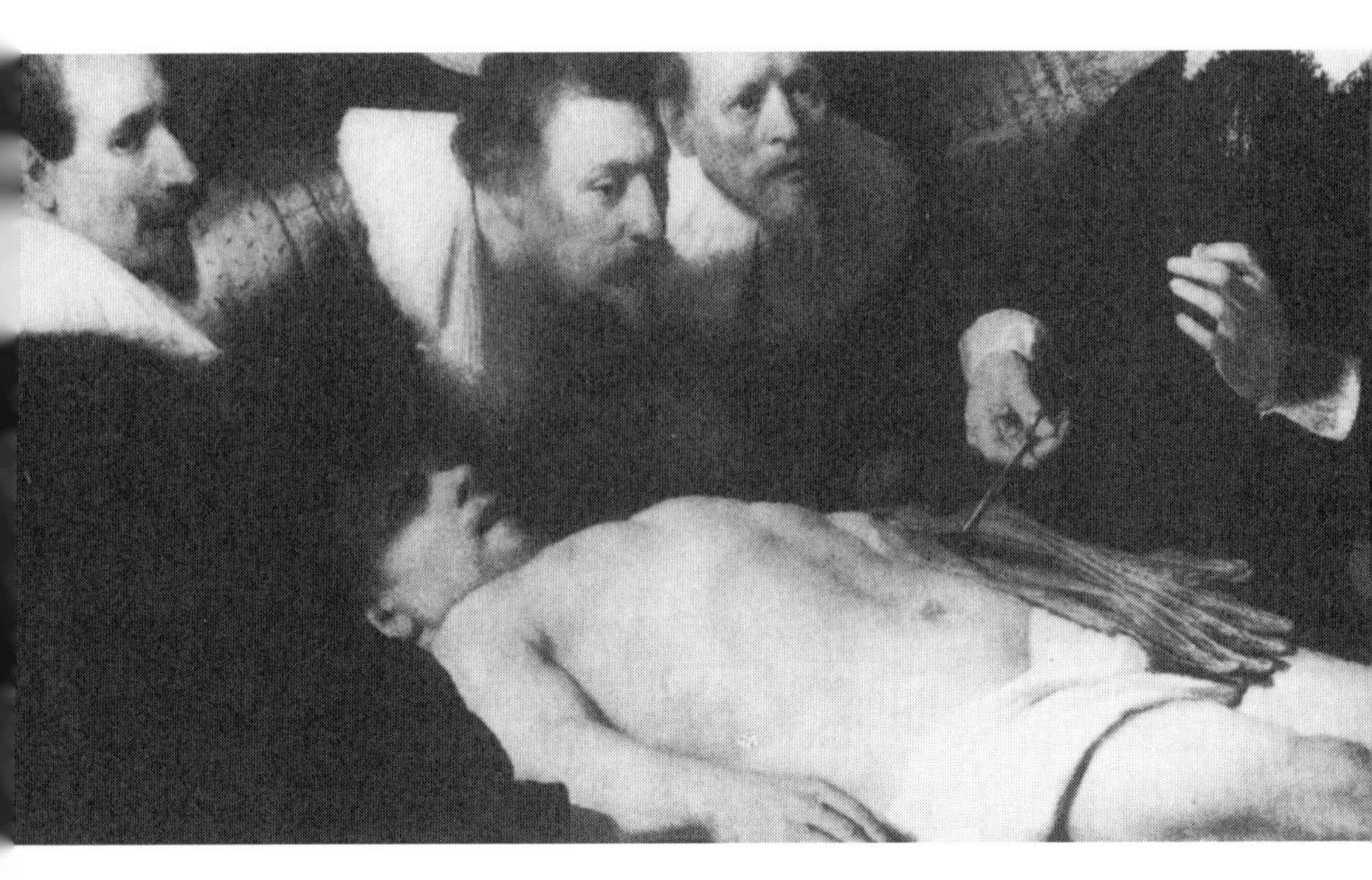

部に備わっている機械に着目せよ、機械であればわれわれは完璧に理解でき、すみずみまで仕事に活用でき、支障があった場合には修理するか廃棄してしまうことができるのだから、と。見るために公開されている肉体が奇妙にも締め出しを食らっている、というこの事態は、レンブラントの絵画で褒めそやされる迫真性が、よくよく眺めてみればじつは見かけだけに過ぎない、ということとも軌を一にしている。というのも慣例に反して、この解剖は腹部を開いて腐敗しやすい内臓を取り出すことからではなく、罪を犯した手を切開する――それがまた刑罰の遂行を表しているとも言えるのではないか――ことから始まっているのだ。しかもこの手がいったいに妙なのである。鑑賞者に近い方の手と較べるとグロテスクなほど釣り合いがとれていないし、のみならず解剖学的に言ってまったくあべこべなのだ。むき出しになった腱は、親指の位置からして左手の掌（てのひら）の腱で

あるはずだが、実際は右手の甲のそれなのである。つまりはまったく教科書的な、あきらかに解剖学図鑑からそのまま借用して写しただけのものなのだ。このために他の点では言うなれば本物そっくりに描かれた絵画は、切開がおこなわれた場所、すなわちまさにその意味の中心において、とほうもない虚偽の作品に反転することになる。レンブラントがここでうっかり誤りをおかしてしまったとは考えにくい。むしろ、これは意図的に構成を破綻させているのではないか。形の歪んだその手は、アリス・キントに加えられた暴力の証左なのだ。絵画を依頼した医師のギルドではなく、画家はアリス・キントに、犠牲者に、わが身を重ねている。ただ画家のみが、硬直したデカルト的眼差しを持たず、ただ画家のみが、キントに、消し去られた緑がかった肉体に目を留め、この死者の半開きになった口の翳や、眼の上の翳を見つめているのだ。

私が想定するようにもしもトマス・ブラウンが本当にアムステルダムの解剖劇に観客として居合わせていたなら、どんな眼でこの解剖のプロセスを追い、なにを見たのか、この点についての手がかりはまったくない。ひょっとするとそれは、白い靄だったのかもしれない。一六七四年十一月二十七日にイングランドとオランダの広域を覆った霧について記した後年の覚え書きに、死後ただちに切開した肉体の体腔からは白い靄が立ち昇る、とあり、さらにつづけて、この靄は人が生きているうちは、眠って夢を見ているとき脳の中に立ち込めている、と書いている。私自身はっきりと憶えているが、夜遅い手術を受けて九階の病室にふたたび横たわったとき、意識にそのような靄のとばりが降りているのを感じていた。鎮痛剤がすばらしく効いて体中を経めぐり、その影響で、鉄のベッドに横たわりながらも、気球乗りになって、湧き上がる雲の峰々のあいまをふわりふわりと重さを失って漂っているようだった。波打つ雲海にときおり切れ目ができると、そのむこうに藍色の漠とした広がりが見え、底を見下ろすと、大地があるはずのところに迷路が黒く、縺(もつ)れあって広がっていた。だが頭上の穹蓋には星々が、荒寥のなかに小さな金色(こんじき)の点々を散りばめていた。虚空にどよもすような音が響きわたるなかで、ふたりの看護師の声が耳に届いてきた。脈を測り、ときおり棒の先に付いた小さなピンク色の綿で口を湿らせてくれるのだが、それが子どものころ、歳の市でよく買ったトルコ蜜飴(ヌガー)の四角い棒付きキャンディを脳裡に甦らせた。私の周りをふわふわと漂っているものは、キャシーとリジーという名をしていた。彼女たちに護られていたこの夜ほど幸せだったことは稀ではなかったかと思う。ふたりがしゃべり合っている日常的なことがらはひと言もわからなかった。聞こえていたのは、強まったり弱まったりする声の抑揚だけだった。鳥の喉から出るさえずりのような自然の音、鈴の鳴るごとき、フルートの音色のごとき完璧な音。それはなかば天使の楽音であり、なかば妖女(セイレーン)の歌声だった。ただキャシーがリジーに言い、リジーがキャシーに言ったことのなかで、まことに妙な一節だけが脳裡に残っている。マルタ島での休暇の話だったと思う。キャシーだかリジーだかが言っていたのだ、マルタの人は信じられないくらい死ぬのをなんとも思っていなくて、左側通行とか右側通行とかでなく、いつも蔭になっている側の道を走るのだ、と。空が白みはじめて夜勤の看護師が交代したころ、ようやく自分がどこにいるかに思い至った。体の感覚が戻ってきて、麻痺した脚を、背中の痛む部分を感じはじめ、廊下からカチャカチャと皿が鳴って病院の一日がはじまりを告げる音が耳に届き、曙光が高みを明るくすると、窓に切り取られた一片の空を、飛行機雲がまっすぐ横切っていくのが眼に入った。

その白い痕跡を当時は吉兆と感じたのだが、いま顧みれば、あれは爾来、私の人生に入った亀裂のはじまりではなかったかと思う。軌跡の先端にある飛行機の姿も、その中にいる乗客の姿も、眼には見えなかった。人を動かすものが見えも摑めもしないということは、この世をただ別の世の影とのみ見たトマス・ブラウンにとっても、畢竟、測りがたい神秘であった。それゆえにブラウンは思索し書きつづけながら、たえずこの地上の存在を、身近の事物から宇宙の圏域にいたるまで、外に立つ者（アウトサイダー）の、いやこう言ってもよいなら、創造主の眼差しで見つめようとした。そしてブラウンにとってその企てに必要な崇高な高みにとどくための唯一の手だてが、危うさととなり合わせた、ほかならぬことばの飛翔だったのである。十七世紀イギリスの諸作家におなじく、ブラウンもまた浩瀚な学識を身に帯び、膨大な引用の宝と先達のあらゆる権威の名前を頭におさめ、とどまるところを知らない隠喩と類比を駆使して、迷宮のごとき、ときとして一頁にも二頁にもわたる文の形象を構築していったのであり、そのすこぶる壮麗なさまは、祭事か葬送の行列にも比せられるものであった。むろんなによりもこの荷重があまりにも莫大だったがゆえにブラウンはいつでも離陸できたわけではなかったが、だがときにそれが首尾よくいって、ブラウンがおのれの積荷もろとも螺旋を描きつついや高く上昇する散文に乗り、あたかも暖気流に乗ったグライダーのごとく宙に馳せ昇っていくときには、現代の読者ですら、空を浮遊する感覚に身を涵されるのだ。距離が大きくなればなるほど、視界はくっきりとしてくる。もっとも微小な細部が、これ以上ないほど克明につぶさに見える。望遠鏡を逆さまにしたものと顕微鏡とをいっしょに見るようなものだろうか。だが、とブラウンは言うのだ、あらゆる認識は見通しのきかぬ闇に囲まれているのだ、と。われわれの知覚するものは、無知の

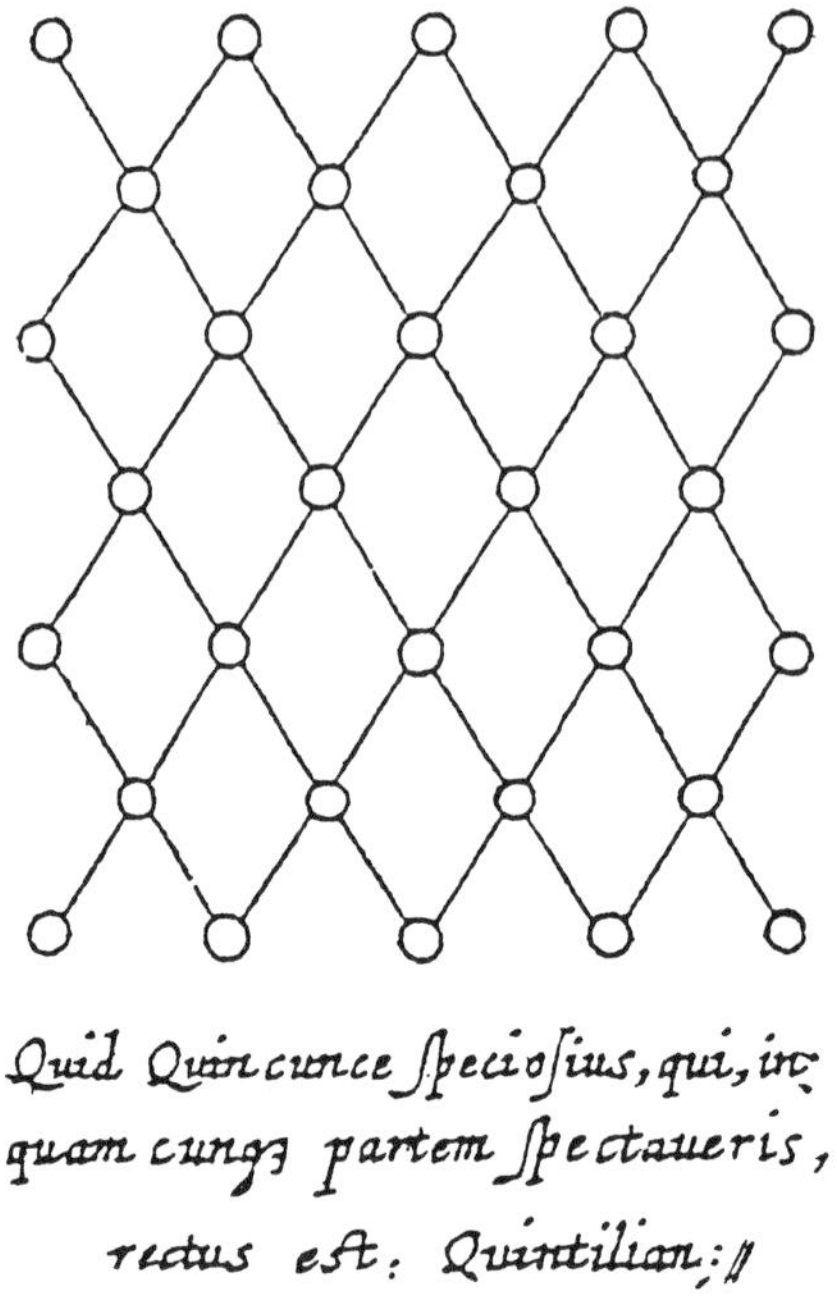

Quid Quincunce ſpecioſius, qui, in quam cunq; partem ſpectaueris, rectus eſt: Quintilian:

深淵のなか、濃い影を蓄えた世界という殿堂にまばらに灯った明かりにすぎない。われわれは事物の秩序をさぐるが、だがその内奥の本質を捉まえることはできない、とブラウンは言う。したがってわれわれの哲学は、ごくつつましい文字で書くべきなのだ。うつろいやすい自然の略字体や速記文字である形姿を用いてしか、書くことをゆるされていないのだ。それらさまざまな形姿のなかにのみ、永遠はかすかに映っているのである。この心がけに忠実に、ブラウンは数かぎりないと見える形の多様性のなかにときおり反復される一定のパターンを記録している。たとえば論考『キュロスの庭園』において描かれるのは、正四辺形の四つの頂点とその対角線の交点とを結んで得られるいわゆる五点形（クインカンクス）だ。生物と無生物を問わず、この構造をブラウンはいたるところに見い出した。ある種の結晶体に、海星（ひとで）や海胆（うに）に、哺乳動物の椎骨に、鳥や魚の脊柱に、さまざまな蛇の皮膚に、四つ足動物の互い違いになった足跡に、芋虫や蝶や蚕蛾（かいこが）や蛾の体形に、水生羊歯の根に、向日葵や傘松の種の外殻に、楢の木の若枝の内部に、トクサの茎に。さらに人間の造った物においても、エジプトのピラミッドやアウグストゥス帝の霊廟に、規矩術に則って柘榴（ざくろ）の木と白百合が整然と植えられていたソロモン王の庭園に。その例は枚挙にいとまがない、とブラウンは言う。自然がいかばかり優雅な手つきで幾何学模様を描いているかは、数かぎりなく例証することができる、と。とはいえ――とブラウンはいかにも麗しい言い回しで論考を締めくくるのだ――天の五点形たるヒュアデスの星々もすでに地平線の下に沈みかけており、ここらで知の五つの門を閉じる頃合い（ソウイトイズタイム・トゥクロウズ・ザファイヴポーツオブノリッジ）であろう。目ざめているあいだに紡ぐ思いを眠りの幻のなかにまで紡ぎ込む（ウイア・アンウイリング・トゥスピンアウト・アワソーツ・イントゥザ・ファンタズムズ・オブ・スリープ）のは控えよう。蜘蛛の巣から太索を作り、小綺麗な木立を荒野に仕立て上げる（メイキングケイブルズ・オブカブウエブズ・アンドウイルダネス・オブハンサムグロウヴズ）愚は避けねばならぬ、と。ちなみに、とブラウンは考え深げに言い添えている、ヒポクラテスもその不眠についての覚書では薬草の効能についてほとんど語っていないのであって、だから楽園の夢が見られるなどとは思わないがよい。なんとなれば実際のところ、われわれの心をなによりも占めているのは、造化が不断に生みつづけるもろもろの異常――その異常が病によって生じた種々の畸形という形をとるのであれ、あるいは自然が病に劣らぬほど病的な発想をつぎつぎとはたらかせてその地図の空白を埋めてしまう千差万別の奇っ怪なものとして表われるのであれ――のほうであるからだ。事実、こんにちの自然科学が法則に完璧にのっとった体系を記述することをめざしている一方で、かたや私たちの眼は、奇態な姿や奇天烈な行動がきわだつ種々の生き物に惹きつけられてやまない。その証拠に、十九世紀に出て人気を博した動物学の概説書、ブレームの『動物誌』では、すでに鰐、カンガルー、蟻食、アルマジロ、竜の落とし子、ペリカンに主賓席があたえられていたし、それが現代のテレビ画面なら、暖かい時期に産んだ卵を足の上に抱いたまま、南極の寒風にさらされて暗黒の冬を立ったまま過ごすペンギンの群れなどが映し出されるのである。《ネイチャーウォッチ》《サバイバル》といった手の、ことのほか教育的とされる番組で私たちが好んで見るものは、間違いなくそこいらにいる鶫（つぐみ）なんかではなく、バイカル湖の湖底で交尾にはげんでいるお化けみたいな生物のほうなのだ。トマス・ブラウンもまた、五点形という同一構造の探究からしょっちゅう逸脱していって、好奇心たっぷりに珍奇な現象を追いかけたり、興味しんしん、種々の病理が網羅された著作に取り組んだりした。たとえばブラウンは書斎でながいことサギ科の鳥、山家五位（サンカノゴイ）を飼っていたという。見かけからしてすこぶるつきの珍しいこの鳥が、バスーンのような、広い自然界でも類をみない音を喉の奥からいったいどうやって出すのか、探ろうとしていたというのだ。また巷に流布する俗信や事実無根の話を除こうとして書かれた『伝染性謬見』でも、ブラウンはカメレオン、山椒魚、駝鳥、半鷲半獅（グリフィン）、不死鳥、殺眼獣（バジリスク）、一角獣、両頭蛇といったぐあいに、現実の生き物と架空の生き物をいっしょに扱っている。ブラウンはおおかたの場合、想像上の生き物の存在を否定しているのだが、眼を奪うような奇々怪々な生物がこの世に実在するとわかっている以上、人間の頭の中で発明された獣とて、まんざら事実無根のものとも思えないのだ。いずれにしてもその書きぶりから見られるかぎり、自然が生み出すおよそ常軌を逸した無限の変異も、人間の思考から生じるもろもろの怪物（キマイラ）も、ひとしくブラウンを魅了していたことが知れる。この事情は、それから三百年後、一九六七年にブエノス・アイレスで刊行された完全版『幻獣辞典』の著者、ホルへ・ルイス・ボルヘスにとってもまったくおなじだった。ついさきごろはじめて気づいたのだが、この作品でアルファベット順に並べられた架空の動物のなかに、グリンメルスハウゼンの『阿呆物語』第六巻において主人公のジムプリチウス・ジムプリチシムスが出くわす怪物、〈刻々変幻（バルトアンデルス）〉が含まれている。バルトアンデルスははじめ森の奥で石像になって転がっている。その姿は古代ゲルマンの英雄然としていて、ローマ帝国のチュニカを纏い、シュヴァーベン風の前掛けをつけている。そして自分はバルトアンデルスだと名乗ってから、わたしはもともと天国のものである、おまえは気づいていないが、かたときもおまえのかたわらを離れたことはない、離れることができるのは、おまえがもとあった土くれに還る（かえ）ときだけだ、と語る。そしてジムプリチウスの眼前で変身し、書記になってつぎのような文を記す。

われは初めにして終わりにして、いかなる場所にても真なり
そつねうの　じそいもぶ　つねならが　いろはにか　ならむくる　れそいき　しもいえを　もつせずつ
かれたよを　かよたれん　がなつくえ　そねつみれ　にらほよ　りるぬいて　きけぬみと　うたすきに
もせすろん　どりぬちう　をやくまつ　くちりり　そねつひれ　におるみよ　りんきみじ　じそくらつ
にしほめち　かやとつき　もすさの　をくねらそ　うくてらぞ　うまれてせ　よらけとし　かんもてら
ばたらやな　れにろの　おそでやろ　かぺそぺな　るべるべこ　うめらそき　してぺれん　をくやらみ
たてぶす　こちんでと　をれさなう　べけろたし。

そうしておいて〈刻々変幻（バルトアンデルス）〉は、楢の大樹、雌豚、焼きソーセージ、堆肥、クローバー畑、一輪の白い花、桑の木、絹の敷物につぎつぎと変身していく。食ってまた食われるというこの終わりなき変転のプロ

Ich bin der Anfang und das End und gelte an allen Ortyen.

Manoha · gilos, timad, isaser, sale, lacob, salet, enni nacob idil dadele neuaco ide eges Eli neme meodi eledid emonatan desi negogag editor goga naneg eriden, hohe ritatan auilac, hohe ilamen eriden diledi lisac usur sodaled atar, amu salifononor macheli retoran; Vlidon dad amu ossosson, Gedal amu bede neuavv, alijs, dilede ronodavv agnoh regnoh eni tatæ hyn lamini celotah, isis tolostabas oronatah assis tobulu, VViera saladid egrivi nanon ægar rimini sisac, heliosole Ramelu ononor vvindelishi timinitur, bagoge gagoe hananor elimitat.

セスとおなじく、トマス・ブラウンにおいても、この世においてやはり永続するものはなにもない。いかなる新しい形の上にも、すでにして破壊の影が差している。どんな個人の一生も、どんな社会秩序の歴史も、ひいては世界全体の歴史すら、けっしていやましに大きく美しい弧を描いて進むのではなく、ひとたび頂点に達したあとは、かならずや闇の中へ落ちていく。一切が朧な昏がりへと姿を消していくというこの独特の認識は、ブラウンにとっては、復活の日を信じる思いと不可分に結びついていた。来るべきその日には、最後の回転が止まり、芝居の幕切れのごとくに役者たちがいまいちど舞台に勢揃いして、この壮大な芝居の悲劇的な大団円を演じるのだ。肉体の中で病が育ち、猖獗をきわめるさまを目の当たりにしてきた医師として、ブラウンは、生の栄い（さきわい）よりも死すべき定めのほうに通暁していた。ブラウンにしてみれば、われわれが一日生きながらえることがすでにして奇跡だった。過ぎ去る時間の阿片には、解毒剤はない、と記している。冬の陽を見れば、いかに早く光が灰のなかに失せ、いかに早く夜がわれわれを包むかがわかる。一時間、また一時間と時は積もっていく。時そのものが歳をとる。ピラミッドも凱旋門もオベリスクも、溶けゆく氷の柱だ。天の星座に居場所を見つけた者すら、その誉れは幾久しく続かなかった。ニムロデはオリオンの、オシリスはシリウスの中に呑み込まれていったのだから。いかに大いなる族（うから）であれ、楢の樹三代を長らえたものはなかった。自分の名を作品に冠したからといって、人の記憶にとどまる保証はない。なんとなれば、最良の者たちこそ、跡もとどめず消えてしまったかもしれないのだから。忘却の罌粟（けし）の実はいたるところで芽吹き、そしてある日、夏の日の雪のようにふいに悲惨が襲いかかったとき、われわれが願うのはただ忘れ去られることのみである。ブラウンの思考はこうして円環を描いていくのだが、それがもっとも綿密にたどられているのが、ノーフォーク州の巡礼地ウォルシンガム近郊の野原で発見された骨壺をめぐる論考、一六五八年刊の『壺葬論』であろう。歴史や博物誌の種々さまざまな文献をひきあいに出しながら、ブラウンは生前ともにあった者が最後の旅路をたどるさいにわれわれが執りおこなう儀式について長広舌をふるう。ブラウンはまず、鶴や象の墓場、蟻の埋葬室、巣箱から死者を送る弔いの列を出す蜜蜂の習慣などの例を挙げることからはじめる。つづいてキリスト教以前にさまざまな民族によっておこなわれていた埋葬の儀礼について述べ、最後にキリスト教に至って罪深い肉体がそのまま埋葬されて、葬送の火は永遠に消し去られた、と記す。よく言われるように、キリスト教以前の時代に火葬がほぼ普遍的だったからといって、異教徒が来世を知らなかったと決めつけるべきではない。そのためにブラウンは、樅、櫟、糸杉、ヒマラヤ杉などの常緑樹を物言わぬ証しとして取り上げる。とこしえの命を願うしるしとして、人々はそれらの樹々の枝を燃やして火葬にしたのだ、と。ちなみに、おおかたの予想に反して、人間を燃やすのはさほど難しくはない。ポンペイウスを焼くには一艘の古い小舟で足りたし、カスティリャの王はほとんど燃料を使わずに大量のサラセン人を焼いて、その火ははるかかなたからも望見できたという。じつに、とブラウンはつけ加える、かりにイサクの背負った薪がその身を供物とする燔祭に本当に足りるものであったなら、われわれはだれしもわが身を焼く薪を背負って歩くことができるだろう。ブラウンの考察は、ウォルシンガムの野で発掘されたものにくり返し戻っていく。薄っぺらい陶土の壺が、地下二フィートのところで壊れもせず、これほど長きにわたって保たれたのは驚嘆に値する、とブラウンは語る、鋤の刃や戦争があまたその上を通り過ぎ、巨大な屋敷や、宮殿や、天を衝く高塔が朽ち崩れていったというのに、と。骨壺に納められていたものが、仔細にあらためられる。遺灰、ばらばらになった歯、髭草の色褪せた根が花冠のごとく絡まりついた骨のかけら、冥途の川の渡し賃にする硬貨。ほかにもブラウンは自分が知っている、武具や装飾品といった死者のそばに添えられた品々をひとつひとつていねいに列挙する。その目録にはあらゆる奇物珍品が並ぶのだ。ヨシュアの埋めた割礼の小刀、プロペリティウスの恋人の指輪、瑪瑙でできた蟋蟀に蜥蜴、黄金の蜜蜂の群れ、碧いオパール、銀のバックルと留め金、櫛、やっとこ、鉄針や角針、昏い川を渡るときにこれをかぎりと鳴り響く真鈴の琵琶笛。だがことのほか素晴らしいのはファルネーゼ枢機卿の蒐集品のひとつ、ローマ時代の骨壺から出てきた傷ひとつないガラスの杯であって、その曇りのなさは、あたかもたったいま吹き上げられたかのようだった。時の流れをまぬかれたそれらの品々は、ブラウンにとって、聖書に約束されている人間のたましいの不滅性——キリスト教を篤く信仰していたものの、医師としてのブラウンはじつはそれをひそかに疑っていたかもしれない——の象徴となる。憂鬱の投げつけるもっとも重い礫が、死後の生は見定めがつかないということへの恐怖であるからこそ、ブラウンは破壊をまぬかれたもののなかに転生への神秘的な能力の跡をさがそうとする。その転生を芋虫や蝶や蛾に見てつくづくと調べたのもブラウンだった。ならば、ブラウンが挙げる、パトロクロスの骨壺に残された紫色の絹の切れ端——それはなにを意味しているのだろうか。

2

一九九二年八月、窓ガラスまで煤と油にまみれた、当時ノリッジとロウストフトのあいだを行き来していた古いディーゼル列車に乗って海べりを走ったのは、雲がひくく空に垂れこめたある日のことだった。まばらな列車の乗客は、薄暗がりのなかで擦り切れた藤色の座席に腰を下ろして、一様に進行方向を向き、及ぶかぎりたがいに離れ、生まれてこのかたひと言も言葉を口の端にのせたことがないかのように黙りこくっていた。海にむかって緩い下り坂がほぼ切れ目なく続いていて、レールの上をおぼつかなく揺れていく列車は、ほとんどずっと動力を使わずに走っていた。ほんのときたま、車両全体を揺るがすような振動とともにギアが入ると、しばらくは歯車のきしみ音が聞こえているが、やがて列車は前にもまして単調な走行音を響かせながら家々の裏庭や市民菜園の列や瓦礫の山や集荷場を過ぎ、東の郊外地からさらに遠くへひろがっている湿地帯に向かっていった。ブランダル、ブランダル・ガーデンズ、バケナムを過ぎ、キャントリーでは行き止まりになった道路のどん突きに、甜菜（てんさい）精糖工場の煙突が緑野のなか煙を上げていて、それがあたかも埠頭に停泊している蒸気船のごとき風情だった。それから線路はしばらくイェア川の流れに沿って伸び、リーダムで川を渡ると、大きく弧を描いて、海にむかってひろがる南東の平野に続いていく。ところどころに番小屋がぽつんと立っているほかは、目路のかぎりただ草原と波打つ葦、うなじを垂れた二、三の柳、そして滅び去った文明の警告の碑にも似た、朽ちかけた円錐形の煉瓦建造物があるばか

りだった。それらはかつて無数にあった風力ポンプと風車の残骸で、往時はハルヴァゲイト湿原と海岸線のいたるところで白い羽根を回していたが、第一次大戦から数十年のうちにひとつまたひとつと動きを止めていったものだった。いまでは想像もつかないが、と子ども時代にはまだ風車が回っていたという人が私に語ったことがある、あそこの風車は、絵に描いた眼にいのちを宿すために描き込まれた光みたいに、ひとつひとつが風景を輝かせていた。その輝きが褪せていったとき、地域ぜんぶが、いわばいっしょに褪せてしまった。ここを見晴るかすと、なにもかも死んでしまったと、そんな気がすることがあるよ、と。――リーダムのあとは、ハディスコーとヘリングフリートに停車した。ふたつがふたつとも家影もまばらな小村で、村の姿は遠目にもほとんどわからなかった。そのつぎの、サマレイトンの大邸宅に行くための停車場で私は降りた。列車はたちまちがくんと動いて、黒煙をうしろに曳きながら緩いカーブを曲がって消えていった。駅舎はなく、吹きさらしの雨よ

けがあるきりだった。無人のプラットホームを歩いていくと、左手は涯てしがないかのごとき広大な沼沢地、右手には背の低い煉瓦塀の背後に、サマレイトン邸の庭園の繁みと木立があった。道をたずねることができそうな人影はひとつもない。過ぎにし日はこうではなかったろう、と思いながら、私はリュックサックを肩に掛けて線路を渡った。おおかたのものはこの駅に着いていたはずだった。サマレイトンのような邸宅の財の完備に必要だった品々や、ぜったい安泰とは言えない社会的地位を保持するために外から調達しなければならなかったもろもろの物たちが、すべてオリーブグリーンの蒸気機関の貨物車に詰め込まれて、この駅に到着したのだ——多種多様の家具調度、新品のピアノ、カーテンや仕切り幕、イタリア製浴室タイルや水栓、温室用の蒸気ボイラーとパイプ一式、栽培業者から納められる農産物、ケース単位のラインワインやボルドーワイン、芝刈り機、ロンドン仕立ての鯨骨コルセットに、クリノリンスカートの大箱が。だがいま、それらは影も形もなく、人の姿もない。制帽をきらめかせた駅長も、従者も、御者も、列車に乗ってやってきた招待客も、狩りの一行も、擦り切れないツイードをまとった紳士も、洒落た旅行着に身をつつんだ淑女も。一時代が過ぎ去るのは、と私はよく思う、ぞっとするほど一瞬なのだ。サマレイトン邸はこんにち、主だった地方貴族の館(カントリーハウス)の例に漏れず、金を払って入場する一般の人々に夏のあいだ開放されている。だがそうした人々はディーゼル列車ではなく、自家用車でやってきて正門を入っていく。当然、見学はすべて車で来る客を前提にしている。にもかかわらず私のように鉄道の駅に降り立ってしまった者は、正門まで敷地をぐるりと迂回するのを避けたければ、泥棒よろしくそばの塀をよじのぼって、藪に阻まれながら悪戦苦闘して庭園に入るしかないのだった。妙ちくりんな進化の体験レッスンを見せられているような気になったのはそのときである。進化の歴史はときとしていわば自分自身を皮肉りながら過去の諸段階をくり返すものだが、木立をやっと抜け出したとたん、ミニチュア機関車が蒸気をあげて庭園の原っぱを走るのを眼にしたのだった。けっこうな人数が乗っていて、それがなにやら衣装を着せたサーカスの犬か、アザラシを思い出させた。しかもそのミニ列車の先頭に腰をかけ、首から切符のカバンをぶらさげた車掌にして運転手にして調教した動物たちの親方は、だれあろう、女王陛下の主馬(しゅめ)の頭(かみ)、現サマレイトン卿その人だったのである。

サマレイトンの荘園は中世中葉にフィッツオズバート家とジャーネガン家の所有になり、時代がくだるうちに、結婚や血縁によって縁戚関係にある家系がつぎつぎと継いできた。ジャーネガン家からウェントワース家、ウェントワース家からガーニー家、ガーニー家からアレン家、アレン家からアングウィッシュ家へとわたってきたが、アングウィッシュの系統は一八四三年に絶えた。一族の遠縁だったシドニー・ゴドルフィン・オズボーン卿は相続をのぞまず、その年のうちに、全資産をモートン・ピートー卿なる人物に売り払った。ピートー卿は貧しい家庭に生まれ、煉瓦積みの下働きから身を起こして、サマレイトンの領地を購(あがな)ったときにはちょうど三十歳、しかし当時すでに当代屈指の実業家にして投機家になっていた。卿はハンガーフォード・マーケット、リフォーム・クラブ、ネルソン記念柱、ウエストエンドの数々の劇場など、ロンドンの威信にかかる建設事業を立案遂行することによって、あらゆる意味であたらしい範をつくった。それればかりではない、カナダ、オーストラリア、アフリカ、アルゼンチン、ロシア、ノルウェーの鉄道拡張事業に融資し、またたく間に巨万というほかない富を築き上げた。こうして最上級の階層に登りつめたピートー卿は、その頂点を飾るべく、快適さにおいても豪奢さにおいても既存の屋敷の影をことごとく薄くするような田園の邸宅を建設せずにはいられなかった。そして事実、モートン・ピートーは夢の作品を完成させたのである。いわゆるアングロ＝イタリアン様式の内装もみごとな華麗な殿堂であって、かつての領主屋敷を壊した跡地にわずかの年月のうちに築造された。はやくも一八五二年には『イラストレイティド・ロンドン・ニュース』をはじめとする有力誌に、サマレイトンの新邸宅が大々的に紹介されている。内部から外部の空間へ、ほとんど継ぎ目もわからず繋がっているというのがことのほか評判を呼んだらしい。どこで自然が終わってどこで人工がはじまるのか、訪問客には見当もつかぬ、というのだ。サロンに室内庭園が続き、ひろびろしたロビーがベランダに変わる。廊下を渡っていくうちに羊歯の生えた洞窟に行き当たり、泉水がぴちゃぴちゃと切れめなく音を立てている。緑陰涼しい庭の小径は幻想的なモスクの円蓋の下で交差する。引き下げ式の窓によって部屋は外へと開け、ひるがえって室内では、鏡を廻らした壁に外の風景が浮かび出る。大型温室（パームハウス）や小型温室（オランジエリー）、緑のビロードのごとき芝生、玉突き台の羅紗布、居間や化粧室に飾られた生け花、テラスに据えたマヨルカ陶器の花、絹のタペストリーに描かれた極楽鳥や錦鶏（きんけい）、禽舎の五色鶸（ひわ）や庭先の小夜啼鳥、絨毯のアラベスク文様、黄楊（つげ）垣に仕切られた花壇、それらが渾然一体となり、天然自然の生成物と人造の作品がこのうえない調和を見せているような幻が呼び起こされる。当時の記事の綴るところによれば、サマレイトンが格別に素晴らしいのは夏の夜であって、幾本もの鋳鉄の支柱や梁に支えられたたぐい稀なるガラス温室の棟々が、優雅な形姿を見せてあたかも重さのなきがごとく内側から煌々と輝きを放っている。有毒ガスを燃やして白い炎がしゅうしゅうと音を立

てる無数のアルガン灯がめいめい銀板に反射し、大地の鼓動に合わせたごとくに脈打ちながら途方もなく明るい光を投げかける。阿片のまどろみのうちに蒙古帝クーブラ・カーン（フビライ・ハーン）の宮殿を眼にしたコールリッジすら、これにまさる夢幻の景色を描くことはできなかっただろう。さてもご想像いただきたい、と当時の記者は続けている、貴方が仲睦まじい連れと肩を並べていつか夜会を抜け出し、サマレイトンの鐘楼に登って頂上の見晴らし回廊にたたずむと、おりしも滑るごとくに夜の鳥が飛び来たり、その翼は音もなくそばをかすめ過ぎるのだ！　そよ風は広い並木道から馥郁たる菩提樹の香りをはこんでくる。足元をのぞけば濃紺のスレート屋根が急勾配で落ちかかり、純白に煌めくガラス温室がかすかに照らす芝生は暗く坦々とひろがる。かなたの外苑にはレバノン杉が濃い影をなし、鹿苑には小心の鹿が眼を開けたまま眠り、外周の囲いのはるかには、地平線にむけ湿原がうち続いて、風車が風に羽根を回している。

　こんにちの見学客にとって、サマレイトンが東洋のお伽噺の宮殿のごとき印象をあたえることはもはやない。かつて高い天蓋が夜々を彩ったガラス温室とガラス張りの回廊は、一九一三年のガス爆発による焼失のあと取り壊され、屋敷を守(も)りしていた召使いたち、執事、御者、運転手、庭師、料理女、お針子、侍女らはとうの昔に暇を出された。いま、数々の続き部屋はどことはなし打ち捨てられた、埃じみた感じがする。ビロードのカーテンも深紅の日除けも色褪せ、ソファや安楽椅子は布地が擦り切れ、ガイドが観光客を率いていく階段室や廊下には、使うあてのない、時代遅れのがらくたがごちゃごちゃと並んでいる。樟(くすのき)の渡航用長櫃は、いにしえの住人がナイジェリアやシンガポールの旅に携えていったものであろうが、いまはクロッケーの古びた木槌と木球、ゴルフクラブ、玉突きのキュー、テニスラケットなどが納まり、しかもそのほとんどが子ども用なのか、それとも歳ふるうちに縮んでしまったのかというように、やけにちんまりとしている。壁には銅釜や差し込み式のおまる、軽騎兵のサーベル、アフリカの仮面や槍、狩猟行(サファリ)の戦利品(トロフィー)、ボーア戦争の彩色銅版画――《ピーターズ・ヒルの闘いとレディスミスの救出》《偵察気球から眺めた鳥瞰図》――。さらに一九二〇年から六〇年のいつごろかにモダニズムをかじったとおぼしい画家の筆になる家族の肖像画が、石膏色の顔におぞましい緋色と紫色を点々とのぞかせて何枚か掛かっていた。玄関ホールには身の丈三メートルを超す白熊の剝製。悲憤にうなだれた幽鬼よろしく、黄ばみ、虫食われた毛皮をまとって、凝然と眼を見開いている。まったくのところ、見学客に開放されたサマレイトン屋敷の部屋部屋を巡っていると、サフォーク州の田舎屋敷にいるのか、それともどこかはるか遠くの、北極の海べりか、はたまた暗黒大陸の奥地か、いずれこの世ならぬ場所にいるのか、おぼつかなくなってくるのだ。どの時代、どの世紀にいるのかもおいそれとは言え

ない。いくつもの時代が打ち重なり、併存しているからだ。あの八月の昼下がり、ところどころで足を止めていく見学者の一群にまじってサマレイトン・ホールを巡りながら、しきりと質屋か古物商かが浮かんできてならなかった。とはいえつまるところ愚にもつかぬ奇矯な品々でしかないものに私の眼が吸い寄せられたのは、ほかならぬこの過剰、幾世代にもわたって蓄積された物たちの、いうならば競売の日を待つばかりのその姿だった。どれほどよそよそしい冷たさを放っていたことだろう、という思いが脳裡をかすめた、大実業家にして議会議員、モートン・ピートーの時代には。地下室から屋根裏にいたるまで、食器から便所にいたるまで、隅から隅までぴかぴかの新品で、一分の隙もなく調和し、嫌になるほど品が良かった。それに比して、崩壊の縁に立ち、もの言わぬ廃墟にゆっくりと近づいていこうとしているいま、領主屋敷はなんと趣き豊かなことだろう。とはいえ見学を終えてふたたび外に出、あらかた打ち捨てられた禽舎の

ひとつに、一羽きり入れられていた中国産の鶉の姿を見たときには、心が鬱いだのだった。呆けてしまっているのにちがいなく、鳥籠の右側にある金網のきわを行ったり来たりしていて、向きを変えるたびに、どうしてこんな絶望的なことになってしまったのだろうといぶかるように、しきりと首を振っていた。

　ゆっくりと衰微していく屋敷とは対照的に、サマレイトンの黄金期から一世紀を経たいま、周囲の庭園は繁茂の絶頂にあった。たしかに花々を植栽した花壇は往時のほうがはるかに色華やかであり、もっと丹精されていただろう。だがかわりに現在はモートン・ピートーが植えた樹木が、庭園の上空をすら埋めつくしていた。当時すでに来客の眼を奪った杉木立のうち、何本かは十アール近くも大枝をひろげ、おのがじしひとつの世界をなしていた。セコイアは六十メートルを超えて聳りあがり、西洋には珍しいシカモアは伸びた枝の先端が垂れ下がって、芝地に着いたところで根を着け、そこからめいめいあらたに上へ伸び上がって、もとの樹の周りに完璧な円形をなして育っていた。考えてみればすぐにわかるが、こうした植物は水紋が同心円を描くようにしてあたりに拡がっていき、周辺を征服していくにつれて中心部の樹勢がじわじわと衰えて、内側から死んでいくのである。明るい色合いの樹々は庭園の上空をさながら雲のごとくに揺れただよい、また別の樹々は光も通さぬ濃い緑をたくわえていた。樹冠は段々をなして打ち重なり、いくらか目の焦点を暈かしさえすれば、巨大な森に覆われた山岳地帯を眺めやっているような心地になった。だが私にとってひときわ稠密で色濃い緑をなしていると感じられたのは、神秘的な木立の中央に設えられた、櫟の生け垣で造られたサマレイトンの庭園迷路だった。そしてこの迷路に入り込んだ私はすっかり迷ってしまい、しまいに生け垣の道が行き止まりとわかるたびに靴の踵で径の分かれ目の白砂に跡をつけておくようにして、ようやっと外に出たのである。その後、菜園にめぐらされた煉瓦塀に沿って建てられている長いガラス温室の中で、ウィリアム・ヘイゼルという庭師と話す機会を得た。いくたりかの徒弟を使ってサマレイトン屋敷の手入れを委されているといい、私の生まれを知ると話をはじめた。学校時代の終わりごろとそのあとの徒弟時代、なにが気になったといってあの空爆ぐらい心に懸かっていたものはない、と。一九四〇年以降、イースト・アングリアに造られた六十七の飛行場から、ドイツめがけて爆撃機が飛び立った。その途方もない規模は、とヘイゼルは語った、いまでは想像もつかない。第八航空隊だけでも、作戦のあった千と九日のうちに十億ガロンのガソリンを費やし、七十三万二千トンの爆弾を投下し、九千の飛行機と五万人の兵を犠牲にした。来る日も来る日も、夕暮れどきに、サマレイトンの空を編隊を組んだ爆撃機が飛んでいくのを見たものですよ、それでわたしは夜な夜な、床に着くたびに瞼に思い浮かべたのでした、ドイツの都市が燃えさかるさま、火柱が天を焦がし、生き残った人間たちが瓦礫のなかを這いずり回っているありさまを。あるときサマレイトン卿がね、とヘイゼルは語った、手慰みに、この温室で葡萄の剪定を手伝ってくださったことがあったんです、そのときわたしに、連合軍の絨毯攻撃作戦のことをお話しなさった。しばらくして大きなドイツの立体地図を持ってきてくださいました、ドイツの、わたしがニュースで聞きかじった都市（まち）の名前が妙ちくりんな字体で記してあって、そのわきに都市の絵がついていた。人口の多い少ないによって描き込まれている破風や鋸壁や塔の数も違っていて、主だった都市の場合にはほかにもその市のシンボルが、ケルンならば大聖堂、フランクフルトならば旧市庁舎、ブレーメンならばローラント像といったぐあいに描き添えてあった。ひとつが切手一枚ほどの大きさのその都市の絵が、なんともロマンチックな騎士の居城のように見えたものです。いかにもあのころ、わたしはドイツ帝国ってものを中世めいた、とてつもなく神秘的な国のように想像していた。ポーランド国境からライン河まで、緑色をした北部の低地から、暗褐色のところどころ永遠の氷雪に覆われたアルプス山脈まで、地図をしげしげとくり返し眺めて、たったいま破壊されたという市の名前を、ひと文字ひと文字、たどって読みました。ブラウンシュヴァイク、ヴュルツブルク、ヴィルヘルムスハーフェン、シュヴァインフルト、シュトゥットガルト、プフォルツハイム、デューレン、ほかにも何十とあった。そうやってドイツの都市がみんなそらで言えるようになってしまいました、灼きついたとはこのことですよ。ともかくもあのときこの方、空爆がらみのことはなんでも見のがすまいとしました。五〇年代はじめに占領軍の一員としてリューネブルクに行ったおりには、ドイツ語の勉強すらしたのです、空襲のこと、焦土と化した町で生きることについて、ドイツ人がみずから書き表した物を読みたいと思ったのでした。ところが驚いたことに、そんな記録はいくらさがしても見つからない。だれもなんにも書き残さなかったし、これっぽっちも記憶に留めていないらしいのです。ひとりひとりに当たってみても、頭に消しゴムをかけられたみたいに、きれいさっぱり消えてしまっている。ところがわたしはいまだって眼を閉じれば、編隊を組んだランカスターやハリファックス爆撃機や、リベレイターやフライングフォートレスがドイツめがけて灰色の北海を渡っていくのが、そして明け初めた空をこんどはばらばらに帰還してくるのが瞼に浮かぶのです。一九四五年四月のはじめ、戦争も終わり間近でした、とヘイゼルは間引いた葡萄の新枝を箒で掃き集めながら語った。このサマレイトンの上空で、アメリカ空軍のサンダーボルト二機が墜落するのをこの眼で見たのは。晴れわたった日曜日の朝でした。あのとき父に呼びつけられて、鐘楼で、もともとこの鐘楼は貯水塔なのですがね、急ぎの修理の手伝いをさせられたのでした。仕事が終わって、ふたりしてはるか海岸線まで続くひろびろした景色が見渡せる見晴し台に登ったときです。まだあたりを眺めやりもせぬうちに、パトロールから帰ってきた二機が、傲りのあまりでしょうか、サマレイトンの上空で犬の喧嘩（ドッグ）みたいに相手の後ろを追っかけ回（ファイト）して遊びだしたのです。パイロットの顔が、操縦席のガラス越しにはっきり見てとれました。エンジンが轟音をあげ、まぶしい春の空を二機は前後左右になって飛んでいましたが、ぐんと上昇しようとして、翼の先が触れてしまったのです。のどかな遊びみたいだったのに（イトハド・シームド・ライクア・フレンドリーゲーム）、とヘイゼルは語った、落ちてしまった、あっという間もなかった（アンドイエット・ナウ・ゼイフエル、オールモスト・インスタントリー）。銀泥と柳の木立のむこうに機影が消えていったとき、大爆発が起こるかと思って身構えました。けれども炎どころか、煙も立たなかった。湖に音もなく呑み込まれてしまったのです。引き上げたのは何年も後でした。一機はビッグ・ドッグ、もう一機はレディ・ローレライといいました。ふたりのパイロット、ケンタッキー州ヴァーセイルズ出身のラッセル・P・ジャッドと、ジョージア州アセンズ出身のルイス・S・デイヴィス航空大尉は、というかわずかの骨ばかりになっておりましたけれども（オア・ホワットビッツアンドボーンズ・ハドリメインド・オブゼム）、この土地に葬られています。

　ウィリアム・ヘイゼルに別れを告げて、街道を歩き、城塞都市そこのけに平原にのびている巨大な、常時千二百人ほどが刑に服しているブランデストン監獄のかたわらを通りすぎて、サマレイトンからロウストフトに至るまで、一時間あまりを要した。ロウストフトのはずれにたどり着いたときには、すでに暮れも六時を廻っていた。えんえんと続く家並みを通り抜けるあいだ、人っ子ひとりに出くわさなかった。市

内に入れば入るほど、あたりのけしきに胸が塞いできた。ロウストフトを最後に訪れたのは、たしか十五年ほど前になる。六月の一日を、ふたりの子どもと浜辺で過ごした。いくらか時代に取り残されたようではあるけれど、感じのいいところだという印象だったように思う。それだけにロウストフトの市街に入っていったとき、ごく短期間にここまでうらぶれることができたことが、どうしても信じられなかった。むろん私は、ロウストフトの零落が、三〇年代にイギリスを襲った経済危機と不況このかた止めようのなかったことを知ってはいた。だが一九七五年ごろ、北海に掘削基地が姿をあらわした時期には、景気は上向くだろうという期待がたしかにあったのだ。その期待はサッチャー首相による強硬な資本主義路線の時代にとみに膨れ上がり、投機熱を煽れるだけ煽っておいて、とどのつまり無に帰した。痛手は当初、地下街の火事のようにじわじわと、やがて燎原の火の勢いで拡がっていった。波止場も工場もかたはしから閉鎖され、つ

まるところロウストフトといえば、イギリスの地図における最東端の町というだけになってしまったのである。いま町の通りのいくつかは二軒に一軒が売りに出され、事業家や商店主や自営業者はますます借金漬けになり、失業や破産で毎週のように人が首をくくり、文盲の数はすでに住民の四分の一にのぼるありさま、この凋落は度を増すばかりで、終わりはいっこうに見えてこない。そういったことはぜんぶ頭に入っていたはずだったのに、心は準備ができておらず、ロウストフトを眼にしたとたんに、その寂れように打たれたのだった。なんとならば、〈高失業率地域〉といった記事を新聞で読むことと、どんよりした日暮れどきにグロテスクな前庭と殺伐たる外構えの家々が長く連なる道を抜けていって、ようやく着いた中心街でゲームセンターやビンゴホール、賭博場、貸しビデオ屋、戸口の暗がりからビールの饐えた臭いが漂ってくるパブ、安物売りの商店、あるいは名前も〈オーシャン・ドーン（海の夜明け）〉〈ビーチカンバー（浜の大波）〉〈バルモラル城〉〈アルビオン〉〈レイラ・ロレイン〉といった怪しげな朝食付きの宿屋（B&B）にしか出くわさないことは大違いだからである。休暇客や行商人が好きこのんでここに来るとは思えなかったし、マリンブルーのペンキで塗られた階段を登ってホテルの玄関に入ったときも、そのヴィクトリアが、二十世紀初頭に刊行された私の旅行案内書に〈渚の高級ホテル〉と記されていたホテルだとは、容易に信じがたかった。ひと気のないロビーにかなりの間たたずみ、観光シーズン——ただしロウストフトにそういうシーズンがあればの話だが——の真っ最中というのにがらがらの部屋を歩き回って、ようやく、怯えたような顔をしたひとりの若い女性をつかまえた。その人は受付のレジスターを意味もなくながながと掻き回したすえに、洋梨形の木製の飾りの付いたばかでかい鍵を渡してよこした。気がつくと、三〇年代に流行った服に身を包んでいて、私に目を向けるのを避けている。視線はうつむいて床を指しているか、人などいないかのように私を素通りしていた。後刻、私ひとりしか夕食客のない巨大な食堂で注文をとり、しばしあって、何年このかた冷凍庫の底に埋もれていたかというような魚を運んできたのも、このおなじ怯えた顔の女性だった。そのパン粉の衣たるや鎧そのもので、あちこちが焼け焦げ、フォークを刺すと先がひん曲がる始末だった。そしてさんざんに苦労を重ねて中身にたどり着いたところが、わかったのは結局、この代物がかちかちの殻だけだったこと。一戦交えたあとの私の皿は、見るも無惨な眺めとなった。タルタルソースはプラスチックの小袋から絞り出さなければならず、灰色のパン屑とあわさってどす黒い色を呈し、魚であるはずのものは、濃緑色のグリンピースと脂ぎったチップスの間で見るもぐしゃぐしゃになっていた。全面深紅の壁紙を貼ったその食堂にどれほど留まっていたのかすでに記憶にないが、ホテルの仕事一切をひとりでこなしているのか、例の狼狽(うろた)えたような若い女性がしだいに濃さを増していく奥手の闇から小走りにやってきて、皿を片づけた。それは私がナイフとフォークを置いてすぐだったろうか、それとも一時間もあとだったろうか。いま瞼に浮かんでくるのは、彼女が皿の方に屈んだとき、ブラウスの襟元に見える肌が紅く染まって、それがみるみる首筋を上っていったことだった。来たときとひとしく小走りに彼女が去ったあと、私は腰を上げ、半円形の出窓に歩み寄った。外に海浜がのびていた。暗いとも明るいともつかず、空にも陸にも、海原にも、動く物影ひとつなかった。浜に打ち寄せる白い波すら、私の眼には止まっているように思われた。

翌朝、リュックサックを肩にホテル・ヴィクトリアを出てみると、空は雲ひとつなく、ロウストフトは

息を吹き返したようだった。用済みになってもはや仕事がない漁船が何十隻と舫（もや）いでいる船寄せのそばを通りすぎて南へ、渋滞がひきもきらず、排気ガスがしじゅう薄青くたちこめている街道を歩いていった。十九世紀に建てられたきり一度も修復されたことのない中央駅の前までやって来たときに、他の車にまじって、花輪を載せた黒塗りの霊柩車が滑るようにそばを通り過ぎた。中には葬儀社の社員がふたり、ひとりは運転手、もうひとりは付き添い役として畏まった顔つきで乗っている。後ろのいわば荷物席には、現世（うつしよ）と別れて程ないらしいどこかのだれかが、晴れ着をまとい、小さな枕をあてがわれ、

両眼を閉じ両手を組み、両方の靴の先を上に向けて、棺に横たわっているらしかった。霊柩車のあとを眼で追っていると、ふと、二百年前に書かれたある物語に出てくる、トゥトリンゲンの旅職人の話が甦ってきた。その昔、アムステルダムでは知らぬ者のない大商人（とはじつはその徒弟の思い込みだったのだが）の弔いの列に加わったそのドイツの旅職人は、片言隻句わからぬオランダ語で唱えられる弔いの文言に恭しく耳を傾けながら、深く心を揺さぶられた。それまでは豪勢なチューリップやストックやアスターの咲きこぼれる窓辺に眼を瞠り、陸揚げされたはるか東インド渡りのお茶や砂糖や香辛料や、米の詰まった櫃や梱（こおり）や樽をうらやみの眼で眺めたものだった。だがそれからというもの、この旅職人は、これだけ世をあちこち旅して廻ってもなぜ自分はこうも食い詰めているのだろ

うと心が重くなるたびに、きまって葬列に加わったアムステルダムの大商人のことを思うようになった。その人の宏壮な屋敷、豪華な船、そして狭々しい墓を。ヘーベルの書いたこの物語を脳裡に浮かべながら、私はいたるところに衰微のしるしを見せている町を出た。全盛期にはイギリス最大級の漁港だったばかりか、〈もっとも体によい〉海水浴場として、国境を越えて名を馳せた町であった。十九世紀後半の当時、モートン・ピートー卿の采配のもとで、ロンドンの最上流階級の求めに応じられるようなホテル群がウェイヴニー川南岸につぎつぎと建設され、あわせて鉱泉水飲み場、保養会館、宗派ごとの教会や礼拝堂、貸し出し文庫、ビリヤード場、寺院と見まがう茶房、路面電車とその豪勢なターミナルが造られた。広い遊歩道、並木道、ローンボウリング場、植物園、海水プールに淡水プールが設けられ、美化協会や振興協会がいくつも設立された。当代の案内書きにはこんな説明がある——当時ロウストフトはまたたく間に巷間で最上級の評価を得、高級海水浴場に求められる施設の一切を備えるようになった。南岸に現れた建物群を一望すれば、その建築の優美さと完成度はあきらかであり、全体像から微細な細部に至るまでいかに行き届いた計算がなされているかがわかるだろう、と。その頂点を飾るあらゆる意味で範となる事業が、イギリスの東海岸でもっとも美しいとされた、北海にむかって四百メートル余を伸びる新しい埠頭の建設だった。アフリカ産マホガニーの渡り板を敷きつめた遊歩デッキの上には、夕闇が降りるとともにガス灯に照らされて白い建物が浮かび上がり、中には高い壁鏡の嵌った読書室とコンサートホールをはじめ、いくつもの部屋があった。数か月前に他界した私の隣人、フレデリック・ファラーによると、毎年九月末にはここでボート競技会の掉尾を飾って、王室の一員の後援のもと慈善舞踏会が開かれたという。フレデリック・ファラーは、一九〇六年――生まれるのが遅すぎた、と私に語ったことがある――ロウストフトに生を享けて、ヴァイオレット、アイリス、ローズの美しい三人の姉に護られ、慈まれて同地に育った。そののち一九一四年のはじめ、いわゆるプレップ・スクールに入学するためにノーサンプトンシャー州フロー レ近郊にやられた。別れの苦痛にはいつまでも苛まれました、とフレデリックは追懐している。とりわけ床に着いてから寝入るまでの間や、部屋を片づけているときには辛くてたまりませんでした。その苦痛が胸の裡で誇りに反転したのは、二年生になってすぐ、ある日の暮れに生徒たちが西の校庭に集められて、校長の愛国的な演説を聴いたときです。休暇中に勃発した戦争の背景と、その意義の重大さを説かれたのでした。それが終わって、とフレデリック・ファラーは続けた、フランシス・ブラウンという少年士官候補生がトランペットで帰営ラッパを吹きましたが、その少年のことは、今日この日まで忘れたことはありません、と。ロウストフトの公証人であり、デンマークとオスマン=トルコの領事も長らくつとめた父親のたっての願いを聞き入れて、フレデリック・ファラーは一九二四年から二八年までケンブリッジとロンドンで法律を修め、そのなりゆきから半世紀以上ものあいだ――と、ぞっとするというような表情でおりふし私に語ったものだった――弁護士事務所と法廷で過ごすことになってしまった。イギリスでは一般に裁判官は高齢になるまで職にとどまるため、フレデリック・ファラーが引退したのはつい先ごろ、一九八二年に私たちの住まいの近くに家を買ったときである。それからは稀覯種の薔薇(ローズ)と菫(ヴァイオレット)の育種にもっぱら精を出した。菖蒲(アイリス)も大の気に入りだったことはつけ加えるまでもない。毎日手伝いに来るひとりの少年とともに、フレデリック・ファラーは十年がかりでそれらの花の異種を何十種類も育て上げ、その庭は地方屈指のものとなった。晩年、卒中にあってめっきり弱ってからは、私はたびたびその庭でいっしょに腰を下ろし、ロウストフトのことや、過ぎにし時代の話をしてもらったものだった。フレデリック・ファラーがおのれの人生に終止符を打ったのも、またこの庭だった。晴れわたった五月のある日、朝の散歩に庭をまわったときに、どうやったものか、ポケットに入れてつねづね持ち歩いていたライターで着ていたガウンに火をつけた。庭手伝いの少年が一時間後に発見したときには意識はなく、全身に大火傷を負って、涼しい木陰にある、ほとんど黒に近い小さな葉をぎっしりとつけた黒葉菫 *Viola Labradorica* の群落の中に横たわっていた。フレデリック・ファラーはその日のうちに火傷がもとで亡くなった。フラミンガム・アールの小さな墓地で埋葬に立ち会いながら、私はフランシス・ブラウンを、一九一四年の夏にノーサンプトンシャーの校庭で夜空にラッパを吹き鳴らしたあの少年のことを、そして往時に汀のはるかかなたまで伸びていたロウストフトの白い埠頭のことを思わずにはいられなかった。フレデリック・ファラーは私に語ったものだった、慈善舞踏会の晩、むろん入場を許されるはずもない庶民たちが、百艘はくだらぬ小舟や艀に乗って埠頭の突端まで漕ぎ出していったのだと。そして波にたゆたいときには流れゆくその見物席から、上流階級の人々がオーケストラの音に合わせてくるりくるりと回るさまを、光を浴びて、初秋の霧に覆われた暗い海面にあたかも浮かんでいるかのように見えるさまを眺めたのだった、と。いまあの時代をふり返ってみると、とフレデリック・ファラーは私に語ったことがある、なにもかも風に揺れる白い薄紗のむこうにあるようです。海から眺めた町、緑の木立や繁みに囲まれて汀まで降りてきている別荘の数々、夏の陽光と渚と。その渚を歩いて、わたしたちがちょうど遠出から家に戻っていくところです、ひとりかふたりのズボンの裾をまくった紳士と連れだって父が先頭を行き、母はパラソルをさしてひとりで歩いている、スカートをまくった姉さんたち、後ろを召使いが小さな驢馬を曳いていて、その荷物籠と籠の間にわたしがちょこんと腰をかけている。何年前でしたか、とフレデリック・ファラーは私に語ったのだった、この光景が夢にまで出てきました。そのときわたしには、わたしの家族がデン・ハーグの浜に流謫の身となったジェームズ二世の一行であるような気がしたのでした。

3

ロウストフトの南を三、四マイルにわたって、海岸線は長くゆるやかな弧を描く。草の生えた砂丘や低い崖の上方を通っている歩行者用の小径からは細れ石（さざれいし）の平浜が見下ろせるが、その浜に沿って、夜となく昼となく、一年中いつなんどきでも、棒と縄と帆布と防水布で思い思いに拵えたテントのようなものがずらりと並んでいるのを、おりふし眼にしていた。それらは長い列を作って、ほぼ等間隔で海端に続いていた。あたかもどこかの流浪の民の最後の生き残りがここ、この地の果てにたどり着いて、これまでの窮乏も流浪もそのためにあったと思わせてくれるような、はるかな過去からの悲願であった奇蹟の起こるのを待ちわびているがごとき光景だった。だがむろん、ここに露営している人々はかなたの郷や荒れ野からこの浜にたどり着いたわけではない。ごく近傍の人々であって、いにしえの習わしにしたがって、おのれの釣り場から、たえず移り変わっていく眼前の海を見守っているのだった。不思議なことにいくらかのぶれはあっても、その数はいつもほぼ変わらない。だれかが引き払うと、かわりにすぐ別のだれかが割って入ってくる。昼はまどろみ夜に目覚めている漁師の一群は、少なくとも見たかぎりではいつも変わらず、おそらくは記憶の届くよりもはるか昔から、このかたちで浜に並んでいるものらしかった。聞くところでは、隣り合った漁師がたがいに連絡を取り合うことも滅多にないという。なぜならこぞって東かたに眼を据えて黄昏と黎明を水平線に眺めていようと、そして思うに、湧き起こるいわれのない感慨にひとしく胸を衝かれていようと、どの人も畢竟ひとりであり、頼みにするのは身ひとつと、持参したわずかの装備――たとえば懐中ナイフや魔法瓶や、あるいはほとんど聞こえもしない、波に引き攫われていく小石がささやき交わすかのようなきれぎれの音で鳴る小さなトランジスタラジオ――だけだからなのだ。思うに、男たちが夜を昼についで浜辺にじっと腰を据えているのは、言われるごとく鱈（ホワイティング）の通りかかるのや、鰈が昇ってくるのや真鱈が岸に押し寄せる刻限を逃さないためではなく、ただ居たいがため、この世に背を向けて、眼前に空無のみのあるその場所にただ居たいがためではなかろうか。実際、こんにちこの岸辺では魚などまともに獲れはしない。往時に漁師らを沖合へ送り出した船は、採算がとれなくなって姿を消し、当の漁師たちもすでに死に絶えてしまった。遺されたものに興味をしめす者はいない。あたりを歩くとそこかしこで船の墓場に行き当たり、主（あるじ）を失った小舟が朽ち、舟を陸に繋いでいた鋼索が潮風にさらされて錆びている。沖合ではいまのところまだ漁撈がおこなわれているが、漁獲高はじり貧で、しかも水揚げされた魚は魚粉になるのがいいところだ。何千トンもの水銀やカドミウムや鉛、大量の肥料や農薬が、河川から毎年毎年、いにしえにゲルマン海と呼ばれた北海に流れ込む。重金属をはじめとする毒物がドッガーバンク漁場の遠浅の海に沈殿し、すでに魚の三分の一がおかしな奇形や障害をもって生まれてくる。海岸から何平方キロの先まで毒性の藻が海深三十フィートにわたって繁茂しているのがくり返し発見され、そこでは海生動物が大量に死んでいく。珍しい鰈の一種や鮒、ブリームにいたっては、雌の魚が奇っ怪な突然変異をおこして雄の生殖器をつけるようになり、生殖の儀式はいまや死の舞踏と化してしまった。有機体は眼をみはるべき自己増殖と多様化をくり返す、といった私たちが学んで育った認識とは、まさに対極の事態が生じているのである。小学校でかつて鰊(にしん)が教材としてとりわけよく取り上げられてきたのは、それなりの理由があった。鰊はけっして滅びないはずの自然の、いわば象徴的存在だったのである。いまもはっきりと憶えているが、一九五〇年代、学校の先生が村の映像資料室から借りてきてくれたチカチカする白黒の短編映画のひとつに、画面の上端まで届くほどのまっ黒い荒波に揉まれながら走るヴィルヘルムスハーフェンの漁船を描いたものがあった。夜中に網を入れ、やはり夜中に網をまた引き揚げるらしかった。すべてが真闇の中で行われていた。ほどなくしてデッキに山積みにされた魚の腹と、ふりかけられる塩と、それだけがやけに白かった。この教育映画を思い出すと、黒光りのする防水服を着た男たちがひっきりなしに頭上で砕ける荒波をかぶって勇ましく立ち働いている姿が私にはいまも瞼に浮かぶ――自然の猛威と闘う人間を示すには、鰊漁はうってつけの舞台だった。映画が終わりにさしかかり、故郷の港をめざして船が帰路につくと、暮れ方の陽が雲のあいだから差しこめて、すでに穏やかになった海原を一面に燦めかせる。体を清めて髪に櫛を当てた漁夫のひとりがハーモニカを奏でる。船長は操舵席に立ち、責を担った者の眼差

しでかなたに眼を馳せる。しめくくりは陸揚げだ、会堂での仕事では女手が鰊のはらわたを抜き、大きさごとに仕分けして樽詰めにする。そのあとは鉄道の貨物車が、この休みない回遊魚を荷積みにし、この世における彼らの定めが全うされるべき場所に運んでいく――と私が最近見つけた、一九三六年制作の映画についていた付録パンフレットに書かれている。これとは別の、一八五七年にウィーンで刊行された北海の博物史を扱った書物には、春夏の数か月間に鰊が何百万匹となく暗黒の深海から浮かび上がり、幾重にも重なりながら汀や遠浅の海で産卵をする、とある。そして感嘆符つきでコメントがこうある――一匹の雌の鰊が産む卵は七万個にのぼる、もしもそれらがすべて孵って育ったとすると、ビュフォ

ンの計算によれば地球の二十倍の体積の鰊が存在することになる、と。年表には、鰊がまさしく劇的に獲れたため、鰊漁が大打撃を受けた年がくり返し記録されている。そればかりか、鰊の大群が風波に寄せられて海岸に押しよせ、陸に打ち上げられて、浜が数マイルにわたって厚さ二、三フィートの鰊に覆われたという報告すらある。そこまで大量に鰊が捕れると、近隣の村々の人々がスコップですくって籠や箱に入れることができたのはごく一部でしかない。残った鰊はまたたくまに腐り、自然がおのれの過剰によって滅ぶ恐るべき光景を見せつけたのだった。だが反面、鰊は慣れた場所を嫌うため、結果として海岸線一帯が貧窮にあえぐことも稀ではなかった。鰊がどんなコースをたどって回遊するかは、いまもはっきりとはわかっていない。光と風のぐあいがその道筋に影響するとか、地磁気だとか、のべつ変動する海水の等温線に関係するといった諸説はあるものの、いずれの説も確実に証明されたわけではなく、それゆえ鰊を漁（すなど）る者たちは、連綿として伝えられてきた伝説なかばの知識と、みずからの観察眼だけを頼みにしてきたのである。たとえば整然とくさび形の隊列を組んで移動していく鰊は、太陽の入射角がある一定の値になったとき、空にむかって脈打つような光を反射させるという。また鰊がいるたしかな徴として、体が擦（こす）れ合って剝がれた鱗が海面に無数に浮き、昼は銀板のように、夕暮れには雪か灰のように見えるともされる。鰊の群れが見つかると、その宵に漁が行われることが多く、さきに引用した北海の博物学書によるなら、そのさいには二十五万匹ちかくを捕獲できる長さ二百フィートの網が用いられた。鰊は経験によれば明るい色を嫌うため、粗いペルシア絹で作った網は黒く染めてある。この網は獲物を閉じ込めるわけではなく、壁のごとくに海中に立てられる。すると鰊が盲滅法に突っ込んできて網目に鰓（えら）をひっかけ、その後網が八時間がかかりで引き上げ巻き上げられるうちに、窒息してしまうというぐあいだ。したがって海から揚がった鰊の大半は、その時点ですでに死んでいる。こうしたことから初期の博物学者であるド・ラセペド伯爵などは、鰊は海の外へ出たとたんに梗塞を起こすか、あるいはほかの原因で即死するのだと推測した。やがて博物学の権威がこの鰊特有の性質をこぞって認めるようになると、こんどは、海から出ても生きている鰊を見た、という報告が衆目をあつめるようになる。たとえば、ピエール・サガールなるカナダの伝道師がニューファンドランド沖合で見た一山の鰊は、漁船の甲板でしばらくバタバタと跳ねていたというし、シュトラールズントのノイクランツ某は、臨終の一時間と七分前に海から引き揚げられた一匹の鰊の断末魔の様子を、微に入り細をうがって記録している。ノエル・ド・マリニエールなるルーアン魚市場の検官は、ある日甲板に二時間から三時間転がっていた鰊数匹がまだピクピクしていたことに眼をみはり、鰊の生存能力をくわしく調べようという気を起こして、鰭(ひれ)を剝ぎ取り、一匹一匹、べつべつの方法で切り刻んでみたという。人間の知識欲に端を発したこうした所為は、生存の危機にのべつ見舞われている鰊という種にとって、いわば受難の生涯のきわめつけをなす。卵の段階で紋付き鱈や小判鮫に食べられなかったとしても、しまいには穴子や鮫や真鱈やそのほか鰊を捕食する動物のえじきになる。そしてその動物のひとつが人間なのだ。一六七〇年にしてすでにオランダとフリースラントで八十万人、全人口のかなりの割合を占める数であるが、この人口が鰊漁に専門に携わっていた。その百年後、鰊の漁獲高は年間六百億匹にのぼったとされる。想像を絶するこの数値を前にしても、博物学者たちはてんで意に介さなかった。人間の行為は、生命の連鎖につきものである破壊のごく一端に責任があるにすぎないと考えたのだ。しかも

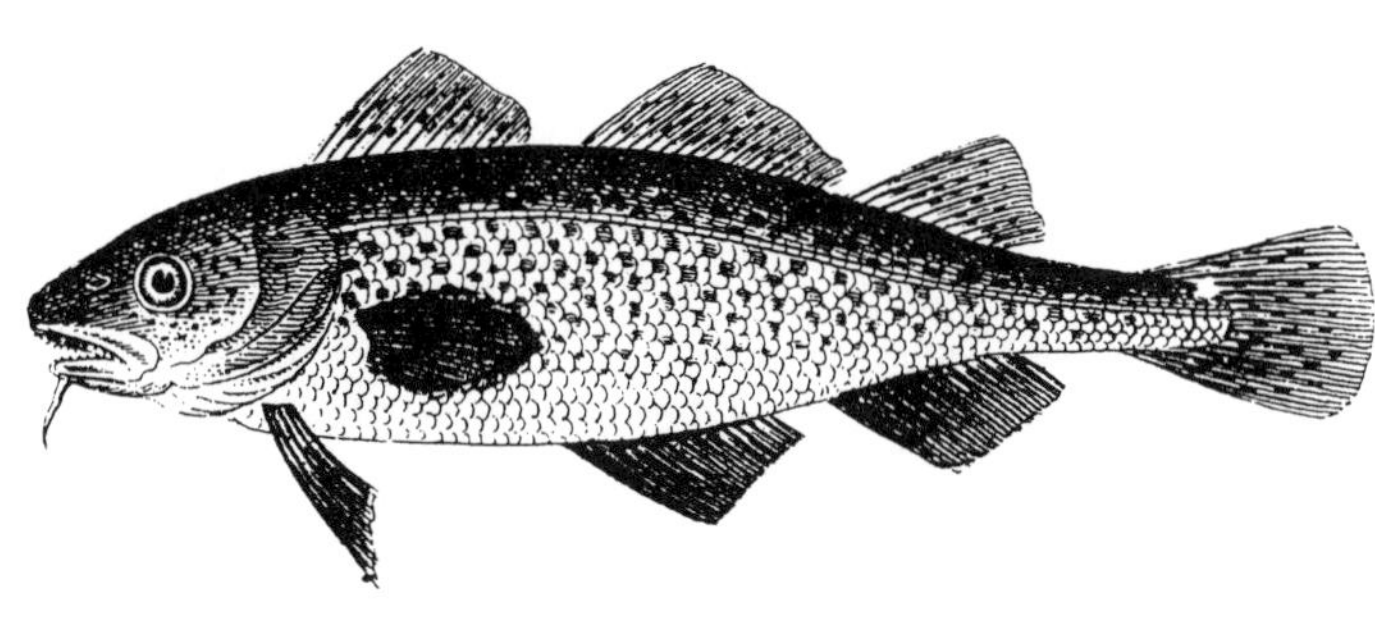

魚のごとき特殊な構造をした生物は、高等動物が死にぎわに心身に感じる恐怖や苦痛をまぬかれているはずであった。だが本当のところ、鱈がなにを感じているのかを、私たちは知らない。わかっているのはせいぜい、鱈の骨格は二百個以上の異なる骨と軟骨がこのうえなく複雑に組み合わさってできている、ということぐらいだ。鱈の外見できわだっているのは、たくましい尾鰭、細長い頭、こころもち張り出した下あご、そして銀白色の虹彩に瞳孔が黒く浮かんでいる大きな眼である。背中は青味がかった緑をなす。側面と腹側の鱗は、一枚ずつ見るならオレンジがかった金色の微光を発しているが、全体としては金属的なまっ白い輝きを放つ。光にかざしてみると、濃い緑色をした後ろ半身が比類なく美しい。息の根が絶えると、鱈は色を変える。背中は青くなり、頬の部分とあごが皮下出血によって赤くなる。ちなみに鱈の特異な性質がもうひとつある。死んで空気にふれると体が光りはじめるのだ。燐光に似ているようでおよそ異なるその独特の発光は、死後数日でもっとも強くなり、腐敗がすすむにつれて徐々に衰えていく。生を失った鱈の放つその光の正体がいったいなんなのかは長年の謎であり、たしかいまもって解明されていなかったように思う。一八七〇年ごろ、町を電飾で飾る企画がイギリス全土でおこなわれたさいに、イギリスの科学者ふたりが——奇しくも

ヘリング（鰊）トンとライト（光）バウンという、この研究にどんぴしゃりの名前だったことが摩訶不思議なのだが――この珍しい自然現象を研究した。死んだ鰊から滲み出す発光物質から、あわよくば常時再生可能な有機的光源が抽出できるかもしれない、と目論んだわけである。この話は私が最近読んだ人工光の歴史を扱った書物に出てきたものであるが、失敗に帰したこの奇矯な企ては、闇を追い払おうとする人類のあくなき営みにおける、取るに足りない一後退であったにすぎない。

　浜の漁師たちをはるか後ろにして、午後も早いうちに私はロウストフトとサウスウォルドの中間あたりの、砂利浜の背後にひろがるベネイカー・ブロード河口湖までやってきた。湖は照葉樹の緑冠に取り囲まれていたが、湖岸の浸食が進んでいて、海に面した側からじわじわと樹林が枯死していきつつある。嵐でも吹けば砂利でできた岸がいっぺんに崩れて、周囲の景観が一夜のうちに一変するのも、まちがいなく時間の問題だろう。だがそれでもこの日、深閑とした湖のほとりに腰を下ろしていると、不朽の永遠を見つめているかのような気持ちになれたのだった。朝がた内陸に湧いていた霧の帳は晴れ、天は澄みきって抜けるように蒼く、風はそよりともせず、樹々は絵に描かれたようにじっと立って、なめらかな褐色の湖面には、かすめ飛ぶ鳥影ひとつなかった。この世があたかも釣り鐘形のガラス蓋の下におさめられたかのようだった。だがやがて西空から湧いてきた巨大な積み雲が、ゆっくりと大地に灰色の翳を投げかけてきた。その陰翳のせいだったのか、おぼえず甦ったのは、何か月か前にイースタン・デイリー・プレス紙から切り抜いておいた、ジョージ・ウィンダム・ル・ストレインジ少佐の死亡記事のことだった。氏はこの河口湖の反対側にあるヘンステッドに、大きな石造の領主屋敷（マナーハウス）を構えていた。記事によるとル・ストレインジ少佐は先の大戦において、対戦車防御隊に加わっていた。一九四五年四月十四日にベルゲン・ベルゼン強制収容所を解放した、その隊である。しかし少佐は終戦後ただちにドイツからイギリスに戻り、サフォーク州にある大伯父の遺産を継いで、領地の管理にあたった。私がほかの資料で当たったところでは、ル・ストレインジはこの務めを少なくとも五〇年代の半ばあたりまでは申し分なく果たしていた。ひとりの家政婦を雇ったのもこのころである。そしてその家政婦に、サフォークの広大な所有地、推定数百億ポンドのバーミンガム市内の不動産をふくむ全財産をごっそり遺贈したのであった。新聞記事によると、このひとはフロレンス・バーンズなる、小さな田舎町ベクルズ出身のごく平凡な若い女性で、ル・ストレインジは雇い入れるにあたって彼女に対し、彼女が作った食事を彼といっしょに、ただしひと言も口をきかないで食べるように、という条件をつけていた。バーンズ夫人自身が記者に語ったとおぼしい話では、夫人はいったん交わしたこの約束を忠実にまもり、それはル・ストレインジの暮らしがしだいに常軌を逸したものになっていっても変わらなかっ

Housekeeper Rewarded for Silent Dinners

A wealthy eccentric has left his vast estate to the housekeeper to whom he hardly spoke for over thirty years.

Major George Wyndham Le Strange (77), a bachelor, collapsed and died last month in the hallway of his manor house in Henstead, Suffolk which had remained virtually unchanged since Georgian times.

During the last war, Le Strange had served in the 63rd Anti-Tank Regiment which liberated the concentration camp at Belsen on 14 April 1945. Immediately after VE-Day, he returned to Suffolk to manage his great uncle's estates.

Mrs. Florence Barnes (57), employed by Le Strange in 1955 as housekeeper and cook on condition that she dined with him in silence every day, said that Le Strange had, in the course of time, become a virtual recluse but she refused to give any details of the Major's eccentric way of life.

Asked about her inheritance, she said that, beyond wanting to buy a bungalow in Beccles for herself and her sister, she had no idea what to do with it.

たという。この件について新聞記者が突っ込んだ質問をしたことは間違いないが、夫人はそれ以上はほとんど口を閉ざしている。だが私がその後調べたところによると、ル・ストレインジは五〇年代の終わりごろ、屋敷の使用人ばかりか、雇っていた耕作夫や庭師、管理人をかたはしから解雇してしまい、以後は寡黙なベクルズの料理人とふたりきりで、だだっ広い石造りの屋敷に暮らしていたらしい。この結果、屋敷は庭といいまわりの外苑といいみるみる荒廃して、耕作をしなくなったぐるりの農地は雑草の生い茂る藪と化した。こうしたあきらかに現実にあった出来事による話のほかにも、領地近辺の村々では少佐その人にかかわる、一概に鵜呑みにはできない話が囁かれていた。それらは噂というかたちをとって、長年のうちに地所の奥から表に漏れてきた一握りの事柄にもとづいた話であって、それゆえに狭い世界に生きる住民の関心をとりわけ強くそそったのだろう。たとえば私がヘンステッドの飲み屋で耳にした話では、晩年のル・ストレインジは手持ちの服をひとつ残らず着古してしまい、さりとて新しい服を購うのを嫌ったため、屋根裏に片づけられていた長櫃から、必要に応じて前時代の衣装を取り出して着ていたという。カナリア色のフロックコートをはおった姿をちょくちょく見かけたとか、喪服の外套みたいな、ボタンや鳩目のだらだらとついた褪せた菫色のタフタを着ていたのを見たとか言い張る人々もいた。もとからよく馴れた雄鶏を一羽部屋に飼っていたが、後年には四六時中、まわりをありとあらゆる種類の鳥が群がるなかで過ごすようになったともいう。珠鶏（ほろほろちょう）、雉、鳩、鶉（うずら）をはじめ、千差万別の庭鳥や歌鳥が、あるものは彼のまわりを走り回り、あるものはばたばたと飛び回っていた、と。また別の話では、ある夏、ル・ストレインジは庭に洞穴を掘り、荒野の聖ヒエロニムスといった恰好で夜昼なくその中に座りつづけていた。しかしながら奇矯のきわみなのは、レンサムの葬儀屋の雇い人から出たと思われる、それこその伝え話である。息が絶えると、少佐の色白の肌はオリーブ色に、鵞鳥の羽根のように灰色をしていた両眼は真闇の色に、雪のように白かった髪は烏さながらの漆黒に変じたというのだ。こうした話をどう受け取ればいいのか、いまだに私には判断がつかない。いずれにしても確かなのは、庭園を含む氏の地所の一切合財が昨年秋に競売にかけられて、とあるオランダ人に売られていったことであり、少佐の誠実な家政婦だったフロレンス・バーンズが、望みどおり故郷のベクルズで、妹のジェマイマともども一軒の平屋に暮らしていることである。

ベネイカー・ブロードから南へ十五分、浜が狭くなって崖がはじまるところに、朽ち木が二十から三十本ほど雑然と転がっている。何年も昔にコウヴハイズの崖から転げ落ちたものらしい。塩水と風と陽に晒され、ひび割れて樹皮も剝げ落ちた木は、はるかな過去にこのうら寂しい渚で死んでいった、マンモスよりも恐竜よりも図体の大きななにかの動物の遺骸であるかのように見える。人の歩く径は朽ち木の群れを迂回して、金雀児（えにしだ）の繁みを抜け、ローム層の崖まで登っていって、いつ崩れるやもしれないような崖っぷちから少し入ったあたりを、丈の高いものは私の肩までとどく蕨（わらび）の草むらを縫って続いている。鉛色の海原のかなたで、帆をかけた一艘の船が私の伴をしてくれた。より正確に言うなら、船はじっ

と停まっているかのように思え、私自身、歩いても歩いても、動かない帆船に乗った目に見えない亡霊のごとく、その場から少しも進んでいないような心地になった。それでもしだいに羊歯の繁みはまばらになり、視界が開けて、広野に遠くコウヴハイズの教会が望めるようになった。電流を通した低い柵のむこう、褐色の地面のところどころにカモミールが痩せた群落を作っているところに、百頭ほどの豚の群れが放牧されていた。鉄線をまたいで、ぴくりとも動かずに眠っているずっしりした豚の一頭に近づいてみた。そばにかがむと、白っぽいまつげに縁取られた小さな眼をゆっくりと開け、いぶかしそうにこちらを見つめた。泥のついた、慣れない接触にわなないている背中を撫で、鼻面から顔へと手をのばして耳の下の窪みをさすっていると、際限のない受難にあえぐ人間さながら、豚はながながとひとつ息をついた。私が立ち上がると、心から恭順しているといったふうにふたたび眼を閉じた。そのあとまたしばらくのあいだ、私は電気柵と崖に挟まれた草地に腰を下ろしていた。まばらな、はやくも黄枯れた草の茎が、吹き上がってくる風にうなじを垂れていた。みるみるうちに空が暗くなっていく。厚い雲が、いまや白い縞のできた海原のほうまで垂れ込めようとしていた。いつまでたっても動かなかったあの船は、かき消えたように姿がない。この光景のすべてから思い起こされたのは、聖マルコが福音書で語っているゲラサの郷の話、そしてその話の直前に出てきて知名度のはるかに高い、イエスがガリラヤ湖で嵐を鎮めた話だった。波が小舟に打ち込んできたとき、信仰のうすい弟子たちが、安らかに眠っていた師イエスを揺り起こした、という後者の図はいかにも学校の教理問答書にあつらえむきの話だったが、かたや狂気に取り憑かれたあるゲラサ人の話は、どう解すればいいのか、判別のつきかねる類のものだったにちがいない。少なくとも私は、いわゆる宗教の授業や教会のミサのおりにゲラサの話が読まれるのを聞いた記憶はないし、ましてやその講釈は聞いたこともない。マルコの福音書には、暴れ狂わずにはいられない男が墓場から出てきて、ナザレの人に走りよった、と語られている。男は墓場を棲み処にしていて、怪力を出すためにだれもこの男を縛りつけておくことができなかった。男は鎖という鎖を引きちぎり、足かせという足かせを砕いた。夜も昼も、たえず墓あるいは山にいて叫び、おのが身を石を以て傷つけた、とマルコは書いている。名前を訊ねられると、レギオンといいます、わたしたちは大勢ですから、と応え、わたしたちをこの土地から追い出さないでください、とイエスに懇願した。だが主は、悪霊が男から出て行って、そこで放牧されていた豚の群れの中に入り込むように、と命じた。すると二千匹ばかりの豚の群れがなだれを打って崖を駆け下り、海に落ちて溺れ死んだ、そうマルコの福音書にはある。この身の毛のよだつ話は、これを目撃した信じるに足る人の話なのだろうか、と、そのときいにしえのゲルマン海を臨みながら私は思ったのだった。もしそうであるなら、主はゲラサの男を癒そうがために重大な誤りをおかしたのではなかったか。それともこれは福音史家がかってに捏(こしら)えたところの、いわゆる豚の穢さの由来を伝える寓話にすぎないのだろうか。だがさらに考えをすすめるなら、その話は、私たち人間のもとより病んだ心がなにかほかの、劣等だから抹殺してもよいと見なせるものにいつも捌け口を求めずにはいられないことを指しているのではなかろうか。そんな思いに耽りながら、私は沖を飛びかう小洞燕(しょうどうつばめ)に眼を馳せた。燕はしきりとみじかく鳴きかわしつつ、眼にも止まらぬ速さで空の径を切り裂いていく。もうずいぶん昔、子ども時分に、日が暮れて翳になった谷の底から、私はよくこの燕を眺めたものだった。当時はまだおびただしい数がいて、暮れ残った空にいくつも輪を描いていた。そのたびに幼い私は想像したのだ、この世界がばらばらにならないように繋ぎとめているのは、ひとえにこの燕が空中に軌跡を描いているからだ、と。後年、一九四〇年にウルグアイのサルト・オリエンタルで書かれたボルヘスの「トレーン、ウクバール、オルビス・テルティウス」を読んでみると、そこに数羽の鳥が円形劇場を救ったというくだりがあった。いま見ていて気づいたのだが、小洞燕は私が腰を下ろしている崖っぷちと海原を結んだ平面の上だけを行き来している。そこより高く舞い上がるものもいなければ、海面へ降りるものもいない。弾丸のような速度で岸まで飛んでくると、きまって何羽かが私の足元に吸い込まれるように消えてしまう。崖のへりに歩み寄ってのぞきこむと、浸食された断崖のローム層の上辺に、そこらじゅう巣穴の小洞が開いていた。いつ崩れるやもしれない、言わばスカスカの土台の上に私は立っていたのである。だがそれでも、子どものころ胆だめしと称して二階建て蜂舎のトタン屋根に登ったときのように、思い切り首を曲げて天頂をあおぎ、それから視線を丸天井にそって下へ滑らせていって、水平線から海面を撫で、眼下およそ二十メートルほどの下の狭い海浜に這わせていった。襲ってきた目眩の感覚をゆっくりと息を吐いてこらえ、一歩うしろに退いたところで、海岸線になにやら妙なふやけた色をしたものが動いているのを見たような気がした。私は腰をかがめ、動転して、崖っぷちの下をのぞきこんだ。ところがそれは、人間のカップルだった。窪地の下に横たわっているのだろう、男がもうひとつの肉体の上にながながと伸びている。かたやもうひとりのほうは、折り曲げて外へ開いた両脚のほかはなにも見えない。永劫に続いているかのような、網膜に映像が灼きつけられた驚愕の一瞬、男の脚と宙に浮いたほうの脚のどちらにも同時に痙攣が走ったように見えた。ともかくもいま、男は静かになり、女もまたじっと動かなくなった。ふたりは渚に打ち上げられた不格好な軟体動物といったていで横たわっていた。どこか遠い海から漂ってきた、多数の手足を持つ双頭の海の怪物、巨大な異形の生物の最後の生き残り。鼻の穴から浅い呼吸が漏れるたびに、しだいに命が尽きていく。私は泡を食って起き上がった。生まれてはじめて地面から立ち上がったかのように、足元がおぼつかなかった。そして薄気味の悪くなったこの場所をあとに、ゆるい傾斜の径づたいに崖を下りて浜辺に出た。そこから浜は南にのびていた。かなたにサウスウォルドの町が蹲（うずくま）っていた。暗い空の下にかたまった、豆粒のような家々、木立、まっ白な灯台。町にたどり着くのを待たず、雨がぱらぱらと降りはじめた。背後をふり返って自分が歩いてきた索漠とした行路を眺めてみると、コウヴハイズ断崖のふもとで青ぶくれした海の化物を見たのが現実のことだったのか、それとも頭の中の捏（こしら）えごとにすぎなかったのか、すでにおぼつかなくなっていた。このときに感じたおぼつかなさを思い起こすと、先にも述べたサルト・オリエンタルで書かれた物語にまた思いがいく。その話は第二、第三の世界を発明しようとする人々の試みについてのものだった。語り手は一九三五年のある晩、ブエノスアイレスのラモス・メヒーアのガオーナ街にある別荘で、アドルフォ・ビオイ＝カサレスと夕食をともにしたと書く。食事のあとで話はある長編小説の執筆について、とりとめのない方向へひろがっていった。その小説は、あきらかな事実を歪曲し、さまざまな矛盾をおかしているために、少数の読者しか——ごく少数の読者しか——その物語の中に戦慄すべき、かつまたしごく平凡な現実が隠されていることがわからない、というものである。わたしたちがそのときいた部屋の前に伸びる廊下の奥に、と語り手は続けている、楕円形をした半曇りの鏡が掛かっていて、そこからは

どことなしに不穏な空気が漂ってきていた。わたしたちはこの物言わぬ目撃者に様子をうかがわれているように感じ、――深夜には避けられない発見だが――鏡には妖怪めいたものがあることに気がついた。するとビオイ＝カサレスが、鏡と交合は人間の数を増殖するがゆえにいまわしい、と言ったという、ウクバールの異端の教祖のひとりのことばを思い出した。わたしがこの記憶に値することばの出所を尋ねると、と語り手は綴っている、『アングロ＝アメリカ百科事典』のウクバールの項に載っている、と彼は答えた。ところがこの項目はその事典には見つからなかった、と語り手はその先で述べる。

いやあるにはあったが、それはビオイ＝カサレスが数年前にバーゲンで入手したセットにおいてだけ見つかったのである。そのセットの第四十六巻は、一九一七年版のほかのおなじ巻よりも四ページ分水増しされていた。それゆえにウクバールがはたして実在したか否か、あるいはこの未知の国についての記述は、ことによると百科事典として編纂が企てられているトレーンについての記述と類似したところがあるのではないか、といった疑念はあきらかにされずじまいだった。語りはこの編纂の企てをめぐって展開するのだが、そこではまったくの非現実的なものを介して、徐々に新しい現実をつくり出すことが目指されている。トレーンの迷宮のような構造は、これまであった世界を消しかけている、と〈一九四七年の追記〉には綴られている。いまだだれもマスターしていないトレーンの言い回しが、すでに学校に侵入している。トレーンの歴史はわれわれが過去に知っていた、ないし知っているつもりだったすべての歴史に取って替わってしまった。歴史記述においてはすでに虚構の過去がはっきりと優位を占めている。学問のほとんどの分野が修正され、まだ修正されていないわずかな分野も刷新を待っている。各地に散らばった隠者の血統、トレーンの発明者、百科事典編纂者、辞書編纂者の血統が、世界の顔を変えてしまった。あらゆる言語が、スペイン語やフランス語や英語ですら、いずれこの世から消えるだろう。世界はトレーンとなるだろう。だがわたしは気にしない、とこの語り手は締めくくる、わたしは田舎の屋敷で静かにくつろぎながら、トマス・ブラウンの『壺葬論』のケベードふうの試訳の校訂を続けるのだ——出版するつもりはないが、と。

4

夕食をすませ、町の路地や表通りをひとまず一巡してみたときには、雨雲はすでに晴れていた。煉瓦造りの家並みははやくも夕闇にしずんで、灯室のガラス窓が燦めく灯台だけが、暮れなずむ上空の明るみにわずかに届いていた。ロウストフトからの長い徒路に足が棒になった私は、ガンヒルと呼ばれている丘の広い芝地のベンチに腰を下ろして、おだやかな海を眺めていた。闇はいま海の底から湧いてきていた。黄昏の散策をする人の姿ももうない。からっぽの劇場の中にたったひとりいるような心地だった。もし眼の前で忽然として幕がするすると上がって、たとえばあの記憶すべき日、一六七二年五月二十八日が舞台縁（プロセニアム）で演じはじめられたとしても、なんの不思議もないと思われた。その日、この沖合にただよっていた薄靄をついてオランダの艦隊が姿をあらわし、まぶ

しい朝陽を背にして、サウスウォルド沖のソウル湾に集結していたイギリス艦隊に砲火を浴びせた。おそらくその日、最初の砲声が轟くやいなやサウスウォルドの町民は浜に駆けつけて、稀代の見せ物に眼を瞠ったことだろう。両手を眼の上にかざして、まぶしい日差しを遮りながら見たはずだ、船が傍目にはいいくら加減に動き回っているように見えるのを、弱い北東の風に帆が膨らむのを、あるいは船体を重たげに回転させるにしたがってまた帆がしなだれるのを。遠くからでは人影は見てとれなかっただろう、ましてや艦橋にたたずむオランダ提督やイギリス提督の姿がわかったはずはない。なおも戦闘がつづき、火薬庫が爆発し、タール塗装の船体が何艘か吃水線まで焼け落ちたころには、眼を刺す黄色っぽい黒煙が入り江全体にもうもうと立ちこめ、いっさいを覆い隠してしまって、戦闘のなりゆきをつぶさに追うことはできなくなっていただろう。いわゆる天下分け目の戦いを描いた戦記物は昔から信用のおけぬものときまっているが、大きな海戦を絵画に表したものは、それどころか例外なしに完全な想像の産物である。ストルク、ヴァン・デ・ヴェルデ、ド・ラウザーバーグといった高名な海戦画家による絵画も、グリニッジの海事博物館でソウル湾の海戦を描いたものを何点かじっくり眺めてみたことがあるが、写実的な意図ははっきり読みとれるものの、マストや帆が炎をあげて焼け落ち、信じがたい数の人々がひしめいていた中甲板を砲弾が貫いたそのとき、物と人とを詰めるだけ詰め込んでいた船上がいったいどんなありさまだったのか、真実の印象を伝えるにはいたっていない。焼き打ち船に襲われて炎上したロイヤル・ジェームズ号ひとつとってすら、乗組員千人のうち半数ちかくが命を落とした。三本マストのこの帆船の最期はくわしく伝えられていない。ただ複数の人々が、体重百五十キロちかい巨漢、イギリス艦隊提督のサンドウィッチ伯爵

が炎に包まれ、死にもの狂いに体をよじりながら後甲板に立っていたのをたしかに見た、と証言している。とまれひとつだけ確実なのは、それから数週間後、提督の膨れ上がった亡骸がハリッジ近くの砂浜に打ち上げられたことだった。軍服の縫い目ははじけ飛び、ボタン穴は裂け切れていたが、ガーター勲章だけは依然として燦然たる輝きを放っていた。あの当時、そうした戦闘で死んだ人の数とおなじほどの人口を擁した都市は世界にも数えるほどしかなかったはずである。そのとき人々が嘗めた苦悶、そこで行われた破壊の大きさは、私たちの想像を幾層倍も凌駕している。そしてはじめからあらかた破壊される定めにある乗り物を築造して装備するために、樹木を伐って製

材し、鉱石を掘り出して精錬し、鉄鍛冶をし、布を織って縫い上げ、帆を作るといった作業にどれほど莫大な労力と費用が費やされたかも、また私たちの想像の埒外にあるのだ。スタヴォールン、レゾルーション（不屈）、ヴィクトリー（勝利）、ヒュロート・ホランディア（大オランダ）、オーリファン（象）などと名を附されたそれら奇っ怪な存在は、地球の気息（いき）に吹かれてつかのま海原を滑り、そしてまた跡形もなく消えてしまった。ちなみに、貿易の利権をめぐって争われたサウスウォルド沖のこの海戦を英蘭両軍のどちらが制したかは、結局のところうやむやとなった。だが確かだとされているのは、戦闘の規模からすればほぼ無にひとしい紙一重の差によってここにオランダの凋落がはじまり、かたや破産寸前、外交でも孤立し、オランダにチャタムを急襲されて完全に面目を潰していたイギリス政府が、一見たいした戦術も持たぬうえに海軍司令部も崩壊寸前でありながら、おそらくはもっぱらその日の風と波のいたずらが幸いしたのだろう、以後長きにわたって不動の制海権を握るようになったことである。——サウスウォルドの黄昏どき、いにしえのゲルマン海を臨む場所にそうやって腰を下ろしていると、忽然として、地球がゆっくりと闇にむかって回転していくのがまざまざと感じとれたような気がした。トマス・ブラウンは『キュロスの庭園』にこう綴っている、アメリカで狩人が起き上がるいみじくもそのとき、ペルシアでは人々が深い眠りに落ちていく。夜の影は裳裾のように地球のおもてを撫でていく。日が没するや子午線から子午線へ、あらかたの生き物がかたはしから身を倒す。したがって、とブラウンは続ける、入り陽をどこまでも追いかけていくならば、われわれの棲まう地球はサトゥルヌス（土星）の鎌に刈られてなぎ倒されたかのごとき、横臥した体ばかりを見ることができるだろう——ばたばたと倒れる病にかかった人類の、涯てのない墓場だ。どこまでも遠く、私は沖合に眼を馳せた。闇のもっとも濃いところに、もはやほとんどそれとわからなくなったが、なんとも奇妙な形をした雲が浮かんでいた。サウスウォルドに夕立を降らせていった雷雲の、いわば後ろ姿が見えていたのだろう。まっ黒な雲の山の頂上のあたりは、なおしばらくコーカサスの氷原さながら、まぶしい白に輝いていた。そしてそれが少しずつ色褪せていくのを見守っているうちに、私の脳裡にはふたたび、何年も前にちょうどこれに似たはるかな見知らぬ山をはしからはしまで歩いた夢を見たことが甦ってきた。道のりはゆうに千マイルはあったにちがいない、峡谷や山峡や谷合を抜け、鞍部の径を踏み、山腹や吹きだまりや、深い森々の縁沿いを歩き、岩場や礫地や雪野原を越えていった。そして夢のなかで、徒路の果てにたどり着いて背後をふり返ってみると、きっかり夕べの六時だったことを憶えている。碧青の空に薔薇色の雲が二つ三つ浮かび、その空を背景に、私が歩いてきた山のぎざぎざの頂が恐ろしいほどの急傾斜でそそり上がっていた。なぜともしれぬ、無性に懐かしい光景だった。週のあいだじゅうその心象は私の脳裡に取り憑いていて、そしてついにはたと思い当たった。それはしばしまでそっくりそのまま、かつて私の眼に映じたヴァリューラ山の山容だったのである。小学校に入学する一日か二日前、モンタフォンへ日帰りの旅行をして家に帰る夕暮れ、草臥れはてた状態でバスの車窓から見たのだった。夢の光景に見られる一種独特の現実離れした感じは、埋もれてしまった記憶が生み出すものなのだろう。だがほかにもなにかが係わっているのかもしれない。なにか靄じみた、薄い帳のようなものがあって、そこを通して見ると、逆説的に夢では一切がくまなくくっきりと見えるのだ。小さな水たまりが湖になり、そよ風が嵐になり、一握りの塵が砂漠になり、血液に含まれる硫黄の一分子が火を噴く山になる。私たちが劇作家であり役者であり裏方であり書割画家であり観客であるとは、これはなんという芝居であろうか。夢の続き部屋をつぎつぎに開けていくとき、眠りの世界に持ち込まれた意識は拡大するのだろうか、それともその逆なのだろうか。

こうしたことがらはかねてから不可解でならなかったが、おなじようにもうひとつ、夕暮れのサウスウォルドでガンヒル丘に腰を下ろしながらどうしても現（うつつ）のものとは信じがたかったのは、まさにこの一年前、自分が反対のオランダの海岸に立って、このイギリスを眺めやっていたということだった。あのとき、スイスのバーデンで厭な一夜を過ごしてから、バーゼル、アムステルダムを経由してオランダのデン・ハーグまで行き、駅前通のいかがわしいホテルのひとつに投宿したのだった。ロード・アスキスだったか、アリストだったか、ファビオーラだったろうか、名前はもはやさだかではない。いずれにせよ、いかなる質素な客ですら、一歩踏み入ったとたんに暗澹たる気分に突き落とされるような宿だった。受付の窪みにもう若いとは言えない、あきらかに長年の恋人同士であるらしいふたりの男が座っており、そのあいだに、いわば子ども代わりといったけしきで、杏色のプードルがいた。あてがわれた部屋に入ってしばし体をやすめ、それからなにか口に入れようと思って散歩に出た。駅前通りを中心街にむかって歩き、ブリストル・バー、ユクセル・カフェ、ビデオ店、アラン・テュルク・ピザ店、ユーロ・セックス・ショップ、イスラムの肉屋を横に見て、絨毯商の店まで来ると、店のショウウインドウの上に、砂漠を行く隊商を描いた四枚続きの稚拙なフレスコ画があった。くたびれた建物の正面に〈ペルシャの宮殿（ペルゼンパレイス）〉と赤い文字で書かれ、上の階のガラス窓は一枚のこらず白いペンキで塗りつぶされていた。仰向いてそのファサードを眺めていると、肘と肘がぶつかったほど私のすぐ脇を、黒髭の男がさっとすり抜けていった。裾の長い服の上

にくたびれた背広の上衣をはおっており、一軒の戸口に姿を消したが、そのほそく開いた扉の隙間からふと中の木の棚に眼を落としたとき、忘れもしない、時間の流れの外にあるかのようなその一瞬に見たのだった――百足はあっただろう、履き古した靴が、縦に、横に、きっちりと並べられていたのである。建物の裏手にまわって、オランダの紺碧の空を背景にイスラム教寺院の尖塔（ミナレット）が聳えているのを確かめたのは、そのしばらく後だった。いわばこの地にあってこの地にない界隈を、私は一時間かそこらうろうろと歩き回った。表通りから入ったところにある小路の窓はおおかた板で塞がれていた。煤けた煉瓦の壁には、〈熱帯雨林を救え（ヘルプ・デュ・レーヘンワウデン・レッデン）〉だの、〈王立オランダ墓地にようこそ（ウエルカム・トゥザ・ロイヤル・ダッチ・グレイヴヤード）〉だのとの落書きがあった。店に入って食事をとる気持ちはもはや失せ、マクドナルドに寄って、ぎらぎらと明るい注文台の前に立ち、全世界に指名手配されている犯罪者になったかのような心地でフライドポテトを買い、ホテルへの帰り道にちびちびと食べていった。駅前通りの遊興店や飲食店の前には、いつのまにか東洋の男たちがたむろしていた。黙然と煙草をふかしている者がほとんどだったが、たまにひとりふたり、客と取引をしているとおぼしい姿もあった。駅前通りと交差する小さな運河まで来たとき、忽然として一台の車があらわれて、車道からすうっと私の方にすべり寄ってきた。イルミネーションをつ

けたクロム塗装のアメリカのオープンリムジンで、中に白いスーツ姿のポン引きが、金縁のサングラスにお笑いもののチロル帽をかぶって座っていた。呆気にとられてそのほとんどこの世ならぬお化けのあとを眼で追っていると、こんどはいきなり通りの角から、黒い肌の人間がこちらめがけて突進してきた。顔に恐怖がはりついていて、私の直前で身をかわすと同時に、追っ手の邪魔になるように私を突き飛ばした。追っ手は傍目にもあきらかに、逃げる男の同国人だった。殺意と怒気で眼をギラギラ光らせていたが、さしずめコックか、厨房の手伝いあたりだろうか、腰に前掛けをつけ、ぴかぴか光る長い包丁を手にしている。その包丁があまりにも間近をかすめたので、私は自分のあばらに突き刺さるのを感じたほどだった。そんな目に遭ったことが尾を引いて、さわぐ胸のまま、ホテルのベッドに横たわった。気の滅入る、重苦しい夜で、あまりの蒸し暑さに窓を閉めることができなかった。だが窓を開けておくと交差点の騒音が上まで届き、おまけに数分おきにターミナルのレールを回っていく市電が立てるすさまじい金属音が耳につく。そうしたわけで、いささか気分がすぐれぬまま、私は翌朝マウリッツハイス美術館におもむき、大きさざっと四平方メートルのレンブラント作、《ニコラース・テュルプ博士の解剖学講義》の前に立ったのである。この絵画にはその後数年にわたって少なからず取り組むことになるのだが、寝不足のその日は、わざわざそのためにデン・ハーグまでやって来たにもかかわらず、外科医ギルドの視線にさらされて横たわる解剖死体を眼前にしても、なにひとつ考えられなかった。ただ自分でもしかとはわからぬままその描写にひどく胸を衝かれ、小一時間してからようやっと、ヤーコプ・ファン・ロイスダールの《漂白場のあるハールレムの眺望》の前に立って、いくらか落ち着きを取り戻したのだった。ファン・ロイスダールの描いたハールレム市にむかって広がる平原は、高みから眺め下ろしたもので、通常は砂丘からの眺望であるとされている。だが印象としてはもっとずっと上から鳥瞰的に眺めている感が強く、この海浜の砂丘は低山とは言わぬまでも、そうとうに高い丘でなければ道理に合わないように思われる。実のところは言うまでもない、ファン・ロイスダールは砂丘の上ではなく、架空の、地上からいくばくか浮き上がった想像上の一点に立って描いたのだった。そこに立つからこそ、すべてを同時に見ることができた——画面の三分の二を占める巨大な雲の浮かんだ空も、家並みの上に聳え立つ聖バフォ大聖堂をのぞいてはただ地平線の縁取りでしかないようなハールレムの市街も、くろぐろとした繁みや林も、前景の家屋敷や明るい野原も、そこにずらりと並んで漂白されている亜麻布の白いつらなりも、そして数えられるかぎりでは七つ八つの、五ミリにも届かない働く人影も。展示室をあとにしてからいっとき、陽のさんさんと降り注ぐ美術館の表階段に腰を下ろしていた。購入したパンフレットに記されていたところによると、この豪壮な館はオランダ総督ヨーハン・マウリッツがブラジルに滞在した七年間のうちに故国に築造させ、調度を整えさせたもので、〈世界の涯てまでも〉という総督のモットーに相応しい、はるか遠隔の地の驚異を映し出すべき宇宙誌的邸宅なのだった。一六四四年五月、つまり私が生まれるきっかり三百年前に落成を見、そのさいには新築なった邸宅の前の舗装広場で、総督がブラジルから連れ帰った〈インディアン〉十一人が踊りを披露して、集まった市民たちに、彼らの国家がいかなる遠国にまで勢威をふるっているかをいくらかなれと実感させた。その踊り手たちはとうにいない。ほかになにが伝えられるでもなく、消え去ってしまった。影のように音もなく、青鷺のように静やかに——私がふたたび腰を上げて道をたどったとき、庭池(ホフ)

の岸沿いをのろのろと進む車の列には目もくれず、きらきらとした水面すれすれに規則正しく羽ばたいて飛び去っていった、その青鷺のように。過ぎ去った昔が本当はどうであったのか、だれが知るはずがあろう。ディドロはその旅行記で、オランダをヨーロッパのエジプトと評した。平原を舟で渡っていくことができ、水に浸かった野には目路のとどくかぎりなにもないのだと。この不思議な国にいると、わずかな高みに上がっただけで崇高のきわみを味わったかのような心地にさせられる、とディドロは書く。またディドロにとって、並木に縁取られてまっすぐに水路の伸びる、清潔であらゆる意味で模範的なオランダの諸都市ほど、人の心を満足させてくれるものはない。すみずみまで練った計画にもとづいて匠の手によって一夜にして出現したかのように、整然と集落が連なっている。大都市の中心においてすら、あたかも田園にいるような錯覚がおこる、とディドロは書き、当時にして人口およそ四万を数えたデン・ハーグのことを、地上でもっとも美しい村と、そして市街からスヘフェニンヘンの海岸までの道を、他にふたつとない遊歩道と呼んだ。私は自分の足で公園（パルク）通りをスヘフェニンヘンにむかって歩いてみたが、ディドロの見解に同意するのはたやすくはなかった。庭園に囲まれた瀟洒な邸宅は散見されたが、息をつけるような場所はほかにどこにもなかった。見知らぬ街でしばしばそうなるように、私はまたしても間違った道を歩いてしまったのかもしれない。スヘフェニンヘンに着くと、遠方からでも海が見えてくるだろうと想像していたのに、谷底を歩いていくかのように、高層アパート群の影のなかを長時間通っていかなければならなかった。海岸にたどりついたときにはもうへとへとになっていて、横になって昼すぎまで居眠りをした。波音が聞こえていた。夢うつつに、オランダ語が一語一語、ひとこと漏らさず理解でき、生涯ではじめて、私

は家にたどり着いた、と思った。眼が覚めてからもしばしのあいだ、私の仲間の民が荒れ野を行く旅の途上にあって、まわりで休息を取っているのではないかという感覚に駆られた。眼前に聳える保養ホテル、クールハウスのファサードは、巨大な隊商宿のようだった。しかも世紀転換期あたりに砂浜のどまん中に出現したであろうその豪華ホテルの周辺には、こちらはあきらかに近年できたとおぼしいテント掛けの小屋がずらりと並んでいて、新聞の売店や土産物屋やファストフードの店が軒を連ねていたが、その眺めがまた隊商宿のようなホテルによく似合っていた。そのひとつ、カウンター上部に掲げられた電光パネルのメニューに、ふつうのハンバーガーセットでなくユダヤ教に従った(コーシャ)料理が載っていた〈マサダ・グリル〉という店で、私は街に戻る前にお茶を一杯飲んだ。そしてほかに客のいないその店で、家族の祝いごとだろうか、休暇の祝いだろうか、孫たちににぎやかに取りまかれて幸せそうに顔を輝かせている老夫婦の姿を、賛嘆しつつ眺めたのだった。

アムステルダムに着いてからフォンデル公園の傍にあるかねてから馴染みの個人宿に投宿し、晩方、古い家具や写真に囲まれ鏡を飾ったひっそりしたロビーの一角に腰を下ろして、そろそろ終わりも近くなった旅の、足を停めた先々の記録をしたためた。調査に明け暮れたバート・キッシンゲンの日々のこと、バーデンで突如パニックに襲われたこと、チューリヒ湖を船で渡ったこと、リンダウのカジノで当たったこと、ミュンヘンでアルテ・ピナコテーク(旧絵画館)を訪れたこと、そして私とおなじ名前を持つ守護聖人の墓所をニュルンベルクに訪ねたこと。伝説の語るところ、その人はダキアかデンマークの王族の息子であり、フランスの一王女とパリで婚礼をあげた。婚礼の夜、卒然として深い無常観にとらわれた。花嫁にこう言ったと伝えられている——みよ、今日装えしわれらが身、明日には蛆のえじきとなる。夜が白むのを待たずに家を飛び出し、巡礼の旅をしてイタリアに至り、そこに長らく逼塞した。やがて身内に力が湧き起こるのを感じ、奇跡をおこなうようになった。アングロサクソンの王族の息子ヴィニバルトとヴニバルトが餓死寸前であったのを、灰をこねて焼いたパンを天使に届けさせて救い、つづいてヴィチェンツァの説教で名を馳せたのちは、アルプスを越えてドイツに入った。レーゲンスブルク近傍で外套を敷いてドナウ河を渡り、街中に入ると割れたコップをもとどおりにし、薪を惜しんだある車大工の家で、つららをくべて竈に火をおこした。凍りついた命の糧を燃やしたというこの話は、かねてから私にとってとりわけ大きな意味を持つものだった。畢竟、心が凍りつき荒(すさ)びはてているからこそ、いかさまめいた見せ物を介して、あさましい心にもまだ燃えあがる炎があることを世人に信じさせることができたのではないか、と。いずれにせよ私の名を持つ守護聖人は、その後レグニッツ川とペグニッツ川に挟まれた帝国領の森に庵をむすんでのちも幾多の奇跡をおこない、病者を癒したという。その屍はあらかじめ頼んであったとおり荷車に載せられ、二匹のおとなしい雄牛によって、いまなお墓所となっている場所まで牽かれていった。それから数百年たった一五〇七年の五月、ニュルンベルクの都市貴族が鍛冶の名匠ペーター・フィッシャーに依頼し、〈天におわす聖ゼーボルトのために黄銅の棺を〉作ることを決める。一五一九年六月、十二年の作業ののちに重さ数トン、高さほぼ五メートル、十二匹の蝸牛と弓なりにくねる四匹の海豚に支えられた、救済史の全容をあらわすモニュメントが、市の守護聖人その人に捧げられた教会の内陣に据えられた。墓碑の台座部分には牧神、人魚、幻想の生物、考え得るありとあらゆる動物がひしめきあい、それらに取り巻かれて四つの首徳、賢明・中庸・正義・勇気が女性の姿であらわされた。その上には伝説の世界の形姿——狩人のニムロデ、棍棒を持ったヘラクレス、驢馬の頭を手にしたサムソン、二羽の白鳥にかこまれたアポロン、そして聖人がおこなったつらの奇跡や飢える者への施食、邪宗徒の改心などが描かれた。さらに上に来るのは、みずからが責め苛まれた拷問具とそれぞれを象徴する品を手にした使徒たち、そしてもっとも高所に三つの頂点をなして、無数の住まいのある天の都市エルサレムがある。熱く待ちもうけた花嫁、人の世における神の幕屋、もうひとつの、新たなる生の写し絵としてのエルサレムだ。そして八十の天使に取り巻かれ、鋳込み成形によって成った外郭の心臓部、銀の薄板を打ちつけた厨子の中に、ひとつの典型となった死者の遺骨が納まっている。私たちの眼から涙がぬぐわれ、悩みも苦しみも泣き声も叫び声もない時間へと先駆けていった人の遺骨が。

アムステルダムは夜になっていた。フォンデル公園わきのホテルの最上階の部屋で、私は暗がりにぽつ

ねんと腰を下ろし、樹々の樹冠で荒れ狂う大風の音に耳を傾けていた。遠くに雷が鳴った。地平線のあたりが鈍く明るむ。午前一時ごろ、屋根裏部屋の下の金属屋根に雨がぱらぱらと打ちかかる音がしたので、張り出し窓に歩みより、なま暖かい、ごうごうと鳴っている大気のなかに身を乗り出した。ほどなく土砂降りがはじまり、雨はまっ暗な、ときおりベンガル花火さながらの青白い稲光に照らし出される公園の闇の底を叩きはじめた。雨樋は山間の早瀬のような音を立てている。またしても稲光が空に走ったとき、はるか眼下にホテルの庭をのぞき込むと、庭と公園をへだてる広い掘り割りの中、しだれ柳の垂れ下がった枝の蔭に身を隠してひとつがいの鴨が、草色によどんだ水面にじっと身動きもせず浮いているのが眼に入った。その光景は一秒の何分の一かの間、闇にくっきりと浮かび上がり、私はいまなお柳のひと葉ひと葉、二羽の鳥の羽の精妙な色合い、いやそればかりか、その眼にかぶさった瞼の毛穴のひとつひとつまでが網膜にはっきりと映っている気がする。

翌朝行ったアムステルダム・スキポール空港の建物は不思議なほど空気がくぐもっていて、すでにこの世を一歩離れたところにいるかのような心地になった。鎮静剤を飲んだか、それとも時間が間延びしているところを動いていっているかの風情で、搭乗客がホールを歩いていく、いやふわふわと漂っていて、黙したままエスカレータに乗り、高所へ、地下へ、それぞれの定められた行き先に向かって運ばれていった。私はその前にアムステルダム市内から空港へ向かう電車の中で『悲しき熱帯』の頁をめくっていて、サンパウロのカンポス゠エリゼオス通りに関する記述にぶつかっていた。その通りにはかつて金持ちがスイス風の幻想的なスタイルで建てた、色鮮やかに塗られた木造の別荘や邸宅があったのだが、とレヴィ゠ストロースはブラジル時代を回想して書いていた、それらはユーカリとマンゴーの木が鬱蒼と繁る庭の中で、ゆっくりと朽ち崩れていっていた、と。あの朝、ひくい囁きに満ちた飛行場が、旅立った者が二度とふたたび戻ることのない未知の国への入り口のごとくに思われたのは、そのせいだったのかもしれない。ときおり生身を欠いたふうの、天使にも似た口調のアナウンスの声がだれかを呼び出していた。コペンハーゲンにご出発のザンドベルグ（砂山）さま、ストロムベルグ（河山）さま。ラゴスにご出発のフリーマンさま。ロドリーゴさま、どうぞ……。遅かれ早かれ、ここに集まってきた人ひとしなみに順番は来る。私はソファに腰を下ろした。あちらこちらに人々が放心のていで体を伸ばし、あるいは身を丸めていた。乗り継ぎの一角で夜を明かした者はまだ眠っていた。私からほど近いところでアフリカ人の一団がゆったりとした純白の衣に身を包んで腰をかけ、私のすぐ前では、ベストに時計の金鎖を垂らした身だしなみの目立ってよい紳士が新聞を読んでいたが、その一面は環礁を覆って拡がった原子雲さながら、おそろしい勢いで立ち昇っている煙の写真に埋めつくされていた。〈ピナトゥボ火山の噴煙〉が見出しだった。外のコンクリートの駐機場は炎暑のために陽炎がくゆり、なんの車か、小さな車がしきりと行き交っていた。そして滑走路では、不思議なことにも、何百の人間を載せた重たい飛行機がひきもきらず青天にむかって機体を浮かべていった。そのショウを眺めるうちに、うとうととまどろんでしまったのにちがいない、はるか遠いところから唐突に耳に飛び込んできたのは私の名前で、つづいてこう警告が発せられたのだった。至急、C4ゲートから（イミーディアト・ボーディング・アトゲート・シーフォー）、ご搭乗願います、と。

　アムステルダムからノリッジへむかう小さなプロペラ機は、まず太陽にむかって飛び、それから西へ方向を変える。眼下に広がるのは、ヨーロッパでもっとも人口の稠密な地域だった。涯てしなく続く列をなした住宅、巨大な衛星都市、ビジネス街（パーク）、すみずみまで使い尽くされた土地の上をばかでかい四角い氷塊さながらに漂っていきそうな燦めくガラスの高層ビル。何世紀にもわたって整理され耕作され建設されるうちに、土地はすっかり幾何学模様に変じていた。まっすぐな直線とゆるやかなカーヴをなして道路と水路がはしり、牧草地と林地、貯水池と用水池のあいだを線路が通っていた。無限を計算するために編み出された算盤さながら、狭い筋を車が数珠つなぎにすべっていき、その一方で、河川を行き交う船は永遠に停まっているような印象をあたえた。そうした均質な織物のなかに、前時代の遺物として、森に囲まれた領主屋敷があった。私は自分の乗った飛行機の影が、生け垣や塀や、ポプラ並木や運河を撫でて飛び急ぐのを眺めた。墨糸で描いた線をなぞるかのようにトラクターが刈り入れのすんだ耕地を這っていき、地面を明るい半分と暗い半分に分けていた。だがいずこを眺めても、人の姿はなかった。ニューファンドランド島の上空を飛ぼうが、宵闇の降りるころにボストンからフィラデルフィアへと続く光の海の上を飛ぼうが、真珠母みたくほの光るアラビアの砂漠を飛ぼうが、ルール地方やフランクフルト上空を飛ぼうが、いつであれ、人間はおよそ存在しておらず、ただ人間の造った物と、人間が内部に隠れている物だけがあるようだった。棲む場所は見え、そこを相互につなぐ道路も見え、生活の場や物作りの場から立ち昇る煙が見え、乗せている自動車も見える、だが肝心の人影は見えない。それでいながらこの地表のどこにもかしこにも人間がいて、刻一刻と拡がっていき、天衝くビルの蜂の巣部屋を出たり入ったりして、個人の想像力をはるかに凌駕する複雑な網の目に、ますます絡め取られていっているのだ。かつて南アフリカのダイ

ヤモンド鉱で何千というウィンチや巻き上げ機が織りなした網の目にであれ、あるいは現在、証券や商品の取引所で作り出され、四六時中洪水のごとく地表に溢れている情報の網の目にであれ。こうした高さから自分たちを見つめると、私たちがいかにおのれ自身を知らないか、その向かうところを、その終末を知らないかに、慄然とさせられる――そんなことを思いつつ、海岸をあとにゼリーのような緑の海に出たのだった。

　あの晩、サウスウォルドのガンヒルにひとり腰を下ろして、一年前に遡るオランダ滞在を脳裡に甦らせたときには、およそそんなふうであったかと思う。ちなみにもうひとつつけ加えておくと、サウスウォルドには遊歩道の上方に小さな館があり、そこに〈船乗りの読書室（セイラーズ・リーディングルーム）〉と呼ばれるものが入っている。公共の施設であって、船乗りなるものが絶滅しつつある現在、海や海の生活に関するものをあまさず蒐集保存しておく、一種の海洋博物館のようなものになっている。壁には気圧計や航海用計器、船首像、ガラスのケースや瓶に入った模型の船が掛かっている。テーブルには港長の記した古びた入出港録、航海日誌、帆走法に関する専門書、航海関係の各種雑誌、コンテ・ディ・サヴォイア号、モーレタニア号といった伝説的な外洋快速帆船(クリッパー)や外洋汽船がカラー図版で載っている書籍など。鉄と鋼でできたそれらの船は、長さ三百メートル超、煙突が低い雲の中に消えるほどの巨大船で、ワシントンの連邦議会議事堂がすっぽり入る規模だったという。サウスウォルドの船乗りの読書室は、クリスマスをのぞいて毎日、朝七時に開館してそのまま深夜近くまで開いている。とはいえ休暇シーズンには訪れる者もまばらで、敷居をまたいだ数少ない客にしても、休暇客特有の無関心さでぐるりと一回りすると、さっさと引きあげてしまうのがつねである。したがって船乗りの読書室はたいていがらんとしていて、ひとりふたり、生き残っている漁師や船乗りが押し黙ったまま、時の過ぎるにまかせて椅子に体を沈めているにすぎない。晩になると彼らはときどき奥の部屋で玉突き(プール)をする。そんな晩は外からのかすかな潮騒の音にあわせて玉を突く音がし、ひときわ静まりかえった宵には、プレイヤーがキューの先端にチョークを擦り込み、粉をふうっと吹く音が耳に届くこともある。サウスウォルドを訪れるとき、なによりも私が好きな居場所がこの船乗りの読書室なのだ。どこよりもよく本が読め、手紙が書け、物思いに耽ることができ、あるいは長い冬の季節には、遊歩道まで波が砕け散る荒海にただじっと眼を馳せていることもできる。したがってそのときも、サウスウォルドに着いた日の翌朝、前日の体験をいくらか覚書に残そうとして、いつもの習慣にしたがって早々と読書室を訪れたのだった。ときおりそうするように、まずなんということなく航海日誌をひもといた。一九一四年秋から長く埠頭に碇泊していた巡視船、サウスウォルド号の日誌である。一枚一枚ちがう日付の入った横長の大判の頁に、ところどころ、余白を多く残して書き込みがあった。〈モーリス・ファーマン複葉機、北方内陸へ〉、〈白旗を掲げた白い蒸気ヨット、水平線をS方面へ航行〉。こうした文字を読み解くたびに、空でも海でもとうの昔に消え去った航跡（シュプール）が、この紙の上ではいまも眼に見えることに、いつもながら不思議の念をおぼえる。その朝、書き物（シュリフト）というものの不可思議な生命力に思いを凝らしながら、航海日誌の大理石模様の表紙をそっと閉じようとしたのだったが、そのとき机の端のほうに、厚みのある、ぼろぼろになった大型本が置かれているのが眼にとまった。以前に何度か読書室を訪れたおりには見かけなかったものだった。開けてみると第一次世界大戦を写真によって綴った記録で、過去の厄災を記憶するためなのか、あるいはひしひしと迫りつつある時代への警告のためなのか、一九三三年にデイリー・エクスプレス紙が編集・刊行したものだった。オーストリア軍とイタリア軍がアルプスで激突した地獄谷から、フランドルの平原まで、ありとあらゆる戦場の舞台が分厚い一冊に記録されていた。そして考え得るありとあらゆる残虐な死のかたちが、ソンム河口上空での初期戦闘機の墜落のさまから、ガリチアの沼地での大量死にいたるまで挙げられていた。灰燼に帰したフランスの町々、塹壕と塹壕のあいだの無人地帯で腐乱していく死体、砲火に焼き尽くされた森林、真っ黒い油煙をあげて沈没していく戦艦、行軍する軍隊、涯てしない難民の波、へし折れたツェッペリン飛行船、プジェミシルやサン・クエンティン、モンフォーコンやガリポリの光景、破壊、不具、陵辱、飢餓、火災、酷寒の光景。キャプションにはほぼ例外なく苦い皮肉が込められていた――〈街は戦争一色に！〉〈これがかつては森だった！〉

〈これはかつて人だった！〉〈異国の地の一角が久遠の英国となる！〉。当時のイギリスにとってアジアのラーホールよりもアフリカのオムドゥルマンよりも遠かったバルカン半島の混迷した情勢に、まるまる一章が当てられていた。頁を繰れども繰れども、セルビアやボスニアやアルバニアの写真が並んでいた。戦禍を逃れようとして、敗残の集団が、あるいは個人が、炎暑のなか埃っぽい田舎道を牛車に乗り、あるいは吹雪をついて瀕死の子馬を引きながら歩いていた。この惨禍の記録の冒頭に載せられたのは、むろんのことあの世界に知られたサラエボのスナップショットだった。〈青年プリンチプ、導火線に火をつける！〉、写真の上にそうある。一九一四年六月二十八日、日差しのまばゆい午前十時四十五分、ラタイナー橋のたもとだった。写真に

は数人のボスニア人、数人のオーストリア軍人、取り押さえられた直後の犯人の姿が見て取れる。見開きのもう一頁には、銃弾を浴びて血に染まった皇太子、フランツ・フェルディナント大公の軍服。絶命した皇太子の体から脱がせ、おそらくは特別の容器におさめられてハプスブルク帝国の首都へ列車で輸送されてから、わざわざ新聞むけに撮影されたにちがいない。ウィーンの軍事史博物館では、この制服が羽毛つきの帽子とズボンともども黒縁の遺物箱に納まっているのを、いまも見ることができる。暗殺の挙に出た弱冠十九歳のガヴリロ・プリンチプはグラホヴォ渓谷の農夫の息子で、少し前までベオグラードのギムナジウムに通って

いた。裁判後テレージエンシュタットの装甲室に幽閉され、一九一八年四月、少年期から体を蝕んでいた骨結核により死亡した。一九九三年、セルビアはプリンチプの死後七十五年記念祭典を催した。

その日の午後、お茶の時間までクラウン・ホテルのバー・レストランでひとりきり過ごした。厨房から聞こえていた皿をガチャガチャといわせる音はとうにやんでいた。小窓に太陽が昇り沈みし、晩には月が出てくる床置きの振り子時計は歯車を動かして時を刻み、その振り子が規則正しく左右に振れ、長針はびくり、びくりと文字盤を回っていった。しばしのうちとこしえの平和に浸っているような心地になっていたが、それからなにげなくインディペンデント紙の日曜版をめくったとき、一篇の長文の記事にぶつかった。それはこの日の朝、船乗りの読書室で眺めたバルカン半島の写真に、まっすぐ繋がる記事だった。五十年前のボスニアで、ドイツとオーストリアの協力のもとクロアチア人によって行われたいわゆる民族浄化作戦について述べたものであり、クロアチアの民族組織であるウスタシャの民兵が記念に撮影したにちがいない一枚の写真ではじめられていた。民兵たちはとびきりの上機嫌、一部は英雄気取りでポーズを取って、ブランコ・ユンギッチなる、セルビア人男性の頭部を鋸で切断していた。面白半分に撮った二枚目では、すでに胴体から切り離された頭の、断末魔のうめきに半開きになった唇に煙草がくわえさせてあった。行為がおこなわれた場所はサヴァ川河畔、ヤセノヴァッツ収容所で、ここだけで七十万人の男女と子どもが殺害された。ドイツ第三帝国の精鋭が内輪の集まりにおりおり漏らしたところによれば、その方法は彼らですら髪の毛が逆立つほどのものだったという。好まれた処刑具は、鋸、サーベル、斧、ハンマー、首を掻き切るナイフが固定された、前腕に取り付けるゾーリンゲン特製の革製腕輪、そして横棒を渡した

だけの原始的な絞首台だった。この絞首台で、狩り集められた異人種なるセルビア人、ユダヤ人、ボスニア人が、烏か鷺かなにかのようにずらりと並べられて縊り殺された。ヤセノヴァッツ収容所の近辺、半径十五キロ以内にはほかにもプリエドル収容所、スタラ・グラディシュカ収容所、バニヤ・ルーカ収容所があり、ドイツ国防軍の後援とカトリック教会の精神的後押しをうけて、類似の方法でつぎつぎと日課がこなされた。数年にわたった虐殺の歴史は、一九四五年にドイツとクロアチアが残した五万頁にのぼる文書に記録されており、一九九二年に書かれたこの新聞記事の綴るところでは、いまなおバニヤ・ルーカのボサンスカ・クライナ公文書館に保管されている。ちなみにこの公文書館は、かつてオーストリア＝ハンガリー二重帝国の営舎だったが、第二次大戦中の一九四二年には、

ここにE軍集団の中央諜報部が置かれていた。ウスタシャをはじめとした収容所群でなにがおこなわれていたか、同様にたとえばチトー率いるパルチザンを攻撃したコザラ高地作戦でいかなる未曾有の出来事が起こったかについて、当時、この中央諜報部がある程度把握していたことは疑いを容れない。コザラの戦闘だけで六万人から九万人の人々が、処刑や移送といった、いうところの戦争行為によって命を落とした。コザラ住民のうち女たちはドイツへ連れていかれ、帝国全土でおこなわれていた強制労働システムに組込まれて、ぼろ屑になるまで働かされた。二万三千を数える残された子どもの半数は、民兵がその場で殺害し、残りはクロアチアに移送するために各地の集合所に集められたが、その多くは載せられた家畜用の貨車がクロアチアの首都に着くのを待たず、チフスや憔悴や恐怖のために死んでいった。生き残っていた者は、空腹のあまり名前を書いて首からぶらさげていたボール紙を囓って食べ、惨状のなかでおのれの名をみずから消し去ってしまっていた。こうした子どもらは、後年クロアチアの家庭でカトリック教徒として育てられ、告解に行かされ、初聖体拝領を受けた。ほかの子どもとおなじく学校で社会主義のイロハを学び、職業につき、鉄道工夫や売り子や機械工や簿記係になった。だが彼らの脳裡にこんにちこの日までいかなる記憶の影が跳梁してきたかは、だれも知らない。ちなみにここにもうひとつ付記しておくと、この当時、先述のE軍集団の諜報部将校のなかにウィーン出の若い法学者がいた。男の仕事は人道的見地からして早急に行われるべき移住の草案をまとめることであり、作成の功績により、クロアチア国家元首アンテ・パヴェリッチから柏葉付きズヴォニミル王冠銀メダルを授与された。その経歴のはじまりからすでに末頼もしい、ずばぬけて管理の才に長けた将校は、戦後とんとん拍子に高位の役職につき、あまつさえ国際連合の事務総長にすらなった。宇宙のどこかにいるかもしれない地球外の住人にむかってこの男がテープに挨拶のメッセージを吹き込んだのは、この身分のときだったとされる。録音テープは人類の他の記念品とともにボイジャー二号に搭載され、今日もなお太陽系の涯てをめざして飛びつづけている。

5

サウスウォルドに着いて二日目の晩、夜のニュースのあとで、私の知らなかったある人物についてのドキュメンタリー番組がＢＢＣで放映された。一九一六年にロンドンの監獄で反逆罪により死刑に処された、ロジャー・ケイスメントである。滅多に見られない記録写真も含まれていたその映像は私をたちまち虜にしたが、にもかかわらず私はいくらもしないうちにテレビの前に引き寄せた緑色のビロードの安楽椅子に沈み込んで、ぐっすりと寝入ってしまった。遠のいていく意識のなかで、ケイスメントの来歴を語るナレーターの、あたかも私にだけ向けられたかのような一語一語がはっきりと耳に届いていたが、それでいて意味はいっかな判然としなかった。しゃ・べって・おくれ・しゃ・べって・おくれ、わたしのためだけに、そういう言葉だけが、しまいに頭をぐるぐる回っていた。数時間後、空がじらじらとしてきたころにはじめて鉛のような夢から醒めて、物言わぬ四角い箱にテスト映像がちらついているのを眼にしたとき、私に思い起こせたのは、番組の冒頭で語られていた内容だけだった。作家ジョウゼフ・コンラッドがケイス

メントとコンゴで知り合ったこと、そして彼地でコンラッドが出くわしたヨーロッパ人が、どれもこれもなかば熱帯の気候に、なかば欲望に浮かされて堕落した輩ばかりだったなかで、ケイスメントは唯一まっ正直な人間だったとコンラッドが評価していたこと、それだけである。わたしはケイスメントが唯一の武器としてステッキをぶらつかせ——とコンラッドのコンゴ日記には綴られている。それだけは不思議にも一字一句はっきりと憶えていた——白のパディと斑（ぶち）のビディのブルドック二匹を足元に、包みを持ったロアンダの少年ひとりを供にして、鬱蒼とした密林へ出発するのを見た。それから数か月後、彼が密林からまた出てくるのを見かけたが、過日よりはいくぶん痩せて日に灼けていたものの、あとはいたって息災で、ステッキをぶらぶらさせて犬とロアンダの少年を供に連れたさまは、あたかもいましがたロンドンのハイドパークの散歩から戻ったかのようだった、と。その数行およびコンラッドとケイスメントの漠とした面貌をのぞいては、ふたりの男の生涯についてナレーターが話したらしい内容は、すっかり頭から抜け落ちていた。ために私はその後、当時サウスウォルドで居眠りして聞きのがした——無責任にも、と思う——話を、資料にあたって多少なれとも組み立て直そうとしたのである。

一八六二年の晩夏のこと、エヴェリナ・コジェニョフスカは、まだ五歳に満たぬ息子ユゼフ・テオドル・コンラト・コジェニョフスキ、すなわちのちのコンラッドを連れ、ウクライナ、ポドリア県の小さな町ジトミールを発って、夫の待つワルシャワに向かった。夫アポロ・コジェニョフスキは、実入りの少ない地主暮らしに見切りをつけてすでに春からワルシャワ入りしており、文学を通じ、あるいは地下政治活動を通じて、人々の宿願であったロシア専制政治打倒のための蜂起を準備していた。九月中旬、ワルシャワ市内のコジェニョフスキ家のアパートにおいて、非合法のポーランド国民委員会の会合がはじめて開かれた。それからの数週間、謎めいた人間がいくたりも両親のもとを出入りするのを、コンラト少年が目撃したことは疑いを容れない。赤と白の壁紙が貼られた応接間でひそひそと語り合う男たちの厳しい顔つきに、少年は少なくとも歴史的な重大事の匂いを嗅ぎとっていたことだろう。あるいはこのとき、つとに地下活動の目的を聞かされはしなかったろうか。そうして禁令下にもかかわらず母親が喪服を纏っているのが、外国の圧政に虐げられるポーランド人民を悼むしるしであることを知ったかもしれない。でなければ遅くとも十月の末、父親が逮捕投獄されたときには秘密を打ち明けられたはずだ。あわただしい聴取を受けて軍事裁判にかけられたあと、言いわたされた判決は、ニージニー・ノヴゴロドからさらに奥地に入った荒野にある、神も見捨てた町ヴォログダへの流刑であった。アポロ・コジェニョフスキは一八六三年夏、従弟たちに以下のように書き送っている、ヴォログダはふたつとなくひどい陰地（おんち）だ。道は丸太を並べて造ってある。板を貼り合わせて派手なペンキを塗った地方貴族の館を含め、家屋はみなぬかるみに杭を打った上に立っている。地域一帯が沈み、腐り、朽ちていく。季節はただふたつしかない、白い冬と緑の冬だ。九か月のあいだ北極海から凍てた風が吹きつける。寒暖計は眼を疑うような低いところまで下がる。まわりはただ渺々（びょうびょう）とした闇。緑の冬には小止みなく雨が降る。戸のすきまから泥が滲み入ってくる。屍そこのけのこわばりが解けると、芽生えてまもないわずかな命は容赦なく衰えていく。白い冬には万物が死に絶え、緑の冬には万物が死に向かう。

エヴェリナ・コジェニョフスカが数年来わずらっていた肺結核は、この境遇にあって坂を転がるように悪くなる。残された日は数えるほどしかない。ロシア官憲から特赦が下りて、ウクライナの兄弟の地所にしばらく身を寄せて療養ができるようになったが、それも結局、エヴェリナにはあらたな責め苦にしかならない。定められた期間が過ぎると、あらんかぎりの陳情と請願にもかかわらず、しかも生者というよりはすでに死者に近いというのに、コンラトとともにふたたび流刑地に戻らなければならないからだ。出立の日、エヴェリナ・コジェニョフスカは、親族や召使い、近隣からやってきた友人たちに囲まれて、ノヴォファストフの領主屋敷の表階段にたたずむ。子どもとお仕着せ姿の者をのぞいては、全員が黒ずくめで、黒絹に身を包んだ者もいる。ひとりも口をきかない。ほとんど目の見えない祖母は、まばたきもせずにこの哀しみの情景のむこう、はるかな無人の地を見やっている。黄楊(つげ)の円い生け垣をめぐる砂の道に、妙な形をした、間延びしたような印象の馬車が停まっている。轅(ながえ)がむやみと前に長く、また御者を乗せている御者台は、あらんかぎりの旅行鞄や長櫃を積んだ後ろの座席からまたむやみと遠い。御者台そのものも両の車輪に挟まれそうな低い位置にあって、あたかもこれを限りと離れていくふたつの世界の間にあるごとしだ。馬車の扉はまだ開いていて、その中、ひび割れた革の座席に先刻からコンラト少年が腰をかけ、自分がのちに描写することになる光景に、暗がりから眼を凝らしている。かわいそうなママは悲嘆に暮れた眼でいま一度ぐるりとみんなを見やり、それからタデウシュ伯父に腕をとられて、そろそろと階段を下りる。残された者は取り乱してはいない。コンラトが大好きな従姉妹は、タータンチェックのスカート姿が黒ずくめの人々に交じってお姫様のように見え、流刑にあうふたりの出立を見送るさいの驚愕を、くちびるに指先を当てただけで表現している。夏のうち誠心誠意コンラトの教育にあたってくれ、なにかといっては涙に暮れる見苦しい顔のスイス女性ミス・デュランも、別れのハンカチを振りながら、フランス語を忘れちゃだめですよ（ヌブリパ・トンフランセ）、坊ちゃま（モンシェリ）！　と気丈に教え子にむかって呼びかける。タデウシュ伯父が馬車の扉を閉めて、一歩うしろに退（すさ）る。馬車ががくんと動く。切り取られた小窓から友や親戚の姿が一瞬のうちに消える。反対の窓に眼をやると、おりしも黄楊の生け垣のむこうでロシア式三頭立ての所轄の警察署長の馬車が動きだそうとしていて、燃えるような緋色のリボンを巻いた平帽を、警察署長が手袋をはめた手で目深に下げるところが見える。

一八六五年四月初旬、ノヴォファストフを発ってから十八か月後、三十二歳のエヴェリナ・コジェニョフスカは結核の影が全身にひろがり、望郷の念に心を蝕まれて、流刑地で他界する。夫アポロの生きる意欲も風前の灯火となる。打ち続く不幸に鬱ぎ込んでいる息子に教育をほどこす気力はさらにない。おのれの仕事は打っ棄（ちゃ）ったも同然で、せいぜいがところ、自分の訳したヴィクトル・ユゴーの『海に働く人々』にところどころ、思い出したように手を入れるぐらいだ。この退屈きわまりない書物が、アポロにはおのが生の写し絵のように思えてくる。これは違和感に苛まれた運命の物語（セタン・リーヴル・シュル・デデスティネ・デペイゼ）だ、と彼はあるときコンラトに話す、追われ敗れた人々の、運命に見放された人々の、孤独な、人に避けられた人々についての物語（シュル・デザンディヴィデュ・エクスピュルセ・エ・ペルデュ、シュル・レゼリミネ・デュソール、アンリーヴル・シュル・スキソンスール・エ・エヴィテ）だ、と。

一八六七年、クリスマスの直前に、アポロ・コジェニョフスキはロシア流刑を解かれる。彼にはもはや害をなす力なしと結論した官憲は、療養のためにと、ポルトガル、マデイラ諸島までの片道有効の査証を発行する。だがそのような旅を企てる財力はアポロにはなく、あまつさえこのところの衰弱ぶりは著しい。オーストリア色の強すぎると思えるリヴォフは短い滞在にとどめ、アポロはそのあとクラコフのポセルスカ通りに数室の部屋を借りる。そこでひじ掛け椅子にじっと身を沈め、喪った妻と、挫折に終わった人生と、哀れなひとりぽっちの息子のことを憂いながら日がな一日を過ごす。おりしもその息子は、『ヤン・ソビェスキの眼』なる題名の愛国的な戯曲を書き上げたところだ。アポロのほうは、自分の原稿を一枚あまさず暖炉で燃してしまった。重さのない、黒絹のような燃えかすがときおり浮き上がって、つかのまふわふわと部屋を漂い、床に落ちるか、暗がりのなかにほぐれ消えていく。アポロの死もまたエヴェリナとおなじく、外の寒気がゆるみはじめた春にやって来た。だが妻の命日に世を去る望みはかなわなかった。五月になるまで、じわじわと痩せ細りながら否が応でも床に伏しているほかはなかった。コンラトは父の臨終の日々、学校が引けると、午後いっぱいを窓のない小部屋に籠もり、きまって緑色のランプの灯った小机にむかって宿題をかたづけた。ノートと両手がインクだらけになったのは、心中の恐怖に根ざしていた。隣室の扉が開くと、父の浅い呼吸が耳に入った。雪のように白い帽子をかぶった尼さんがふたり、看護に当たっていた。ふたりは音もなく滑るように行き交ってあれやこれやを片づけ、ときおり憂いのこもった視線をちらりちらりと投げて、遠からず親なし子になる子どもがひと文字ずつ単語を綴り、数をかぞえ、ポーランド語やフランス語の分厚い冒険小説や旅行記や長編小説を何時間となく読みふけるのを眺めた。

愛国者アポロ・コジェニョフスキの葬儀は、物言わぬ大きなデモとなった。交通を遮断した街路に、無帽の労働者、学校の生徒、大学生、シルクハットを取った市民たちが厳かな面持ちでたたずみ、二階以上の窓はことごとく外にむかって開け放たれて、そこに黒衣に身を包んだ人々が鈴なりになっていた。葬列は十二歳の喪主コンラトを先頭に、狭い裏通りを進み、中心街を抜けて不揃いの塔を持つマリア教会の前を過ぎ、フロリアンスカ門を指していった。よく晴れた午後だった。家々の屋根の上に蒼穹が広がり、風に吹かれた雲が、群れなす帆船のように天空を走っていた。銀の刺繍の施された重い法衣をまとった司祭が、墓穴の死者にぼそぼそと呪文のような祈りをつぶやいているあいだ、ひょっとしたらコンラト少年はふと眼を上げて、生涯はじめて見るかのように、上空の雲の帆走を眺めはしなかったろうか、そしてそのとき船長になりたいという、ポーランドの地方貴族の息子にはおよそ似つかわしくない望みが脳裡にきざしたのではなかろうか。彼はそれから三年後、後見人のタデウシュ伯父にむかってはじめてこの思いを打ち明け、以後どれほど諫められようが、けっして決意を曲げなかった。伯父はコンラトに家庭教師のプルマンをつけて夏の数週間スイスにやり、プルマンはことあるごとに、船員のほかにもどれだけ多彩な人生があるかを口を酸っぱくして教え子に説いたが、シャフハウゼンでラインの滝を眼にしようが、ホスペンタールでザンクト・ゴットハルト・トンネルの建設現場を見学しようが、フルカ峠に立とうが、コンラトはいったん決めた計画を頑として引っ込めなかった。はやくも一年後の一八七四年十月十四日、十七歳に満たなかったコンラトは、クラコフ駅のホームで、列車の窓の前にたたずむ祖母テオフィラ・ボブロフスカと良き伯父タデウシュに別れを告げた。ポケットに入れたマルセイユまでの切符は、百三十七グルデン七十五グロッシェンした。持ち物は小さなトランクひとつにおさまるかぎりのものだった。再訪はそれからじつに十六年後であって、そのときもまだ故国は解放をみていなかった。

一八七五年、コンラト・コジェニョフスキは三本マストのモンブラン号の乗員となって、はじめて大西

洋を渡った。七月の終わりにマルティニークに着き、船はそこに二か月碇泊した。帰国の旅は三か月近くかかる。冬の嵐にさんざん痛めつけられたモンブラン号がルアーブルに入港したときは、すでにクリスマスだった。この海暮らしの生易しくはない初体験にも懲りず、コンラト・コジェニョフスキはついで西インド諸島にむけて船出し、カパイシアン、ポルトープランス、サン・トマ、その後ほどなくプレー山の噴火により壊滅することになるサン・ピエールに寄港する。彼地に運び込むのは武器、蒸気機関、火薬、弾丸。帰りはトン単位の砂糖と熱帯雨林で伐採された木材を積む。船旅に出ていないときは、コジェニョフスキはマルセイユにいて、水夫仲間のみならず人品卑しからぬ人々とも交際する。サン・フェレオル通りのカフェ・ブードルや、銀行家にして船主の夫をもつ華麗なドレスタン夫人のサロンに出入りし、貴

族、ボヘミアン、投資家、冒険家、スペインの正統主義者たちといった、いたって変わった顔ぶれと交わるようになる。騎士道精神の最後の痙攣が悪辣な陰謀と手に手を携え、権謀術数がめぐらされ、密輸組織ができあがって、うさん臭い取引がおこなわれる。コジェニョフスキはあっちこっちに首を突っ込み、持てる以上の金を遣い、歳ごろはおなじだがすでに未亡人になった某女性の誘惑に屈する。真の正体はついに定かにはならなかったが、この女性は正統主義者のあいだでリタなる名で知られ、仲間内では隠然たる役割を果たしていた。リタは、一味がなんとかしてスペインの王座につけようと画策していたブルボン家の皇太子ドン・カルロスの愛人であると噂されていた。加えてのちには、スィルヴァベル通りのお屋敷に住むリタと、ポーラ・デ・ソモジーという名の女性とが同一人物にほかならないとの風聞が各方面で流れた。つまりこういうことである。ドン・カルロスは一八七七年十一月、ロシア＝トルコ戦争の前線視察からウィーンに戻ったさい、ハノーファー夫人なる者に仲介を依頼して、パウラ・ホルヴァートという、ペスト出身の歳若い合唱隊歌手を紹介してもらった。パウラの美しさが目に留まったものと思われる。このあらたな愛妾を同伴して、ドン・カルロスはウィーンを発ってグラーツに兄弟を訪ね、そこからさらにヴェネツィア、モデナ、ミラノへと足を伸ばした。パウラはそこでポーラ・デ・ソモジー男爵夫人として、社交界に紹介された。リタとポーラ、ふたりの愛人が同一人物ではないかとの噂の出所は、どうやらリタがマルセイユからふっつり姿を消した時期と、男爵夫人ポーラがドン・カルロスに捨てられ――一応はドン・カルロスが息子ジェームの初聖体拝領を前にして、良心の咎めをおぼえたため、ということになっている――、テノール歌手アンゲロ・デ・トラバデロと再婚した時期とがぴったり重なっているところから来たらしい。ポーラは一九一七年に亡くなるまで、ロンドンでこの男と幸福に暮らしたという。リタとポーラがはたして本当に同一人物であったのか否かはさておき、確かなのは若きコジェニョフスキがこのいずれか一方の女性、カタロニアの山奥で山羊の乳絞りをして育った娘か、バラトン湖のほとりで鵞鳥番をして育った娘かの、どちらかの寵愛を得ようとしたことだった。夢想と紙一重のこの恋愛劇は、一八七七年二月末にクライマックスを迎えた。われとわが身を撃ったのか、それとも恋敵に撃たれたのか、ともかくコジェニョフスキは胸に銃傷を負ったのである。幸いにして大事に至らなかったこの怪我が、コジェニョフスキがのちみずから言い立てたごとくに決闘によったものだったのか、あるいはタデウシュ伯父がにらんだとおり自殺未遂だったのかは、今日なおあきらかではない。いずれにせよ、スタンダール気取りの若者がことの決着をつけるべくとった劇的な身振りは、当節のオペラに刺激を受けたものだった。オペラは当時マルセイユのみならずヨーロッパの各都市で社交界を席巻し、わけても愛と憧れの表現には大きな影響力があった。コジェニョフスキはマルセイユの劇場でロッシーニとマイヤーベアのオペラに触れ、当時依然として絶大な人気を博していたジャック・オッフェンバックのオペレッタにことのほか酔いしれた。かりに『コンラト・コジェニョフスキ、またはマルセイユのカルロス主義者の叛乱』といった題名のリブレットがオッフェンバックの一作品に連なったとしても、少しもおかしくはなかっただろう。むろん実際には、フランスにおけるコジェニョフスキの修業時代はべつのかたちで終わりを告げた。一八七八年四月二十四日、コジェニョフスキはコンスタンチノープル行き蒸気船メイヴィス号に乗り込んで、マルセイユを発ったのである。ロシア＝トルコ戦争はすでに終結していたが、コジェニョフスキが後に記すように、船上から眺めると、和平条約が締結された駐屯地サン・ステファノの町には、まだ白い幕舎の群れがあたかも蜃気楼のように海の上に揺れていた。コンスタンチノープルからは、アゾフ海の最奥に位置するエイスクに向かい、ここで亜麻仁油を積み込んで、一八七八年六月十八日火曜日、イギリス東海岸に着いた――ロウストフト港長の入出港録に記されているとおりである。

七月から、ロンドンに発つ九月初頭まで、コジェニョフスキは船員として貨物船スキマー・オブ・ザ・シー号に乗り込み、ロウストフトとニューカッスルを三度ばかり往復する。マルセイユとは天地ほども違う港町にして保養地のロウストフトで、コジェニョフスキが六月後半をどのように過ごしたかは、ほとんどわかっていない。部屋を借り、これからの計画に入り用になる情報を集めたことだろう。齢二十一の異国の男は、海面に夕闇が垂れ込めるころ、イギリスの男女にまじって、ひとり海べりをそぞろ歩いただろうか。たとえば私の瞼には、あの埠頭にたたずむ姿が彷彿としてくる。おりしも埠頭の先では、ブラスバンドが夜曲に《タンホイザー》序曲を奏でているところだ。耳を傾ける人々に交じって海からのおだやかな風に身をなぶりながら、ゆっくり帰途につきつつ、これまでまったく馴染みのなかった英語という言語、のちに彼が世界的名声を博することになる小説をしたためるのに用いたその言語が、驚くほどのかろやかさで耳に届いてき、同時にその言語によって身内にまったく新しい自信と目的がふつふつと湧いてくるのを感じて、わが身をいぶかる。自身の述懐によれば、コジェニョフスキがはじめて英語で読んだのは、ロウストフト・スタンダード紙とロウストフト・ジャーナル紙だった。コジェニョフスキが入港した週にはつぎのような、両紙の特徴であるごちゃまぜのニュースが報道されている。ヴィガン炭坑で爆発の惨事、二百人死亡――ルーマニアでイスラム教徒暴動――南アフリカ・カフィル人の騒乱を抑えよ――グレンヴィル卿、女子教育を語る――特派船マルセイユを出発、インド軍視察予定のケンブリッジ公爵をマルタへ送る――ウィットビーの女中、生きながら焼け死ぬ。誤って衣服にパラフィン油をかけ、暖炉の火が燃え移ったもの――ラーゴ・ベイ号、スコットランド移民三百五十二人を乗せクライド湾を出航――シルズデンのディクソンなる夫人、アメリカに渡って十年近い息子トマスが突然帰郷、わが家の敷居をまたいだのを見て歓喜きわまり卒中の発作をおこす――若きスペイン王妃、日ごとに衰弱――苦人（クーリー）二万人の働く香港の要塞建設、完成間近――ボスニア、全土の街道に盗賊団出没、騎乗した者も。サラエボ近辺の森にも有象無象の盗人、脱走兵、ゲリラ兵など雲霞のごとくたむろ。よって旅行は目下足踏み状態。

　一八九〇年二月、つまりロウストフトに着いて十二年後、クラコフ駅の別れからゆうに十五年ののちに、すでにイギリス国籍を取得して船長の資格も得、世界の涯てまで旅したコジェニョフスキは、カジミェロフスカのタデウシュ伯父の家に帰還した。はるか後年に綴られた手記には、コジェニョフスキがベルリン、ワルシャワ、ルブリンに短期間寄ったあと、ウクライナの駅に到着したときの模様がしたためられている。伯父の家の御者と執事が、淡黄色の馬四頭立てながら、やけに小さい、まるでおもちゃのような橇で待っていた。カジミェロフスカまではさらにあと八時間。執事は足の先まで届く熊皮の外套でわたしを丁寧にくるみ、とコジェニョフスキは記している、耳当てつきの巨大な毛皮の帽子を頭にすっぽりかぶせてから、ようやくわたしの隣に乗り込んできた。橇ががくんと動くと、低い規則正しい鈴の音に伴われて、幼年時代へと戻りゆく冬の旅がはじまった。若い御者は十六そこそこだろうか、雪に覆われた涯てしない平原を突っ切って、あやまたぬ本能で道を見つけていく。いささかの躊躇も迷いもないその御者の驚くべき方向感覚のことをわたしが口にすると、とコジェニョフスキは書く、この若い御者は前の御者だったユゼフじいさんの息子だ、と執事は答えた。ユゼフじいさんといえば、いまは亡きわたしの祖母ボブロフスカをいつも乗せ、そのあとも変わらぬ誠実ぶりでタデウシュ伯父に仕え、コレラで亡くなった人だった。ユゼフじいさんの女房もコレラで死んだ、と執事は語った、子だくさんの一家だったが、氷の割れる時期に流行ったその病で全滅してしまって、この聾唖の坊主、いま御者台にいるこの子だけがひとり生き残ったのだ。学校にもやらなかったし、なにかの役に立とうとはだれもついぞ思いもしなかったのに、あるとき馬がどんな下僕よりもこの子に懐いているのがわかった。十一の歳だったろうか、ひょんなおりに、この子の頭にはあたりの地図が曲がり角もなにもかもそっくり入っていて、まるで地図といっしょに生まれてきたみたいだってことがわかった。執事の話を伝えながら、コジェニョフスキは、暮色があたりを涵していくなか橇を走らせたあのときほど素晴らしかったことはない、と書いている。ありし日とおなじように、わたしは雪原に陽が沈むのを眺めた。大きな、まっ赤な日輪が、あたかも海に沈むかのごとくに落ちていった。立ち込めてきた宵闇のなか、星空と境を接した涯てしのない白い荒れ野のなかを疾走していくと、木立に取り囲まれた村々が、島影のごとくに浮かび上がった。

ポーランドとウクライナへの旅に先立って、コジェニョフスキは〈北部コンゴ貿易株式会社〉に職を求めていた。そして故郷カジミェロフスカを訪ねた直後、ブリュッセルのブルドロード通りにある会社の本部で、取締役のアルベール・ティスの面接を受けた。薄暗い事務所で、たぷたぷの体をきつすぎるフロックコートに押し込めたティスの背後には、アフリカの地図が壁一面を覆って貼られていた。コジェニョフスキが用件を言いだすがはやいか、ティスはコンゴ川上流を往来する蒸気船の指揮を執らないかともちかける。どうやら、フライエスレーベンという、その蒸気船のドイツ人船長だかデンマーク人船長だかが現地人に殺害されたためらしい。二週間のあわただしい準備、はたして熱帯でやっていけるかどうかを診るという、骨と皮ばかりの薄気味悪い会社付き保険医によるけったいな診察のあと、コジェニョフスキは列車でボルドーに向かい、五月中旬、ボマ行きのマセイオ市号に乗り込む。はやくもテネリファで厭な予感が襲う。人生は悲喜劇です、とコジェニョフスキは夫を亡くしたばかりのブリュッセル在の美しい伯母マルグリット・ポルドフスカに書き送っている――おびただしい夢、つかのまの幸福の燦めき、いささかの怒り、そして幻滅、苦難の歳月、そして終わり（ボク・デレーヴ、アンラール・エクレール・ドボヌール、アンプドゥコレール、ピュイル・デズイリュズイヨンヌマン、デザネ・ドゥ・スフランス・エラファン）――良かれ悪しかれ、人はそこで自分の役を演じるほかはないのです、と。この良からぬ気分から、長きにわたる船旅のうちしだいしだいに植民地事業というもの全体の狂気がコジェニョフスキの裡に自覚されてくる。来る日も来る日も、船がいっかな動いていないかのように、海岸線に変化のきざしはない。だが、とコジェニョフスキは書いている、われわれはずいぶんあちこちの荷揚げ場や交易地のそばを通り過ぎて行っているのだ、それらにはグラン・バッサムとかリトル・ポポとか、どれもこれも醜悪な道化芝居からとってつけたような名前がついている。あるときは集落の気配のみじんもない、荒寥とした海岸に碇泊している軍艦のかたわらを通り過ぎた。目路の限り、海原と大空、薄い皮のように細長くつづく緑の草木のみ。軍艦旗はマストから力なく垂れ、重たい鉄船がとろりとした波のうねりにけだるく揺れている。だが一定の間をおいては、長い六インチ砲から、あきらかになんの目的も狙いもなく、未知のアフリカ大陸にむかって砲弾が撃ち込まれているのだ。

ボルドー、テネリファ、ダカール、コナクリ、シエラレオネ、コトヌ、リーブルビル、ロアンゴ、バナナ、ボマ——四週間にわたる船旅ののちに、コジェニョフスキはようやくコンゴに着く。子どものころに憧れたはるかな夢の地のひとつだった。当時コンゴはまだアフリカの地図の白抜きの部分にすぎず、子どもだった彼は、色が塗ってあるところの名前を小声でぶつぶつとつぶやきながら、何時間でも地図の上に屈んでいたものだった。世界地図のその地帯にはほとんどなにも描き入れられていなかった。線路もなければ道路もない、町もない。地図を作るとき、人はよくこうした空白の部分に雄叫びをあげているライオンとか、口をがばりと開けた鰐とか、エキゾチックな動物の絵を描き込むものだが、河口から奥地何千マイルに水源があることぐらいしかわかっていなかったコンゴ河もまた、とぐろを解いて広漠とした土地にながながと横たわった一匹の蛇の絵に変えられていた。それから時が経ち、むろん地図はすっかり埋められていた。白抜きの部分は、暗黒地帯となったのだ（ザホワイト・パッチ・ハドビカム・ア・プレイスオブ・ダークネス）。実のところ、いまだ書かれていないにも等しい植民地主義の全歴史において、いわゆる〈コンゴの開拓〉ほどに暗澹とした一章はない。一八七六年九月、崇高このうえない意図と、国家や個人の私利私欲を一切まじえないという名目のもとに〈アフリカ探検・文明化国際協会〉が設立される。各界の重鎮、名門貴族、教会、学界、財界のお歴々が顔を揃えたその創立総会で、模範的事業のパトロンたるベルギー国王レオポルト二世は、高らかにこう唱った。人類の友朋が掲げうる目標のうち、本日ここにわれわれを参集させた目標に増して高邁なるものはふたつとない、それはすなわち、いまだ文明の恩恵をあずかり知らぬ地上最後の地域を拓くことである。肝要なのは、今日なお諸民族がとらわれている暗黒を打ち開くことである、なにあろう、これは進歩の世紀を完成に導くことを目的とした十字軍にほかならない、と。当然のことながら、その後のなりゆきにおいては、宣言で唱われたところの高邁なる意義は雲散霧消する。一八八五年、はやくもレオポルト二世はコンゴ独立国君主の名を冠するようになり、世界第二の長大な河の流域に広がる百万平方マイルの、すなわち母国の百倍の面積をもつ領地の唯一かつだれの指図も受けぬ支配者として、無尽蔵の富を臆面もなく収奪しはじめる。搾取の手段となったのは貿易会社であり、そのひとつが北部コンゴ貿易株式会社であった。この会社がまたたくまにあげた伝説的収益は、株主があげて、およびコンゴで活動するヨーロッパ人があげて行っている強制労働と奴隷制の上に成り立ったものである。コンゴの幾多の地域において、先住民族の人口は強制労働のために激減する。またアフリカの他の地域から、あるいは海のむこうからむりやり連れてこられた大量の人々が、赤痢やマラリア熱、天然痘、脚気、黄疸、飢餓、疲労消耗のために命を落とす。一八九〇年から一九〇〇年のあいだにこれら名もない、いかなる年報にも記載されていない人々が、年々五十万人は死んでいったと見積もられている。同時期にコンゴ鉄道会社の株価は、三百二十ベルギーフランから二千八百五十フランに高騰する。

ボマに着くと、コジェニョフスキはマセイオ市号から小さな河蒸気に乗り換え、この船で六月十三日にマタディに到着する。コンゴのマタディとスタンレー・プール間は滝や急流が多くて航行できないため、ここからは陸路を取らなければならない。マタディは殺伐とした、住民が石の町と呼んでいる居留地であって、全長四百キロ、こんにちまで踏破されていない道のりのとば口にあり、たえず轟々とうなり声をたてている〈地獄の釜〉から何千年の歳月のうちに押し流されてきた瓦礫の上に、潰瘍さながら、貼りつくようにしてある。

河が流れ落ちている高い絶壁の下、赤錆びたトタン葺きのバラックが雑然と散らばる岩場の上を、あるいは河岸に面した急傾斜の丘を、黒い人影がいたるところで隊をつくって仕事についている。あるいは長い列をなして、足場の悪い道をうごめいている。彼らにまじってところどころに立っているのは、明るい色の服を着、白いヘルメットをかぶった監視者たち。絶え間のない轟音に満ちた、巨大な石切場を思わせる場所に着いてから数日したある日、——作者はのち、『闇の奥』で主人公マーロウにそう語らせている——居留地からいくらか離れた場所に行ってみると、そこに病み窶れ、飢餓と労役のために気息奄々となった者たちが、死を待って横たわっている。峡谷の底の陰々とした薄暗がりのなか、それらの者たちは、大虐殺でもおこなわれた後のようにごろごろと転がっている。影にも似た人間が繁みの中へ這いずっていっても、だれも咎め立てない。いま彼らは自由なのだ、彼らを取り囲み、彼らがじわじわとその中へ溶けていこうとしている大気のように。やがて暗闇を透かして、とマーロウは報じている、ほの光る眼がいくつかこちらを向いているのが浮かんでくる。眼を伏せるとわたしの手のすぐわきにも顔がある。その瞼がおもむろに開く。ややあってうつろな眼の奥に、なにを見るともない光が一瞬ちらりと瞬くが、それもすぐさま消えていく。そうやってようやく少年期を過ぎたばかりの人間が息を引き取っているうちにも、終わりに至っていない者たちは、何十キロの食糧の袋や、工具箱や、発破の爆薬、各種の用具備品、機器のスペアや船体を解体したものを背中にしょって、沼地や森、太陽にからからに炙られた高原を歩いていく。

あるいはパラバラ山のふもと、ムポゾ川のほとりにあって、マタディとコンゴ奥地を繋ぐべく、鉄道敷設の労役についている。遠からずソンゴロロ、トゥンバ、ティスビルといった居留地が生まれるこの道筋を、コジェニョフスキは難渋のすえに踏破する。運搬夫は三十一人、くわえて歓迎せざる道連れとして、ハルーという巨漢のフランス人。これはつぎの木蔭まで何マイルもあるという場所に来るときまって失神する男で、そのために延々とハンモックに載せて運んでやらなければならない。行軍は四十日近くを要し、そうしているうちにコジェニョフスキは、いかに自分が辛酸を嘗めようとも、そのことによって、自分がコンゴにいるというそれだけで負うべき罪が帳消しになるわけではないことをひしひしと感じるようになる。レオポルドビルで蒸気船ベルギー国王号(ロワ・デ・ベルジュ)に乗り、スタンレー瀑布まで河を遡るが、貿易会社の代理人として指揮を執るつもりだった当初の自分の計画には、いまでは吐き気をおぼえるほどになる。あらゆるものを糜爛(びらん)させる湿った空気、心臓の鼓動にあわせてどくどくと脈打つ陽光、四六時中靄に閉ざされた河筋のかなた、日に日に錯乱していくように思われるベルギー国王号の乗組員たち——引き返さなければ、と思う。ここはすべてが不愉快だ(トゥメ・アンティパティック・イスィ)、と彼はマルグリット・ポルドフスカに宛てて書いている、人間にしても、物にしても。だがとりわけ人間がだ(レゾム・エ・レショーズ、メ・シュルトゥ・レゾム)。アフリカ人小売商も、あさましい本能に突き動かされている象牙商人も、みんな(トゥセプティキエ・ザフリカン・エ・マルシャン・ディヴォワール・オザンスタン・ソルディッド)。ぼくはここに来たことを後悔している(ジュルグレット・デートルヴニュ・イスィ)。痛いほど後悔している(ジュルルグレット・メーム・アメールマン)。レオポルドヴィルに戻ったときは身心ともに病んでいて、死を願うほどだ。だがそれ以来尾を引くようになった発作的な絶望と、創作欲とが代わる代わるするなか、ボマから帰国の途に着けたのは、それから三か月の後だった。一八九一年一月中旬、ベルギー・オステンデ帰着。数日後、奇しくもそのおなじ港から、ヨーゼフ・レーヴィなる男が、

蒸気船ベルギー皇太子号に乗り込んでボマへと船出する。当時七歳のフランツ・カフカの伯父であった。レーヴィはパナマにいたことがあり、自分を待ち受けているものが何であるかをはっきりとわきまえていた。保養と休養のための数か月のヨーロッパ滞在五回をはさむ通算十二年間、レーヴィはさまざまな要職を経つつ、この先をマタディで過ごすことになる。その歳月のうちには、現地の生活条件も彼のような者には徐々に耐え得るものになっていくのだ。こうしてたとえば一八九六年七月、トゥンバ中継所の落成祝典では、現地の珍味にくわえて、ヨーロッパの食事やワインが招待客に供される。この記念すべき出来事からさらに二年のち、この間に貿易の総支配人に昇格したレーヴィ（いちばん左の人物）は、コンゴ鉄道全線開通を祝う式典で、レオポルト国王じきじきに帝獅子勅命金貨を授与される。

　一方、オステンデに着いたコジェニョフスキは、その足でブリュッセルのマルグリット・ポルドフスカのもとへ向かう。いまの彼にとって、建物がいやましに壮麗誇大になっていくベルギー王国の首都は、虐殺された黒い骸(むくろ)の山なす上に築かれた墳墓さながらに映り、道を行き交う人々は、ひとりあまさずコンゴの暗い秘密を隠し持っているかのように思われる。――事実ベルギーには今日もなお、収奪の限りを尽くしたコンゴ植民地時代に刻み込まれ、ある種のサロンの薄気味悪い雰囲気やぎくりとするような奇形の人間に表れ出た、他国ではめったにお目にかかれない独特の醜悪さが見受けられるのだ。いずれにせよ一九六四年十二月にブリュッセルをはじめて訪れたとき、私は他所で一年間に眼にするよりも多くの不具者と狂人を見たものだった。ある晩などはサン・ジュネーズ通りのバーで、ときどきビクビクと体に震えの走る不具の人がビリヤードをしているのを見守った。その男は自分の番になると、しばしの間じっと気を鎮め、それからあやまたぬ手つきで、とびきり難しいキャロムをぴたりと決めていた。当時私が数日にわたって宿泊したカンブルの森に近いホテルは、重厚なマホガニーの家具、各種のアフリカの記念品、さらに葉蘭、鳳莱蕉(モンステラ)、四メートルの天井に届きそうなゴムの木など、巨大な植物をまじえた数え切れない鉢植え植物が所狭しと並んでいて、真昼ですらチョコレート色の暗闇に閉ざされている気配があった。いまもなお瞼には、一面に彫刻を施したどっしりしたサイドボードが彷彿とする。天板の片側にはガラスケースが置かれ、中に作り物の枝、極彩色の絹のリボン、縫いぐるみの小さな蜂鳥をあしらった飾りが納められ、もう片側には、磁器製の果物が山盛りになっていた。だがブリュッセルをはじめて訪れてこのかた、私にとってベルギーの醜悪さを典型的に表しているものといえば、ワーテルロー戦場跡におけるライオン像のモニュメントと周辺のいわゆる歴史的追憶の場にほかならない。当時どんなわけからワーテルローに出かけたのだ

ったのかは、もう記憶にさだかではない。だがバス停から裸の耕地に沿って歩き、小屋掛けじみていながら高さだけがやけに高い建物群を過ぎて、もっぱら土産物屋と安食堂ばかりの村を通り抜けていったときのことは、いまも甦ってくる。クリスマスが目前に迫った鉛色の空の日で、当然のように観光客の姿はなかった。クラス単位でやってくる生徒たちすら影もない。ところがその閑散さを冷やかすように、ナポレオン軍の衣裳に身を包んだ一団が、笛や太鼓を喧しく鳴らしながら、村の数少ない小路を行進していたのだった。最後尾にはけばけばしい化粧の自堕落そうな従軍酒保の女店主がついていて、その女が牽く珍妙な手押し車にくくりつけられた小さな鳥籠に、一羽の鵞鳥が閉じこめられていた。建物の間に姿を消したかと思えばまたじきに別のところから現れ出る、あたかも永劫回りつづけているかのような一行を、私はかなりのうち眺めていた。そしてついに、巨大な円形ドームをしたワーテルロー・パノラマ館の入場券を買い求めたのである。中に入ると、中央に聳える展望台から戦場――ちなみに戦場はパノラマ画家が大好きな主題だ――を四方八方、どの方向へも眺め下ろすことができた。言うなれば、ここに立つ人は、出来事の想像上の中心点に

立っているわけである。木の手すりの真下が舞台風景のようになっていて、切り株や繁みのあいだに等身大の馬がごろごろと横たわり、砂地に血が飛び散り、苦痛に眼を剝いた、あるいは眼を潰された歩兵、騎兵、軽騎兵などが倒れている。その顔は蠟製だが、革靴や武器や胸甲や、海草かぼろ切れかを詰めてあるらしい色鮮やかな軍服といった品々は、どう見ても本物らしかった。この、過ぎ去った時の冷え冷えとした埃に覆われた三次元の恐怖図にまなざしを這わせ、さらにそこから地平線へ眼を向けると、そのむこうの巨大な壁画に至る。フランスの海洋画家ルイ・デュモンタンが、一九一二年、サーカスのテントじみたこの円形の建物のぐるりの内壁に横百十メートル、縦十二メートルにわたって描いたものだ。ゆっくりと一巡しながら、これが歴史再現の芸術というものなのだ、と思う。それは偽りのパースペクティヴの上に成り立っている。私たちは、生きのびた者は、すべてを上から眺め下ろす。一切をいちどきに見ながら、だがしかし、ほんとうのありさまを知ることがない。建物の外に広がっている索漠たる野、かつてここで、数時間のうちに五万人の兵士と一万頭の馬が滅んでいった。戦闘の果てたあとの夜には、さまざまな呻き声、喘ぎ声が幾重にも重なり合っていたことだろう。いまそこは、褐色の地面でしかない。死骸や遺骨は、いったい当時どうしたのだろうか。それらは円錐形をしたこの記念碑の下に埋められているのだろうか。われわれは死者の山の上に立っているのか。それが結局、われわれの見晴し台というものなのか。そうした場所からなら、かくも重要なる歴史的俯瞰というものができるのだろうか。あるときこんなことを小耳に挟んだことがある、イギリスはブライトン近郊、海岸からほど近いところに、ささやかな林がふたつある。ワーテルローの戦いのあと植樹されたもので、記憶に値する勝利を記念するための林であり、ひとつの林はナポレオンの三角帽、もうひとつはウェリントン卿の長靴のかたちに輪郭を象ってある。そうした輪郭は地上からはむろん見て取れない。これらのシンボルは気球に乗った後世の人にむけたものである、というわけだ。その日の午後、私はパノラマ館でコインを幾枚か箱に投げ入れては、フラマン語で説明される戦闘の経過に耳を傾けた。くさぐさの場面があったが、わかるのは半分がいいところだった。オハインの谷道、ウェリントン公、プロイセン砲兵隊の砲煙、オランダ騎兵隊の反撃……たいていの例に漏れず、戦況は二転、三転しながら続いたことだろう。くっきりとした心象は浮かんでこなかった。そのときも、

いまも。ただ眼を閉じたときはじめて、いまもまざまざと網膜に浮かぶのであるが、一発の砲弾がポプラ並木にななめに落ち、緑の枝がなぎ払われ、吹き飛ばされる光景が瞼に浮かんだ。そしてスタンダールの若き主人公ファブリスが、蒼白な面持ちで、だが瞳を燃やしながら戦場をうろついているのが見えた。馬から落ちた大佐が起き上がって、なにも感じないよ、右手の古傷が痛むだけだ、とそばの軍曹にむかって話しているのが浮かび上がった。――ブリュッセルに戻る前に、私は居酒屋でいましばし体を温めた。向かい側の隅に、ベルギーの肉厚ガラスの

丸窓から差し込むにぶい光を浴びながら、背中をふたつ折りにした老女が座っていた。毛織りの頭巾をかぶり、けば立った厚地の冬外套をはおって、指のない手袋をはめていた。給仕が大きな塊の肉を運んできた。老女はしばらくそれをじっと眺めていたが、ハンドバッグから木の握りの付いた鋭いナイフを取り出すと、おもむろに切りはじめた。いまにして思うのだが、あの老女の生まれた時代は、コンゴ鉄道が開通した時期にほぼ重なるのではなかったろうか。

コンゴ開拓にともなって先住民におかされた犯罪がいかなる種類の、いかなる規模のものであったかは、当時ボマのイギリス領事館に勤めていたロジャー・ケイスメントによって、一九〇三年にはじめて公にされた。ケイスメントは――ケイスメントはわたしが長いあいだ忘れ去ろうと努めてきたもろもろの事柄を口にすることのできる人だ、とコジェニョフスキはロンドンの知人に対して語ったという――、外務大臣ランズダウン卿に宛てて提出した覚書に、黒人に対する情け容赦のない搾取の実態を正確に綴っている。黒人たちは植民地の全建設地にわたって、報酬も受けず、最低限の食事しかあたえられず、多くは何人もが鎖で繋ぎ合わされ、日の出から日の入りまで厳格に定められたリズムで、文字どおり倒れて死ぬまで働かされている。金に目が眩んでいない者でコンゴ河を上流まで遡った者であるなら、とケイスメントは書く、聖書に描かれた受苦の歴史など及びもつかないような、一民族あげての臓腑のちぎれるごとき苦悶の実態をつぶさに眼にするだろう。ケイスメントは、毎年十万人の奴隷労働者が白人の監視下で死に追いやられていること、身体損傷や四肢切断や銃殺が、規律維持のための懲罰としてコンゴでは日常茶飯事になっていることにも口を濁さなかった。レオポルト国王は、ケイスメントの介入が引き起こした事態を穏便におさめ、同時にケイスメントの活動がベルギーの植民地経営に及ぼす危険の度合いをはかるために、ケイスメントをブリュッセルに招いて、じきじきに面談した。レオポルト国王はこう述べている。黒人による労働は、税金の代替となるものであって、すこぶる正当なものであると考える。よしんば時として白人監視者が憂慮すべき行き過ぎをおかすことがあったにしても――そのような場合を認めることに吝かではないが――、これには遺憾ながら、致し方ない理由がある、すなわち、コンゴの風土は多数の白人の脳に錯乱のごときものを生ぜせしめるのであって、あいにくこれを事前に見越して予防することはできかねるのである、と。かかる理屈でケイスメントを翻意させることはできなかったから、レオポルト国王はロンドンにおける王の特権を利用して、いわば外交的な二枚舌をつかった。つまり一方でケイスメントの報告を模範的であるともちあげて聖ミカエル＝聖ジョージ爵位の称号を授与しておき、その一方で、ベルギーの利益を損なうことには毫も手をつけなかったのである。数年後、おそらくは好ましからぬ人物をしばらく追い払うべく手が回されたのだろう、ケイスメントは南アメリカに派遣された。だがケイスメントはそこにあっても、ペルー、コロンビア、ブラジルの密林地帯における実態を暴き出した。その様相は多くの点でコンゴと似かよっていたが、ただこのたび主導権を握っていたのはベルギーの貿易会社ではなく、ロンドンのシティに本部のあるアマゾン・カンパニーだった。当時南アメリカにおいても、やはり広域にわたって樹木が根こぎにされ、一帯が焼き払われていたのである。権利を持たぬ者、虐げられた者に無条件に肩入れするケイスメントのこの報告は、外務省でもなにほどかの尊敬の念を呼び起こしはしたが、同時に、トップリーダーである高級官僚の多くは首を横にふった。彼らにしてみれば、ケイスメントの行為は前途洋々たる外交官の進路にとってまちがいなくためにならない、ドン・キホーテまがいの情熱だったのである。当局は、虐げられた世界の諸民族のために尽力した、という名目をつけ、ケイスメントをナイト爵に序することで事態をおさめようと図った。しかしケイスメントはやすやすと権力の側に着く人間ではなかった。むしろ正反対に、そうした権力と、権力に発するところの帝国主義的な心性の性質と起源への関心をしだいに深めていった。つまるところ行き着いたのがアイルランド問題、つまりおのれ自身にかかわる問題であったことは、成り行きのしからしむるところである。ケイスメントはアイルランドのアントリム州で、プロテスタントの父とカトリックの母の息子として育ち、ほどこされた教育の眼目からすれば、イギリスによるアイルランド支配の維持を生涯の使命にするべき人間であった。第一次大戦前の数年間にアイルランド抗争が深刻化したさい、ケイスメントは〈アイルランド出の白いインディアン〉の問題に乗り出した。アイルランド人が何世紀ものあいだ蒙ってきた不正は、なによりも苦しむ人々への共感に満ちていた彼の心を日増しに占めるようになる。アイルランド人口の半分がクロムウェルの軍隊によって虐殺され、のちには何千の男女が白人奴隷として西インド諸島に送られ、また近い過去では百万人にのぼるアイルランド人が餓死し、その後も若い世代の大半がよんどころなく故郷を捨てて移民しつづけているといった事柄のひとつひとつが、ケイスメントを捉えて離さなくなる。ケイスメントがついに意を決したのは、一九一四年、アイルランド問題解決のために自由党政府が提案したアイルランド自治（ホームルール）案が、北アイルランド・アルスター地方のプロテスタント勢力による苛烈な抵抗にあって潰えたときだった。陰に陽にこの勢力を後押ししていたのが、さまざまなイギリスの利益集団だった。われわれはひるまない、たとえイギリス連邦が大揺れすることになろうとも、アルスターはアイルランド自治に抵抗する、と言明したフレデリック・スミスは少数派プロテスタントの大立者で、この反アイルランド派は、必要とあらば政府軍に対抗し、武力に訴えてでも、おのれの権益を守ることを〈忠誠〉とみなす勢力だった。彼らが兵力十万のアルスター義勇軍をつくると、これに対抗して、南部でもアイルランド解放のための義勇軍が結成された。ケイスメントはこの義勇軍分隊の募集と装備の調達を援助した。勲章はロンドンに送り返す。年金の申し出もはねつけた。一九一五年初頭、密命をおびたケイスメントはベルリンに渡り、アイルランド解放軍に武器を提供してくれるようドイツ政府に願い出るとともに、ドイツで捕虜になっていたアイルランド兵士にむけて、アイルランド軍に参加するよう説得の挙に出た。だが試みはいずれも不首尾に終わり、ケイスメントはドイツの潜水艦でアイルランドに送り返される。アイルランドのトラリーに近いバナナ湾に降ろされ、疲労の極に達し、氷のような水に漬かりながら、浜までの海を歩いて渡った。このとき五十一歳。逮捕はいまや時間の問題だった。ケイスメントにできたのは、いまや失敗が目に見えているアイルランド全土にむけたイースター蜂起をなんとか思いとどまらせるべく、〈ドイツの援助は無理（ノー・ジャーマン・ヘルプ・アヴェイラブル）〉とのメッセージを司祭

Pepe of Guimar 48 52

903 31 TUESDAY [90-275] March & April

at Teneriffe 17.

n 201 miles to noon. Splendid.
288 left to Cape Palmas & total from
one to Axim 840. Read Loti's
Mon frère Yves". B'boy – on board
d "Smart Set". Very Hot indeed

" Mon frère Yves" to peculiar

" John " not very well –
oor old soul with the
heat.

1 April WEDNESDAY [91-274]

Very hot
Only did 286 – 1 mile
Short of Cape Palmas.
Passed along near it –
steamer there. 344 to
Axim. Passed Cavally &
...lbu & then to sea.
Read "Les Caires du Roi"
stupid Exposition of the
...ar's King.

17.51 Lauro of | Manuel Violetta

March 29 Sunday—5 in Lent [88–277] 3rd Mo **1903**

Santa Cruz | gone to Las Palm[as]

● 1h 26m A.M. (Greenwich)

Pepe & Juan again – Stayed in Cabin. Feel[ing] very seedy. Bleeding badly aft again Cruz. Ran 372 miles from Store 393. Will not get in about 7 pm tomorrow – so will probably be kept all night there. I rather hope so & it will give more time making enquiry for basket. Hope to find it or hear of it. Feeling very seedy indeed. Turned in 10.30 after talk wi[th]

30 MONDAY [89–276]
Mohammedan Year 1321 begins

Much hotter today. Busy writing Cabin in morning. Wrote many letters. Borrowed £20 from Skip[per] for G.B. Ran 327 miles. S/Store 66 off. arr. there about 6.15. "Teneriffe" in – no sign of basket. Wrote G.B. with £15 to go by "Jebba" tomorrow & other letters about basket. On Shore to agents with Captain Lebb at 8.35 pm.

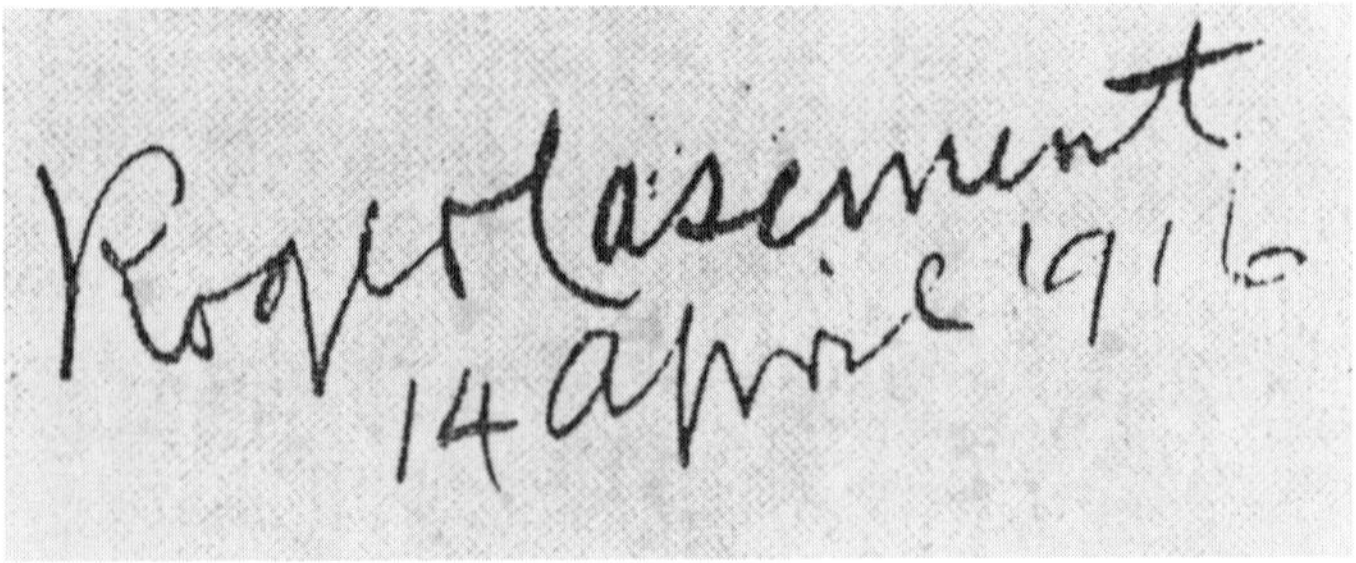

を通じて送ることだけだった。つまるところ、七日間にわたる市街戦の結果、理想に燃えた人々、詩人、労働組合員、教師といったダブリンの首謀者はその賛同者もろともに落命することになるのだが、それはまた別の話である。蜂起が鎮圧されたとき、ケイスメントはすでにロンドン塔の獄舎にあった。顧問弁護士はつかなかった。検察長に任命されたのはこのとき公訴局長官になっていた例のフレデリック・スミスだったため、裁判のゆくえははじめから決まったも同然だった。しかも有力筋からの減刑嘆願をはばむべく持ち出されたのが、家宅捜索で発見されたケイスメントの裏日記、いわゆる〈ブラック・ダイアリー〉の抜粋だったのである。被告人のホモセクシュアルな性関係が記録されたこの抜粋は、イギリス国王からアメリカ合衆国大統領、ローマ教皇にまで回覧された。ケイスメントの裏日記は、ロンドン南西部キューにあるイギリス公文書館におさめられて、最近まで封印されていたが、はたしてこれが本物であるかどうかは、これまでかなり疑わしいとされてきた。たしかにいわゆる〈アイルランドのテロリスト〉に対する裁判では、こんにちに至るまで立証のさいにせよ、訴追のさいにせよ、検察も裁判所もいいかげんな予断や憶測にもとづいて処理してきたばかりか、故意に事実を歪曲してきた歴史がある。一方、アイル

ランド解放運動の古参たちにしてみれば、仲間の殉教者のひとりが、こともあろうにイギリス的悪徳に染まっていたなどとは、夢にも想像できないことだった。しかしながら、一九九四年春に日記が公開されて以降、この日記がケイスメントの自筆であることは疑いを容れないとされている。とすればここから推測されるのはただひとつしかない——ホモセクシュアルであったがゆえにこそ、ケイスメントは階級や人種の垣根を越え、権力の中心から限りなく遠いところにあった人々が蒙りつづけた抑圧や搾取や奴隷化や苛虐に気づくことができたのだろう。オールドベイリー中央刑事裁判所での審議ののち、ケイスメントは予想にたがわず反逆罪で有罪の宣告を受けた。裁判長レディング卿、旧名ルーファス・アイザックスが判決文を読み上げた。これを以て、貴殿は法の定めた獄に収監され、さらにそこから刑の執行場所に移されて、絶命に至るまで絞首に処される、と。死体が投げ捨てられたペントンヴィル監獄中庭の石灰抗から、もはや識別もかなわなかったと思われるロジャー・ケイスメントの遺骸が掘り出されたのは、イギリス政府の許可がついにおりた一九六五年のことだった。

サウスウォルドとウォールバズウィックのあいだの海岸からほど近いところ、ブライズ川の上に、一本の幅の狭い鉄橋が架かっている。ありし日にはこの川を羊毛のずっしりと載った船が、海を指して下っていったものだった。いまでは、厚く泥の堆積した川を航行する船はほとんどない。河口あたりに帆船がひとつふたつ、朽ちかけた艀(はしけ)の群れに交じって舫(もや)いでいるのが関の山だ。陸にむかっては、ただ鉛色をした水と、湿原と、うつろな広がりしかない。

ブライズ川に架かる橋は、一八七五年、ヘイルズワース・サウスウォルド間を運行する狭軌鉄道のために築造された。複数の郷土史家によると、かつてこの路線を走っていた列車は、本来は中国の皇帝が乗るために製造されたものだったという。列車を発注したとおぼしい中国

の皇帝がだれかとなると、かなり調べてみたものの、とうとう突きとめられなかった。そればかりか、納入契約がなぜ果たされなかったのか、当時まだ周囲を松林に取り囲まれていた北京といずこかの夏の離宮を結ぶはずだった皇帝の小さなお召し列車が、どんな経緯にょってグレート・イースタン鉄道の支線で末路を迎えることになったのかも、わからずじまいだった。心もとない情報がそれでも一致をみているのは、乗客といえば海水浴客や休暇客がほとんど、最高速度も時速三十キロを超えることのなかったその列車の黒い塗装の下に、尾をくねらせ、おのれの息を四囲の雲とした龍の図、すなわち中国の皇帝の紋章がくっきりと見て取れたものだった、ということだった。この紋章そのものについて言うなら、本書のはじめにすでに言及した『幻獣辞典』に、東洋の龍に関する、天竜、地龍、海龍といった具合のかなりまとまった分類法と記述が含まれている。それによればある龍は背中に神々の宮殿を背負っており、ある龍は小川や川の流れを支配し、またある龍は地中の宝の番をする。ある龍は黄色の鱗に身を

かためる。顎の下に髭があり、燃えるような両眼の上に額がかぶさり、耳は小さくて分厚く、つねに口をあんぐりと開き、真珠や蛋白石（オパール）を常食とする。体長三マイルから四マイルに達するものもある。龍が姿勢を変えると、山々が揺れ動く。空を飛ぶと、怖ろしい嵐を吹き起こし、市じゅうの家の屋根を剥がし、穀物畑を荒らす。海の底から登ってくると、渦巻きや台風がおこる。この自然の暴威を鎮めることは、中国では龍の座についた支配者を取り巻く儀式、些細なものをさも重大なる国家的行事とする儀式と、古来、密接に結びついていた。それは同時に、強大な、皇帝の一身に集められた世俗の権力を正当化し、永続化するための儀式でもあった。もっぱら宦官と女たちからなる宮廷六千からの成員が、昼夜をおかず、正確な軌道を描きながら、紫壁の奥に秘された禁裏の宮殿、紫禁城にただひとり住まう男子のまわりを休みなく回っていた。十九世紀の後半は、皇帝の権力の儀式化が頂点に達したときであるとともに、その空洞化がもっとも進んだ時代である。階級にしたがって厳密に割りふられた職務が、依然として隅々までこまかく定められた規則にのっとって遂行されていた一方、帝国そのものは、国内外の敵による圧力が高まるなか、崩壊の瀬戸際にあった。一八五〇年代と六〇年代には、キリスト教と儒教の双方に影響を受けた救済の運動である〈太平天国〉が、燎原の火の勢いで拡がり、中国南部のほとんどを制圧した。腹を空かせた農民、阿片戦争のあとお払い箱になった兵士、苦力（クーリー）、水夫、芸人、娼婦など、貧苦にあえぐ気の遠くなるような数の民衆が大挙して、天王を自称する人物、洪秀全のもとに群がりよせた。洪秀全は熱に浮かされたように、栄光に満ちた公正な未来の到来を予見した。みるみる数を増していく聖戦の戦士たちは、広西省から北へ進み、湖南、湖北、安徽の諸省になだれ込んで制圧すると、一八五三年初頭には、壮大な都であった南京の城門に達した。南京は二日間の包囲戦ののちに攻め落とされて、天京と名を改められ、太平天国の運動の首都となった。このとき以来、幸福の期待にあおられた蜂起の波が、たえず新しいうねりとなって広大な国土を浸していった。六万余の城塞が蜂起の軍によって落城していっとき占領され、打ちつづく戦火によって五つの省が焦土と化し、十五年弱のうちに、二千万にのぼる人々が命を落とした。このときの中国における血にまみれた惨事は、疑いもなく想像を絶するものであった。一八六四年の夏の盛り、皇帝軍による七年間の攻囲のすえに、南京は落城した。防衛の軍はすでに備蓄も底をつき、運動当初は手でつかめそうに思われた現世の楽園をつくる夢もとうに潰えていた。空腹と麻薬によって朦朧となった人々は、最後の時を迎えつつあった。六月三十日、天王がみずから命を絶った。何十万の徒が、忠義の心からか、あるいは征服者による報復を恐れたのか、天王のあとを追った。剣や短刀を用いる者、焼身する者、縊れる者、家々の鋸壁や屋根から飛び降りる者など、人々は考え得るありとあらゆる仕方でおのが身を滅ぼした。われとわが身を生き埋めにした者も少なからずいたという。太平天国の大量自殺は、歴史上ほとんど類を見ない。七月十九日朝、皇帝の軍が入城してみると、命のある人間はひとりとして見あたらず、蠅の群れたかる音ばかりがあたりに高かった。終わりなき太平天国の王は、側溝にうつぶせに横たわり——と北京に送られた特電にはある——、膨れ上がったその体は、罰あたりにも彼がつねづね纏っていた、皇帝の黄色をし龍をかたどった刺繡入りの絹の長袍によって、からくも崩れるのをまぬかれていた。

太平天国の乱の鎮圧は、当時中国にあって皇帝軍との戦いを調停にもち込んだイギリス軍がもしも味方につかなかったとすれば、まずおぼつかなかっただろう。イギリス国家権力の軍隊が中国に入るのは、いわゆる阿片戦争のはじまった一八四〇年に遡る。一八三七年に中国政府が阿片取引を禁じる措置をとったのは、ベンガル平原で罌粟（けし）を栽培して、その実から得られる麻薬をおもに広東、厦門、上海に輸出していたイギリスの東インド会社にとって、もっとも実入りのよい事業を襲った一大危機であった。ここに起因する宣戦布告が、二百年このかた夷狄に門戸を閉ざしつづけてきた中国に開国を強いるきっかけとなった。キリスト教布教に名を借り、自由貿易は文明の進歩のための大前提だとの名分を掲げて、イギリスは西洋の大砲の威力を見せつけ、都市を矢継ぎ早に襲って、むりやりに講和を強請（ゆす）り取った。講和の条件には沿海諸都市におけるイギリス在外支店の承認、香港の割譲、そしてなによりも文字どおり気が遠くなるような額の賠償金が盛り込まれていた。この協定はイギリス側にしてみれば端（はな）から暫定的なものにすぎず、内陸の貿易拠点はいまだ開かれていなかったから、長期的にはさらなる軍事行動を起こす必要があった。ランカシャーの紡績工場で製産される綿製品を売りつける市場として、中国にはなにしろ四億の人口があったのである。だがつぎなる征伐にあつらえむきの口実が生まれるのは、一八五六年になってからだった。広東港に停泊中で、中国人水夫のみが乗船していた貨物船アロー号に中国の官憲が踏み込み、海賊の疑いがあるとして数名の中国人水夫を拘引した事件が起こったのである。踏み込んだ一行は、そのさいメインマストにはためいていたユニオン・ジャック旗を引き降ろした。これは当時、不法航行していた船がカムフラージュのためにイギリス国旗を揚げていることが多かったためと思われる。ところが当該の船は香港ですでに船籍登録をすませており、したがってイギリス国旗のもといたって合法的に航行していたのだった。そのものはお笑いぐさの出来事だったが、この機に乗じた広東のイギリス権益代表は、中国当局に噛みついてたちまちことを大事にし、結果、イギリスは他によんどころなしとして港を占拠し、総督公邸を砲撃した。しかも都合のよいことに、ほぼ時をおなじくして、シャプドレーヌなるフランス人宣教師が広西省の役人の命令によって処刑された、との記事がフランスで報道された。刑執行の痛ましい一部始終を報告した記事のきわめつけは、すでに絶命した宣教師の胸を死刑執行吏が切り裂いて心臓をえぐり出し、煮て食べたというくだりだった。この報道によってフランスに湧き上がった処罰と報復を声高にさけぶ声は、ウエストミンスターの好戦派には願ったり叶ったりだった。こうしてしかるべきお膳立てを経たのち、英仏共同作戦という稀有の見せ物が、帝国主義列強がしのぎを削っていた時代に展開するなりゆきとなったのである。補給の困難をきわめた作戦を決したのは、一八六〇年八月、一万八千の英仏軍が北京からわずか百五十マイルの渤海湾から上陸し、広東で補充した中国人補助部隊の増援を得て、白河口の塩水に浸された湿原にある、深い堀と巨大な土塁と竹柵が四囲にめぐらされた大沽砲台を陥落させたことだった。要塞が無条件降伏したあと、連合軍の代表は勝利のうちに軍事的な決着がついた戦いを、交渉の舞台で首尾よく締めようとした。ところがその優位は歴然としていたにもかかわらず、英仏は、龍の帝国の作法の煩雑な決まりごとと、皇帝の不安と狼狽に起因するのらりくらりとした中国外交による、悪夢にも似た迷宮の中に一歩一歩はまり込んでいったのである。最終的に交渉が失敗に終わったのは、とことん異なった観念の世界に生きているそれぞれの使者のあいだの、どんな通訳にも乗り越えられない理解の壁に阻まれたためと言ってよいだろう。イギリスとフランスにしてみれば、力ずくの講和は精神的物質的にいまだ文明の洗礼を受けていない落魄の帝国を植民地化する、はじめの一歩にほかならなかった。ところが皇帝の勅使のほうは、古来、貢ぎ物をささげて恭順すべき衛星国の使節が天子の御前に進み出たときになにをすべきか、中華の作法にとんと疎いらしい他国者にわからせることに腐心していたのである。業を煮やした英仏は、白河を砲艦で遡り、同時に陸路をとって北京に進撃した。若い身空で著しく健康を害し、水腫を病んでいた時の咸豊帝は、刻々と迫っていた対決を避けて、九月二十二日、宮廷の宦官、騾馬(らば)、荷車、椅子轎(かご)や輿(こし)が入り乱れる行列のなかに紛れ、万里の長城を越えたところにある熱河の離宮に逃げ去ってしまった。敵軍司令部にもたらされた知らせには、皇帝陛下は法の定めるところにより、秋には狩猟にお出ましになる決まりである、とあった。この成り行きに前後に暮れていた英仏連合軍は、十月上旬、たまたまなのだろうか、北京近郊でおびただしい数の御殿、園亭、遊歩廊、得も言われぬ四阿、寺院、楼閣を擁する壮麗このうえない庭園、円明園を発見した。築山の斜面にはみごとな角を蓄えた鹿が林藪の蔭に遊び、人為の驚異が天然自然と合わさって、目を疑うような壮麗な景観がさざ波ひとつ立たない暗い湖面に映し出されていた。つづく数日のうちに、伝説的な景観庭園において、軍規にもとるうえに理性というものを嘲弄するかのごとき、すさまじい破壊行為が行われた。これは英仏軍の怒りがいっこうに埒のあかない状況に対して噴出した結果である、とするのは説明の一半にしかならない。円明園が潰滅させられた真の原因は、故郷からかぎりなく隔たった、もっぱら強制と欠乏と禁欲を強いられてきた兵士たちの眼に、中国人は文明化されていない劣等人種であるといった見方を真っ向から否定するごとき、紛うかたない現世の楽園が存在していたことが、あるまじき挑発と映ったからに相違ないだろう。この十月の日々の出来事についての報告はあながち鵜呑みにできるものではないが、とはいえ後日、イギリス軍宿営地において掠奪した品々が競売にかけられたという事実ひとつをとっても、宮廷人が逃げたあとに残された装飾品、翡翠や金の細工、銀や絹製品の大部分が掠奪者の手に落ちていたことに疑問の余地はないのだ。つづいて広大な庭園と、周辺にあった二百あまりの別邸、狩猟用の別邸、聖城が焼き払われた。これは表向きにはイギリス使節ラックとパークスが受けた虐待への報復行為として司令部が命じたことになっていたが、実のところは、狼藉のあとを隠滅するためだった。イギリス陸軍工兵隊隊長のチャールズ・ジョージ・ゴードンはつぎのように綴っている、杉造りの寺院や離宮や庵が信じがたい速さで片端から炎に包まれ、パリパリと音を立てて火が走って、緑の繁みや林に燃え拡がった。石橋のいくつかと大理石の仏塔を残して、いっさいが灰燼に帰した。たなびく煙はあたり一帯を覆い、日輪を隠すほどの灰が雲となり、西風に吹かれて北京まで達して、やがて人々の頭上や家々の屋根に降りそそぎ、民衆は天罰を下されたかと思い惑った、と。円明園のためしを突きつけられ、一か月後、皇帝側はやむなく延期に延期を重ねていた平和条約に北京でついに署名する。およそ支払い不可能な賠償金があらたに課されたほか、内陸における通行の自由、キリスト教布教の自由、阿片貿易の合法化を狙った関税交渉などが、その主な条項に含まれていた。見返りとして、西側諸国は清朝の命脈を保つべく、協力を申し出た。それが太平天国の乱の鎮圧であり、あるいは陝西、雲南、甘粛の山合いに散らばる回族、すなわちイスラム教徒の分離独立運動を挫くことだったのである。複数の推定によれば、こののち六百万から一千万人の回教徒があるいは居住地を追われ、あるいは命を落としている。士気をすっかり沮喪していた皇帝軍の指揮を任されたのが、先にあげた英国工兵隊隊長、チャールズ・ジョージ・ゴードンだった。当時三十一歳、生来引っ込み思案でキリスト教の信仰心が篤い一方、気が短くはなはだ憂鬱質でもあったゴードンは、のちにスーダン、ハルツームの包囲戦で壮烈な戦死を遂げて名をなすが、短期間で皇帝軍を強力な軍隊に育てあげ、その功績によって、帰国時に中華の最高の恩賞である黄色の乗馬服を下賜された。

一八六一年八月、延ばしに延ばした調印の後、咸豊帝は亡命先の熱河で、放埒にたたられた短い生涯を閉じようとしていた。水分は下肢からすでに心臓の高さに達しており、じわじわと崩れていく肉体の細胞が、あたかも海水に浮く魚のごとく、血管から組織の隙間という隙間に滲み出した塩辛い液体の中に浮いていた。おのれの手足が徐々に腐り、五臓が毒に漬っていくのに歩を合わせるようにして、おのれの領土が異国の勢力に着々と侵されていくのを、咸豊帝はぼやける意識で追っていった。皇帝自身が、中国の凋落の舞台だった。八月二十二日、夜の帳が帝の上に降り、帝はついに幽冥境を異にした。占星術の複雑な計算にもとづいたあれこれの手続きが踏まれ、ようやっと遺骸が棺におさめられて北京を指して出発したときは、すでに十月五日になっていた。危なっかしく揺れる棺台の載った巨大な金の輿を、百二十四人の選ばれた人間が肩に担ぎ、葬列は長さ一マイルにわたって、三週のあいだそぼ降る秋雨のなか、山を登り、山を下り、真っ暗な谷間や峡谷を抜け、灰色の凍てつく吹雪に消えかかった峠道を動いていった。十一月一日朝、葬列がついに目的地に着くと、紫禁城の城門に通じる街路には黄色い砂が撒かれ、さらに道の両端に南京絹の青い垂れ幕が張りめぐらされて、五歳の幼帝の容(かんばせ)に下賤の民の眼がふれぬように計らわれていた。咸豊帝が存命のうちに龍の座の護り手として後継に選んだその幼い同治帝は、いま、詰め物をした椅子轎(かご)に座して、父の亡骸のあとについておのが住処に運ばれていこうとしていた。その側に、後宮からのぼりつめた母、西太后と称されることになる慈禧太后がいた。宮廷が北京に帰り着くや、成年に達しない皇帝を輔佐する実権をめぐる争いが持ち上がるべくして持ち上がったが、これはあれよあれよの間に、すさまじい権力欲を抱いた西太后の勝ちに帰した。咸豊帝の留守に代わって政治をみていた親王たちは、正当な世継ぎへの許すべからざる謀反の罪をきせられ、八つ裂きのうえ五体切り刻みの刑を言いわたされた。判決が緩和され、絹紐でみずから縊り死んでよしというかたちになったのは、新政権の寛大なる温情のたまものであった。粛順、鄭親王、怡親王がためらいもなく（であろう）この特典を利用したのちは、西太后は、いまやだれ憚(はばか)ることのない中華の帝国の実権者であった——少なくとも、わが子同治帝が長じて政治に携わるようになるまでは。同治帝はのちほど、西太后が自分の権力の拡大と完成をはかって着々と進めていた計画に水を差すような政策をとりはじめたのである。こうした情勢の変化のなか、親政から一年もしないうちに同治帝が天然痘にかかって——そうではなく、北京の花柳街で踊り子や服装倒錯者から拾ってきたべつの病だとも囁かれていたが——重篤になったのは、西太后にしてみればまさしく天佑というものだった。かくして一八七四年秋、金星が太陽の前を横切る凶兆があらわれたとき、だれしもが十九歳に満たない帝の早世を悟った。事実それから数週間した一八七五年一月十二日、同治帝は崩御する。顔を南面に向け、あの世への旅路にと永遠の命をあらわす長袍が着せられた。葬儀がつつがなく行われてまもなく、父祖のもとへ旅立った皇帝の齢十七の正室——複数の文献によればこのとき臨月まぢかだったという——が大量の阿片によってみずから命を絶った。謎めいたその死は、表向きには癒しがたい悲痛に押しつぶされたためとされたが、じつは西太后が摂政の座に長くとどまるために若い皇后を除いたのではないか、という疑念は払拭できなかった。西太后は、ついで甥にあたる二歳の載湉を光緒帝として即位させ、その地位をいっそう磐石にした。光緒帝は家系図の上では同治帝とおなじ世代にあたり、そのため厳格な儒教の掟によると死者がやすらうのに必要な敬慕の礼を尽くす資格はないと定められていたから、これはいかなる意味でも伝統にもとる行為であった。ほかの点ではすこぶる保守的だった西太后の、由緒ある伝統も必要とあらば踏みにじるというこの態度を手はじめに、以後、太后は年を追うごとになりふり構わず絶対的な権力を追うようになる。そして事実、絶対権力を掌握した支配者の例にもれず、西太后もまた想像を絶する奢侈をきわめることによって、のぼりつめた地位の高さを世に、またおのれに示そうとしたのだった。写真の右に立っている宦官、李蓮英が取り仕切った彼女の個人的な家計費だけでも、毎年六百イギリスポンドという、当時としては莫大というほかない額にのぼった。

しかし、権勢を誇る手段が大仰になればなるほど、深謀遠慮によって手中にした絶対権力を失いはしまいかという不安はいやましに募る。西太后は眠れぬまま、夜な夜な奇っ怪な影の踊る宮廷庭園にさまよっていって、人造の岩山や羊歯の繁み、くろぐろとした黒檜や糸杉のあいだをあてもなく歩き回った。真珠を擂りつぶした粉を不死身の霊薬にと朝一番に飲み、昼のうちは居室の窓辺に何時間もたたずんで、生命なきものをもっとも愛でた人らしく、しんと静まった、一幅の絵画のような北面の湖を眺め暮らした。かなたの百合園にある豆粒のような庭師の姿や、冬に碧く氷の張った湖面でスケートをする延臣の姿を見て思うのは、人間が自然の営みのなかにあるということよりは、ガラス瓶に閉じ込められた蠅のごとく、すでにして気紛れな死の手中にあるということだった。事実、一八七六年から七九年にかけて中国を訪った旅人は、当時数年つづきの旱魃によって、国土が四方をガラスに囲まれた獄舎になったようだったと書いている。山西、陝西、山東省を中心に、七百万から二千万の人々——正確な数字は一度として算出されたことはなかった——が飢餓と衰弱によって斃れた。災厄の大きさは、人々の動きが週を追うごとに緩慢になってくることでわかる、とたとえばバプティスト派の牧師ティモシー・リチャードは記している。ひとり、あるいは三々五々、あるいは長く伸びた列をなして、流民となった人々がよろよろとさまよい、しばしばかすかな風にも昏倒して、路傍に臥したきり動かなくなる。片手を持ち上げるだけ、瞼を伏せるだけ、最後の吐息を漏らすだけのうちに、半世紀が経っていくかのようだった。そして時が溶け消えていくとともに、社会の他のたがも緩んでいった。瀕死のわが子の苦しみを見るに忍びない親たちは、たがいの子を取り替えた。村も町も四囲は埃っぽい荒れ野になり、そのむこうにひんぴんと蜃気楼が現れては、滔々と水の流れる谷や鬱蒼と木の繁る湖の景色をゆらめかせた。夜の引き明け、枝についたまま干涸らびた葉がかさかさと鳴って、浅い眠りの中にしのび込んでくると、頭でわかっていながらも願望がつかのま勝ちを占め、人々は雨が降りだしたと錯覚した。都とその周辺は旱魃の厳しい影響をまぬかれたものの、南部から続々と凶報がもたらされているあいだにも、西太后は宵の明星が昇る刻限になると蚕神廟に祀った蚕神に欠かさず血の生け贄を捧げさせ、蚕に新鮮な葉がなくなることがないように祈った。生きとし生けるもののうちで、太后の心をもっとも惹きつけるのは、この奇妙な虫のみだった。養蚕のおこなわれる蚕室は、夏の離宮のなかでも屈指の美しい建物だった。西太后は白い前掛けをした侍女たちを引きつれて連日広い蚕室を歩き回り、仕事の進み具合をじきじきに検分した。わけても好んだのが、宵闇が降りてからたったひとり棚と棚のあいだに腰を下ろし、無数の蚕がいっせいに新鮮な桑の葉を食むときにたてる、低い、起伏のない、得も言われぬ安らかな音に耳を傾けることだった。おのれの紡いだしなやかな糸と引き替えにやがて命を終える青白い半透明の生き物は、西太后には理想の国民であると思われた。まめまめしく仕え、死をも辞さず、またたくまに大量に殖え、あらかじめ定められた目的のほかは脇目もふらない。どだい信ずるに足りない人間とは、天と地ほども違う。外の世界の無名の群衆はもちろん、内輪の取り巻きであっても、わが手で皇位に就けてやった二人目の幼帝――それがいまやひんぱんに我意を通そうとしつつある――のほうにいつ寝返るか知れたものでない連中とは。光緒帝はいまのところ目新しい機械にうつつを抜かしていて、デンマークの貿易商が北京の店で売っている機械じかけの玩具や時計の分解に時間の大半をつぶしているし、国中を乗って廻れる本物の列車を買ってやるといえば、芽生えかけた野心からもさしあたり気を逸らすことができている。だが帝の手に権力が移る日はもはや遠くない。長く握れば握るほど、捨てがたくなってきた権力が。私が想像するに、のちにイギリスのヘイルズワースとサウスウォルド間を往還するようになったあの龍の図柄のついた小さな御用列車は、もとは光緒帝のために特注されたものではなかったろうか。そして一八九〇年代なかごろ、若き皇帝が改革派に傾倒して、西太后の思惑とはまったく相反する運動に乗り出したときに、注文を取り消されたのだ。だがいずれにしろ確実なのは、権力を引き寄せようとした光緒帝のこころみは、結局、帝が紫禁城近くの湖上にある宮殿に監禁され、政治の全権を西太后に譲り渡す文書に署名させられたことで終わりをみた。光緒帝は十年にわたり景勝の小島に幽閉されて病み衰え、一九〇八年晩夏、慢性的な頭痛、腰痛、腎痙攣、光と音への極度の過敏症、肺機能の低下、重度の鬱病といった失脚このかた彼を蝕んでやまなかった病苦の数々についに打ち負かされた。最後に帝を診た朱という西洋医学に通じた医者は、いわゆるブライト病なる腎疾患であるとの診断をくだしたが、動悸、紫色の顔、黄色い舌といったそれだけでは説明のつかない症状も記録しており、このため、帝が少しずつ毒を盛られていたのではないかという憶測が方々で囁かれた。また朱医師は皇帝の住居を往診した際、住人がとうにいなくなった家かと見紛うほど、床や家具に厚く埃が積もっていることに気がついた。すでに何年も前から皇帝の身辺をかまう者がいなくなっていたしるしである。一九〇八年十一月十四日夕刻、中国でいう酉の刻に、光緒帝は苦悶のすえ生涯を閉じた。享年三十七だった。帝の身体と精神をかくもじわじわと滅ぼしおおせた七十三歳の西太后は、不思議なことに皇帝より一日も長くながらえ得なかった。翌十五日朝、まだ余力のあった西太后は、新しい事態にあたって御前会議に出た。だが昼食時、侍医の諫めにそむいて締めくくりに好物の濃厚クリームがけ山林檎を二人前食べたところ、赤痢のような症状を起こし、そのまま恢復しなかった。午後三時ごろに危篤となった。すでに屍衣に身を包み、半世紀近くおのれが国政の実権を握っているあいだに崩壊の瀬戸際まできた帝国への遺詔を書きとらせた。ふり返ると、と西太后は述懐している、歴史とは不幸と悶着ばかり、岸辺に寄せる波のごとくに押し寄せてはまた押し寄せる。われらはこの世にあるかぎり、不安をぬぐえるときはいっときたりとない、と。

　時間の否定は、トレーンの哲学の学派におけるもっとも重要な教えである、と〈オルビス・テルティウス〉についてのかの書物には記されている。この教義にしたがえば未来はわれわれがいま持っている恐怖と希望というかたちのなかにしか存在せず、過去はたんに記憶であるにすぎない。べつの見解によれば、世界といま世界にいるあらゆる生物は、たった数分前に、完璧な幻の歴史もろともに創造されたものである。三つめの学派にあっては、われわれの世界は神の大都市における袋小路であり、あるいは理解不能な形姿に満ちた暗い洞穴であり、あるいはよりよき太陽のまわりを囲む靄のようなものである。第四の哲学学派を代表する者たちは、反対にあらゆる時間はすでに経過しており、われわれの生はある回復不可能な過程の、消えゆく淡い余映にすぎない、と主張する。たしかに私たちは、この世界がいくつの変異をとげてきたのか、そして仮に時間というものがあるならば、どれだけの時間が残されているのかを知らない。確かなのは、個々の生を、あるいは生の全体を、あるいは時そのものを、それぞれの上位にあるシステムと較べるならば、夜は昼よりもはるかに長いということばかりだ。トマス・ブラウンは一六五八年に認めた論考『キュロスの庭園』につぎのように書いている。時代（とき）の夜は昼よりもなおはるかに長く、昼夜平分

時がいつであったのか、だれも知らない、と。——おなじような想念を私もまた抱きながら、ブライス川に架かる橋を越えて、廃線になった線路沿いにしばらく歩き、それから土手を下りてウォールバズウィックから南へ、いまは数軒の家を残すばかりの村、ダニッチまで続く湿原を下っていった。あたりは空漠としていかにも寒々しく、もしもここにぽつんと置き去りにされてしまった人がいるとしたら、自分がいるのが北海の浜辺なのか、それともカスピ海の岸辺なのか、あるいは遼東湾なのか、おぼつかなくなってしまいそうだった。私は波打つ葦原を右手に、どんよりした浜を左手にしながら、あまりにもはるかでたどり着けそうもなく思われるダニッチを目指した。まるで何時間も歩いたようだったが、やがて淡い色合いをみせて、少しずつ、スレートや瓦葺きの屋根と木の繁った丘の頂が輪郭をあらわしはじめた。こんにちのダニッチは、中世にヨーロッパ屈指の港を有した都市のわずかな残骸である。かつてはここに五十余の教会、僧院、病院があり、造船所があり、砦があり、八十隻の漁船や商船、何十基もの風車があった。そのことごとくが海中に没した。いまそれらは堆積した砂礫の下に、海底二、三マイル四方に

わたって沈んでいる。聖ジェイムズ、聖レナード、聖マーティン、聖バーソロミュー、聖マイケル、聖パトリック、聖メアリ、聖ジョン、聖ピーター、聖ニコラス、聖フィーリクスといった教区教会が、侵蝕によってじわじわと後退をとげていった崖の端からひとつまたひとつと海に落ちていき、そのむかし町が築かれていた土台と岩もろとも、徐々に深い海底に沈んでいったのだ。おかしなことにその後には筒状に塗り固められた井戸のシャフトばかりが残った。それらはかつて自分を取り巻いていたものから解き放たれて、さまざまな年代記の記すところでは何百年もの間、さながら地下の鍛冶屋が地面から煙突を突き出しているといったていで、がらんとした風景にぽつぽつと聳えていたという。だが消え去った町の象徴的存在だったそれらも、最後には崩れ落ちた。一九八〇年ごろまでは、いわゆるエクルズの教会塔がまだダニッチの海端に立っていた。かつてはかなり高いところにあったはずであって、そこから傾きもせずにどうして海面の高さまで下りてくることができたものか、だれにもわからなかった。この不思議はいまなお解明されていないが、近ごろおこなわれた模型による調査から推測されるところでは、謎のエクルズ教会塔は砂地の上に建てられており、そのため自重によってきわめてゆっくりと沈んでいき、壁に損傷を受けなかったのだろう、とされている。このエクルズ教会塔も一九〇

〇年前後に倒壊し、ダニッチの教会のうち残ったのは、崩れかかった崖の端に建つオールセインツ教会の廃墟ばかりになった。しかしこの教会も、一九一九年には周辺の教会墓地に埋葬されていた人々の亡骸もろとも崖から滑落してしまい、それからは西の四角い塔だけがしばらく不気味な一角に聳えていたという。ダニッチが繁栄をきわめたのは、十三世紀であった。当時は来る日も来る日もロンドン、スタヴォールン、シュトラールズント、ダンツィヒ、ブルージュ、バイヨンヌ、ボルドーとの間を船が行き来した。一二三〇年五月にポーツマスから出航した大船団が、何百もの騎士と馬、何千の歩兵、イングランド王とその随員をポワトゥまで運んだときも、船の四分の一はダニッチの町のものだった。造船をはじめ、木材・穀物・塩・鰊・羊毛・毛皮の貿易は莫大な利益をもたらしたから、人々は考え得るあらゆる方策を駆使して地盤の崩壊を食い止め、たえまなく岸を侵食する海の力に抗おうとした。そうした補強工事によって当時の住民がどれほどの安心を得ていたものかは、いまではなんとも言えない。ともかく確かなのは、それらが結局は役に立たなかったことだった。一二八五年の大晦日の晩、嵐による高潮で下の町と港が潰滅し、数か月のうちは海と陸の境が判別がつかないほどになった。倒壊した壁、破片、瓦礫、へし折れた梁、

砕けた船、どろどろの粘土、砂利、砂、一面の水。そのあとの再建からわずか数十年後、異様に静まりかえった秋とクリスマスが過ぎた一三二八年一月十四日、前回をさらに凌ぐあり得べくもない災害が襲った。またしても北東から吹くハリケーン級の嵐が、その月最大の大潮と重なったのである。宵闇の降りるなか、港地区の人々は持てるだけのものを持って上の町に逃げた。大波は夜どおし家々を引き攫った。波に浮いた桁や梁が、城壁を破壊する巨大な突き棒さながらに、まだ壊れていない壁に打ちかかった。空がしらじらとしてきたころ、二千人から三千人ほどだったろうか、生き残った人々——庶民もいれば、フィッツリチャート、フィッツモーリス、ヴァライン、ド・ラ・ファレーズ家ら貴族もいた——は向かい風に抗って深淵に体を乗り出し、塩辛い波しぶきの靄をついてあらわれた眼下の光景に慄然とした。破壊の挽き臼にかかったかのように、梱(こり)や樽、起重機の破片、裂けた風車の羽根、長持ち、机、箱、羽布団、薪、藁、溺れ死んだ家畜らが、白茶けた渦の中をぐるぐると回っていた。こうして、海はつづく数世紀にも幾度となく陸に襲いかかって猛威をふるい、平行して穏やかな平時にも、海岸の侵食はさらに進んでいった。ダニッチの住民は、いつとはなしにこれが逃れようのないさだめであることを悟った。勝ち目のない闘いは放棄され、人々は海に背を向けて、減りつつある資金の許すかぎり西方にむかって家を建てていった。何世代にもまたがる、長丁場の逃亡というものだった。ゆるやかに滅びていった町は、こうして地上における人類の基本的な行動パターンを——反射的にと言っていいだろう——なぞることになった。人間の入植先の驚くほど多くは西へ、条件さえ許せば、西へ西へと移っていくものなのである。東とは望みの無さを意味する。わけてもアメリカ大陸が植民地化された時代には、東部がどんどん寂れていく一方で、西にむかって都市が伸びていく現象が見られた。ブラジルではいまなお、広大な土地が大火事の後のごとくに消えていきつつある。過作によって土地が痩せると、また新しい土地を西にむかって開墾していくためだ。北アメリカでも、数知れないさまざまな町が、ガソリンスタンドやモーテルやショッピングセンターもろとも、高速道路に沿って西へ西へ移っていく。そうしてこの軸に沿って、貧富の二極化も生じるのだ。ダニッチの町が逃亡していったことから思い起こされたのは、そんなことであった。最初の大災害のあと、町は西の郊外に造られた。だがそこに建てられたフランシスコ会修道院ですら、いまは一部が残存するにすぎない。塔が聳え、数千の人間が暮らしたダニッチは、水と、砂礫と、霞のなかに溶け消えてしまった。崖上の草原からその上（かみ）に町があったと思われる方向を眺めると、吸い込まれるようなすさまじい空漠を感じた。だからこそすでにヴィクトリア朝の時代に、ダニッチは憂鬱質の文筆家たちのいわば参詣の地になっていたのかもしれない。たとえばアルジャーノン・スウィンバーンが、一八七〇年代に友人で看護役のシオドア・ワッツ=ダントンとともにしばしばここを訪れている。それはきまって、幼児期から極度に過敏だった神経が、ロンドンでの文人暮らしからくる昂奮でずたずたになりそうなときだった。若くして伝説的な名声を得たスウィンバーンは、ラファエル前派が集うサロンで眩惑的な芸術論を交わし、華麗な詩語を操った悲劇や詩の創作に精魂を込めているうちにしばしば発作的に激情に駆られ、声や身体を抑制できない状態にひんぴんと陥った。てんかんに似たこの発作を起こしたあとは、何週間も臥せることが多く、やがて〈普通の社会にはむいていない（アンフィッテイド・フォア・ジエネラル・ソサイエティ）〉スウィンバーンは、ごく親しい人をのぞいて人と交わることができなくなった。恢復期にははじめ家族の所領地で暮らしたが、のちには忠実な友ワッツ=ダントンとともにに、海浜に赴くことがしだいに多くなった。サウスウォルドからダニッチまで、風になびく葦原を抜けて長い徒歩行をし、茫洋とした海原に目を馳せるのが、鎮静剤のはたらきをした。「北海のほとり」と題された長詩では、生あるもののゆるやかな滅びが唱われている。〈灰のごと低き崖もろく砕け（ライクアッシュイズ・ザロウクリフス・クランブル）　堤は（アンドザバンクス・）崩れ塵となる（ドロップダウン・イントゥダスト）〉。スウィンバーンについてのある研究論文で、こんなことを読んだのを思い出す。ある夏の晩、ワッツ=ダントンとともにオールセインツ教会跡を訪れたスウィンバーンは、沖合はるか、洋上に一点の緑がかった明るみがさしているのを眼にしたような気がした。あの輝きから、蒙古帝フビライ・ハーンの宮殿を思い起こした、とスウィンバーンは語ったという。のちに北京となる地にフビライ・ハーンの宮殿が建てられたのは、ダニッチがイギリス王国きっての都市だった時代だった。私の勘違いでなければその論文には、その夜スウィンバーンはワッツ=ダントンにむかって、その伝説的宮殿をことこまかに描写してみせた、とあったと思う。四マイルにわたって続く純白の外壁、種々多様の勒（ろく）、鞍、武具がぎっしり詰まった兵器庫、蔵や宝物殿の数々、見わたすかぎりどこまでも駿馬が居並ぶ厩、六千の客を迎えられる迎賓館、居室の数々、一角獣の檻のある動物園、ハーンが北面に土盛りして造らせた高さ三百フィートの物見山。翠の孔雀石を敷き詰めたこの円山の急斜面には、世にも稀な見事な常緑の成木の数々が、一年かけてびっしりと植えられたのだ、とスウィンバーンは語った。立ち木は土もろとも根こそぎ掘り上げられ、そのためにわざわざ調達した象によって、ときにはかなりの遠方から運搬された。後にも先にも、冬にもなお緑なし、その頂にも緑の屋根をもつ安息殿を設けたこの人造の山ほど麗しいものはこの世に造られたことはない、とダニッチのその暮れつ方、スウィンバーンは語ったという。——アルジャーノン・

チャールズ・スウィンバーンの生きた時代は、生没年にいたるまで西太后のそれとほとんど重なっている。一八三七年四月五日、海軍将官チャールズ・ヘンリー・スウィンバーンとその妻、アシュバーナム伯爵三世令嬢のジェイン・ヘンリエッタの六人の子の長子として生まれた。両家ともにその先祖は、遠い昔、フビライ・ハーンが宮殿を建てダニッチが当時の航路でたどれるかぎりのあらゆる国々と交易をしていた時代まで遡る。たどれるかぎりの過去を見るなら、スウィンバーン家もアシュバーナム家も歴代、王の側近や名だたる戦士や軍人、広大な土地の領主、冒険家を輩出した。アルジャーノン・スウィンバーンの大伯父、ロバート・スウィンバーン大将は、珍妙なことにも――教皇権至上主義者だったと考えるしかないのだが――ローマ教皇の臣下となり、神聖ローマ帝国の男爵の位を賜った。世を去ったときはミラノ総督であり、その息子は一九〇七年に高齢で身罷るまでフランツ・ヨーゼフ皇帝の侍従を務めていた。傍系におけるこの並外れたかたちでの政治的カトリシズムに、あるいは頽廃の最初のきざしがあったのかもしれない。だがいずれにせよ、それほど世才にたけた血筋から、いつ神経衰弱を起こすかもしれないような人間がどうして出たのかは謎であった。この矛盾はスウィンバーンの出自と遺伝形質を調べてきた伝記作家たちを長く悩ませてきたものであるが、結局のところ、彼らはつぎのようなところで一致を見た。いわく、『カリドンのアタランタ』の作者は、いかなる自然の可能性をも尻目に、いわば突発的に生じた後成的現象である、というのである。まことにスウィンバーンという人は、その容姿からしてすでに疑いなく常軌を逸していた。すこぶる矮軀で、成長のどの過程においても常人より背が低く、そしてぎょっとするほど華奢だった。だが頭部だけは子ども時分からすでに異様に大きく、それがまた貧弱な、首からすとんと落

ちた撫で肩の上に載っかっていた。このただならぬというしかない頭は、もわもわと横にふくれた燃えるような赤髪と薄緑に光る眼と相俟って、〈イートンの驚異のひとつ〉であったと同時代人が記している。一八四九年夏、ちょうど十二歳のおり、はじめて学校にあがった日にして、すでにスウィンバーンの帽子はイートン一大きかった。またのち、一八六八年秋にスウィンバーンとともにルアーブルを発ってドーヴァー海峡を渡ったリンドー・マイヤーズなる人物が綴っているところでは、スウィンバーンの帽子が突風にあおられて船から落ちてしまったため、到着後サウサンプトンでかわりを買おうとしたところ、三軒目の帽子屋でようやく寸法に合ったものが見つかった、しかしそれすらも革紐と中の詰め物を取り除かなければならなかった。かくも極端にアンバランスな体軀でありながら、スウィンバーンは幼少時から——いわゆる〈バラクラヴァの突撃〉の模様を新聞で読んでからはなおのこと——騎兵連隊に入隊して、似たような無謀な戦闘で麗しい剣士（ボー・サブルウ）として果てたいと夢想していた。オックスフォード在学中にもこの夢想は他の将来の夢を圧倒していたが、英雄死を遂げたいという願望が発育不全の体軀ゆえについに潰え去ってしまうと、今度はしゃにむに文学にのめり込んだ。極端なかたちをとった自己破壊という意味ではおなじというものだろう。スウィンバーンは生涯の朋友ワッツ＝ダントンにしだいに生活を采配されるようにな

るが、そうでもしなければ、悪化の一途をたどる神経の病に耐えて生きのびることはおそらく不可能だった。ワッツ=ダントンはやがて通信の一切を取り仕切り、こまごまと気を配って、わずかなことにも激しい昂奮に陥るスウィンバーンを庇護した。そうやって三十年近くも、生彩を欠いた余生をなんとか永らえさせたのである。一八七九年、神経発作を起こしたスウィンバーンは、半死半生の体でいわゆる四輪馬車（フォーフィーラー）に乗せられてロンドン南西部のパトニー・ヒルに運ばれ、爾来ふたりの独身者は、郊外のザ・パインズ二番にあるつつましい別荘においてあたうるかぎり刺激を避けて暮らした。日常生活はワッツ=ダントンがことこまかに定めた予定に沿って進んだ。自身の発案になる日課の効能にいささかの自負を込めながら、ワッツ=ダントンはつぎのように語ったと伝えられている。スウィンバーンは朝かならず散歩をし、昼に書き物をし、晩には本を読みます。それればかりではありません、芋虫のように食べ、山鼠（やまね）のように眠ります、と。郊外に亡命した異才の詩人

をひとめ見ようとするだれかれが、ときには昼食に招かれることもあった。そんなときは仄暗い食事室で、三人が食卓を囲んだ。耳の遠いワッツ゠ダントンが大声でしゃべり、かたやスウィンバーンは、お行儀の良い子どもよろしく、皿の上に頭を俯けたまま、ものも言わずに巨大な牛肉の塊をもくもくと嚙んでいた。世紀末前後にパトニー・ヒルを訪れたある客は、ふたりの老紳士はライデン瓶に閉じこめられた二匹の奇っ怪な虫のごとき印象だった、と書いている。スウィンバーンに眼をやるたびに、灰白色の蚕 *Bombyx mori* の幼虫を思い出さずにはいられなかった、と。それは目の前の食事をひたすら食んでいるその感じのせいであったかもしれないし、あるいはまた、昼食後に半睡状態に入ったあと、電気エネルギーが注がれたようにビクンと新しい生に目覚め、泡を食った蛾よろしく両手をひらひらさせながら図書室を走りまわって、踏み台や梯子を登ったり下りたりし、あれやこれやの稀覯本を本棚から取り出すその所作のせいだったのかもしれない。わけてもそうした昂奮が現れるのが、お気に入りの詩人マーロー、ランドー、ユゴーについて熱っぽく弁じるときであり、またワイト島とノーサンバーランドで過ごした幼年時代の追憶を語るときだった。たとえばそんな折り、スウィンバーンは子どものときアシュバーナムの高齢の伯母の足元に腰を下ろし、伯母が少女時代に母親に付き添われてはじめて大舞踏会に行ったときの話を聞いたことを、陶然とした様子で回想したという。舞踏会が終わると、雪明かりに照らされたきりきりと寒い冬の夜道を何マイルも家にむかってたどったのだが、途中、いきなり馬車が停まった。黒っぽい人群れがしていて、そしてわかったのは、自殺したひとりの男をそこの四つ辻に埋めているところだということだった。こうやって百五十年前に遡る記憶を書きとどめていると――とみずからもすでに不帰の人となった客は綴っている——スウィンバーンが言葉で描いたホーガース風の不気味な夜の情景がふたたびありありと瞼に甦ってくる、そして同時に見えてくるのだ、大きな頭と、逆立った火のような髪をした小さな子が、両手をもみしだきながらこう言っている様子が——もっと話して、アシュバーナムの伯母様、もっと話して、と。

7

砂浜で休んだあと、ぽつんと海に突き出しているダニッチ・ヒースに白昼に登ったときは、異様に暗く、蒸し暑くなっていた。この侘びしい地域のなりたちには、ひとつには土壌の性質と海洋の気候が密接に係わっているのだが、それにもまして影響が大きかったのは、最後の氷河期以降イギリス全土を覆っていた鬱蒼とした森林が、何世紀にもわたって、いやそれどころか何千年このかた海辺から後退させられ、破壊の一途をたどってきたことであった。ノーフォーク州とサフォーク州では樹木はおもに楢と楡であって、その森が平地を埋め、あるいはどこまでもうねる波となって、丘や窪地になだらかな起伏をくり返しながら海岸まで達していた。その方向が逆向きになったのは、雨の少ない東海岸一帯にやって来て定住を図ったはじめての人々が、森を焼き払ったときだった。それまでの森林が不規則な模様を描いて大地にコロニーを作り、しだいに隙間なく繋っていったように、今度も似たように不規則なしかたで、灰と化した野原が徐々に面積を大きくし、緑の広葉樹林を侵蝕していったのである。いま飛行機でアマゾンかボルネオの上空を飛んで、空からは柔らかく苔むした地面のように見える密林の樹海の上に、濃い煙が一見静止しているかのように立ち昇っている光景を眼にしてみれば、往時における、ときには数か月も続いた野火の規模が想像できよう。先史時代のヨーロッパで山焼きをまぬかれた森は、後代には家屋や船の建造のために、あるいは鉱石の製錬に大量に必要になった木炭のために伐採されていった。はやくも十七世紀にはイギリス諸島のかつての樹林は消え去り、荒れるにまかされた取るに足らない一部のみが残された。大規模な火の手は、いまや大洋の反対側で上がっている。測り知れない広大な土地、ブラジルの国名が、木炭というフランス語に由来するのは、ゆえなきことではないのだ。高等種の植物を炭となし、ありとあらゆる燃える物質を不断に燃やしつづけることによって、人はこの地に満ちてきた。風よけの火屋（ほや）を被せたはじめての灯火から十八世紀のカンテラまで、そしてカンテラの火影からベルギーの高速道路に並ぶナトリウム灯の朧な光まで、おしなべて燃焼であり、燃焼こそ、われわれ人間が作ってきたあらゆる物の核心にある原理だった。釣り針を拵えるのも、磁器カップの製造（マニュファクチュア）も、テレビ番組の制作も、つまるところ燃焼というひとつ工程のもとに成り立っている。私たちの編み出した機械は、私たちの身体に似て、そして私たちの憧憬に似て、ゆっくりと火照りの冷めていく心臓を持っている。人類の文明は、その端緒から時々刻々と強さを増していった光熱そのものだった。それがどこまで強くなり、いつまた徐々に衰え消えていくのか、だれも知らない。さしあたりまだ私たちの都市は光を放ち、なお火を燃え拡げつづけている。広大な、けっして鎮火することのない熱帯の火は言わずもがな、イタリアで、フランスで、スペインで、ハンガリーで、ポーランドで、リトアニアで、カナダで、カリフォルニアで、夏の森が燃えている。一九〇〇年前後にはまだ森林に覆われていたギリシアのある島で、私は数年前、干涸らびた草木が猛烈な速度で火に呑まれていくのを目の当たりにした。そのときは滞在していた港町からいくらか離れたところで、昂奮した男の群れにまじって路傍に立っていたのだった。背後は真闇で、眼下の峡谷の底深くに、走り、弾け、風に煽られてはやくも断崖を駆け上ってくる火があった。照り映えた空にくろぐろと立つ柏槙（びゃくしん）の立木が、一本また一本と、火口(ほくち)さながら、炎の舌が触れると思うまもなく、鈍い、爆音に似た轟きをたてて火を噴き、つかのまののち静かに火花を散らして崩れ落ちていった、その光景は私の瞼に灼きついて、二度と消えることはない。

　私の道はダニッチから、まずフランシスコ会修道院の廃墟のわきを過ぎ、耕地に沿ってしばらく続いて、あきらかに最近切り開いて径をつけられたとおぼしい、荒れ放題の叢林を抜けていった。ねじくれた松や、白樺や、金雀児(えにしだ)の繁みが入り乱れていて、通り抜けるのは一苦労だった。引き返そうかと思いはじめたころ、にわかに視界が開け、ヒースの荒野が眼の前にあらわれた。淡い藤色から濃い紫に色合いを変えながらヒースが西方に広がり、その真ん中を、白い道路がゆるくカーヴを描いて走っていた。頭の中をのべつぐるぐると廻っている想念に取り憑かれ乱れ咲く花に痺れたようになって、私はしろじろとした砂地の径をあてもなく彷徨ったが、一時間ほど前に抜け出したところなのに、まるでどこか遠い過去から出現したかのように先刻の荒れた叢林の前にまた出たときには、狼狽したとは言わぬまでも、息をのんだ。立木のない荒野のただひとつの目印は、なんとも奇天烈な、四方がガラス張りになった展望塔のついた館だけで、――どういうわけかそれがベルギーのオステンデを思わせるのだったが――そういえばいまにして思うと、茫然とうろついている間に、この館があるときは間近に、あるときははるか遠くに、あるときは左に、あるときは右にと、思いもかけない方向にずっと見えていたのだし、あるときなどはチェスのキャスリングでの城将(ルーク)の動きよろしく、建物の一方の側が見えていたのがまたたく間に反対の側になっていて、まるで本物の館でなく、鏡に映じた像を見ているかのような気分になったのだった。しかも三叉路や四つ辻の標識はどれひとつとして案内がなく、場所や距離の代わりにただあっちへこっちへと矢印だけが示されていて、苛立ちは募るばかりだった。勘に頼ると、遅かれ早かれ、目指していたはずの方向からきっと逸れてしまう。まっすぐ野を横切っていくことは、ヒースの繁みが膝の高さほどの低木に育っているのでできず、そのためくねくねした砂地の径にとどまって、どんな小さな目印も、どんなわずかな眺めの変化も頭に刻み込んでおくよりほかないのだった。ベルギー風館のガラスの説教壇からしか全容が見渡せそうもない野原で、私は何度もかなりの距離を行きつ戻りつし、しまいにとうとうパニックにおちいった。低く雲の垂れこめた鉛色の空、眼を霞ませる病的なヒースの紫、貝殻の中で鳴っている潮騒のような無音、どこまでも付きまとってくる羽虫の群れ、いずれもが心をざわつかせる、怖ろしげなものに思われた。そんな心地でどれほど彷徨っていたのか、そしてどうやって出口を見つけたのか、さだかではない。ただ気がつくと街道わきの巨大な楢の樹の根方にたたずんでいて、メリーゴーラウンドから飛び降りた直後のようなぐあいに周囲の世界がぐるぐると廻っていた、それだけが記憶に残っている。いまもって不可解なその体験から数か月を経ても、私は一度ならず夢の中でダニッチ・ヒースにいて、またしても果てしなく入り組んだ径をさまよい、私のためだけに造られたらしいその迷路から、またしてもどうしても出られないのだった。死ぬほど疲れ、どこかに倒れ込みそうになりながら、薄い闇のただよいはじめる時分にどこかの小高い場所にたどり着くと、まさしくそこに、サマレイトンの櫟(いちい)の庭園迷路の真ん中にあったような中国風の小さな四阿が建っていた。そしてその展望台から下を見下ろしたとき、迷路の全体が、明るい砂地が、鋭角に折れ曲がった、人の背丈よりも高く夜の闇ほども暗い生け垣の線が、眼に入った。私のさまよった迷路と

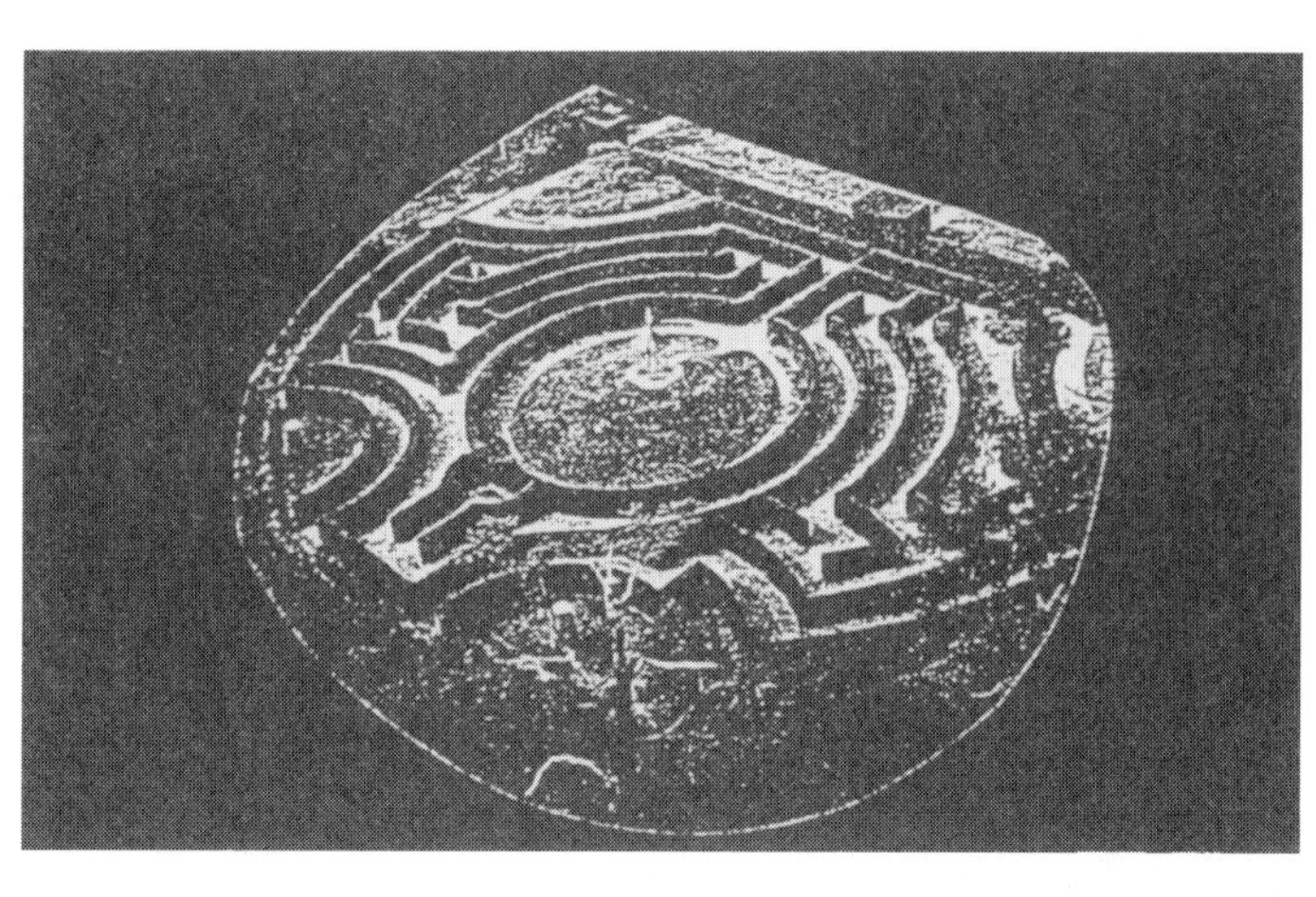

較べると単純な文様であって、夢裡にもはっきりと、それがほかならぬ私の脳の断面図であることがわかった。

　迷路のかなた、ヒースの霞の上に翳が降りていって、やがて天空の奥からひとつまたひとつと星が輝きだした。夜が来たの(ナイト・ザアスト)だ、この驚くべきものが、人の世の異郷の客として、(ニッシング、ザ ストレインジャー・トゥオール・ザットイズ・ヒューマン、)山々の背から、悲愁をおびて壮麗に。(オーヴァーザマウンテントップス・モーンフル・アンドグリーミング・ドロウズオン)あたかも地上のもっとも高所に、とこしえに静止した星の煌めく冬空のみがあるところに立っているかのようだった。ヒースの野は霜に凍え、透明な氷になった蝮や毒蛇や蜥蜴が、砂穴の中でまどろんでいるかのようだった。四阿にあった休息用の小さなベンチから、私は荒野のむこうに広がる夜闇に眼を馳せた。そして、海岸から南の方向へ、陸の一角がごっそりと崩落して波に呑まれてしまっているのを眼にした。ベルギー風の館ははやくも断崖に被さるようにぐらつき、展望塔のガラス窓の中には船長の服をまとった太り肉(じし)の人がひとり、せわしなくサーチライトの器械を動かしていて、その強烈な、暗夜を探る光の円錐が、私の脳裡に戦争を思い起こさせた。荒れ野の夢では驚きに凍りついたようになって中国風の四阿にずっと腰をかけていたのに、同時に私は外に、断崖のへりに立っていて、危ういと知りながら深淵を覗き込んでいた。中ほどの空を旋回している大小の鴉が、甲虫ほどの大きさに見えた。浜辺の漁師が鼠のように思え、磯で砕けて無数の小石をまるく擦り減らしていく鈍い波の音は、私の高さまでは届いてこなかった。だが絶壁の真下、土が黒く盛り上がったところに、壊れた家の残骸が散らばっていた。崩れた外壁や蓋の開いた衣裳棚や、階段の手すりや、ひっくり返った浴槽やひん曲がった暖房管のあいだに、たったいままでベッドで眠り、テレビの前に座り、あるいは鰈を出刃包丁で捌いていた住人たちの妙なぐあいに捩れた軀が引っ掛かっていた。その破壊の光景からいくらか離れた場所に、白髪をふり乱した老人が息絶えたわが娘(こ)のそばに跪いていて、そのふたりの姿が、また何マイルも先の舞台の上にいるように小さいのだった。最期のため息も、最期の言葉も、ましてや最期の死にものぐるいの願いも聞こえてこなかった。鏡を貸してくれ(レンドミー・ア・ルッキンググラス)、息でその表が曇るか汚れるかすれば(イフザット・ハー・ブレス・ウィル・ミスト・オア・ステイン・ザ・ストーン)、ああ、娘は生きているのだ(ホワイ・ゼン・シー・リヴズ)、と。聞こえない、なにひとつ。ひっそりとしずまりかえっている。やがて、かすかに、聞き取れないほどの葬送の曲。夜が終わろうとし、空が白んでいく。色褪せた海のはるかに浮かぶ島に、サイズウェル原子力発電所の、霊廟じみた、マグネシウム合金の四角い建物が輪郭をあらわす。あそこはドッガーバンク漁場のはずなのだ、昔、鰊が群れなして産卵した場所。そのなお昔、はるばると遠い過去には、そこはライン河のなす三角州地帯であり、沖積砂の上に緑野が広がる場所であった。

ヒースの野の迷宮から運よく解放されてから二時間、ようやくのことでミドルトンの村にたどり着いた。この村に二十年近く暮らしている作家、マイケル・ハムバーガーを訪ねるつもりでいたのだった。かれこれ四時になろうとしていた。村は、道にも、庭にも、人影ひとつなく、家々は人を寄せつけない印象をあたえた。鍔のついた帽子を手に下げ、リュックサックを肩にした前世紀の旅職人といった恰好の私は、いかにも場違いであるようで、もしもふいに腕白小僧の群れが飛び出してきて後ろをついてきたり、ミドルトンのどこかの家から主人が戸口に顔を出して、「おい、さっさと行っちまわんか」、と私にむかって吐き捨てたとしても、少しも不思議はないように思われた。徒歩で旅する者はいまでも、いやいまだからこそ、一般的なハイキングのイメージに当てはまらなければ、土地の人に即座に疑いの眼差しを向けられる。一軒の村の商店にいた少女が狐につままれたような碧い眼で私を見たのも、おそらくはそのせいだったのだろう。入り口の呼び鈴はとっくに鳴り終わり、私がその小さな、天井まで缶詰やら腐らない商品やらを積み上げた食料品店の敷居をまたいでからかなりたったころ、テレビのちかつく隣の部屋からようやくその娘が出てきて、口をぽかんと半分開け、宇宙人でも見るような眼つきで私を見たのである。それからいくらか気を取り直したか、今度はうさん臭いものを見る眼でねめ回し、その視線は埃にまみれた私の靴のところに下りてきて、ぴたりと止まった。こんにちは、と私がいうと、またしても呆気にとられた眼で、まじまじと私の顔をのぞき込んだ。たびたび経験したことであるが、田舎の人は外国人に遇うと全身にショックが走り、たとえその外国語をよくする者であっても、ほとんど、ときにはまったく相手の言うことが理解できなくなってしまうものである。ミドルトンの田舎商店の娘も、ミネラルウオーターがほしいという私の願いにただわからない、と首を横にふるばかりだった。結局売ってくれたのは冷えすぎのチェリー味の缶コーラで、私はそれをマイケルの家に着くまでの数百メートルのうちに、教会の敷地の外壁にもたれて、毒人参の汁でも飲むかのようにゆっくりと飲み干したのだった。

　一九三三年十一月、きょうだいと母親、母方の祖父母とともにイギリスに渡ったとき、マイケルは九歳半だった。父親は数か月前すでにベルリンを離れていて、暖房がないも同然のエジンバラの石造りの家の中で、毛布をかぶって、夜更けまで事典や教科書の頁を繰っていた。ドイツではフンボルト大付属病院の小児科教授だったにもかかわらず、イギリスで医師として仕事を続けたければ、慣れない英語で、しかも五十の坂を越していながらもう一度医師試験を受けなければならなかったのである。後年マイケルの自伝的手記に記されることであるが、父親なしで見知らぬ世界に旅立つ家族の不安と恐怖が頂点に達したのは、ドーバー海峡の税関で、祖父の飼っていた、それまで移動の旅を無事に生きのびてきた番（つがい）のセキセイインコが没収されるのを声もなく見守らなければならなかったときだった。よく馴れていたその鳥を失ったこと、二羽が衝立のようなものの後ろに永遠に消えていくのを茫然と、ただ立って眺めているしかなかったことが、ほかのどんなことよりも――とマイケルは綴る――この情勢下で異国に移り住むことのもの凄さをわたしたちにまざまざと見せつけたのだった。ドーバーの税関ホールでセキセイインコが消えたのが、ベルリンの幼年時代が背後に消えていく始まりであり、それからつづく数十年に、少しずつ別のアイデンティティが作られていった。生国はいかにわずかにしかわたしのなかに残っていないことだろう（ハウリトル・ゼアーハズリメインド・インミー・オブマイネイティヴカントリー）、と著者は年代をたどり、わずかな記憶の残余を探りながら書いている。ゆくえを絶った少年に捧げる追悼の辞を書くには、あまりにもわずかな記憶だ。プロイセンのライオンのたてがみ、プロイセン人だった乳母、地球を肩に載せた女人像柱、下のリーツェンブルク通りから住居に届いてくる往来の神秘的な音や自動車のクラクション、懲らしめのために部屋の隅の暗がりに顔を壁にむけて立たされているとき、壁紙の後ろでピシンと鳴る暖房管の音、洗濯室のむっとする石鹸液の臭い、シャルロッテンブルクの緑地公園でしたビー玉遊び、麦芽コーヒー、甜菜のシロップ、肝油、アントニーナおばあさまがこっそりくださる、銀の缶に入っているラズベリーのドロップ――あれはただのまぼろし、虚空のなかに消えていった幻像のほかのなにかだったのだろうか。おじいさまのビュイックの革の座席、グルーネヴァルトのハーゼンシュプルング停車場、バルト海の浜辺、ヘリングスドルフの、本当にまわりになんにもない砂丘、陽の光、その差しかげん……心にふと揺らぎが起こって、こうした断片が浮かび上がってくるとき、人は思い出すことができる、と思う。けれども実際にはもちろん思い出せはしないのだ。あまりにも多くの建物が壊れ、あまりにもうず高く瓦礫は積もった。沈殿物や氷堆石に打ち勝つすべはない。いまベルリンを脳裡に浮かべようとすると、とマイケルは綴っている、ただ蒼暗い地にくすんだ染みのようなものだけが見えてくる。石版に描かれた、おぼろな数字や文字だ、鋭い音のエス、ツェット、フォーゲルのファウ……石版拭きでひと拭きされて、ぼうっとなって消えてしまう。この盲班のようなものも、ひょっとすると、わたしが一九四七年にベルリンの廃墟をさまよったときの記憶の残像なのかもしれない。あのとき、わたしは失われた時の痕跡を求めようとして、はじめて故郷の都市に戻ったのだった。夢に浮かされたように、何日かファサードだけになった家屋や、焼けただれた壁のわきや、瓦礫の原を通り過ぎ、シャルロッテンブルクのいつ果てるとも知れない通りをさまよっていくうちに、ある日の午後、思いもかけず、わたしたちが住んでいたリーツェンブルク通りのアパートが破壊をまぬかれていた――理不尽にも、と思われたのだが――のを見つけたのだった。玄関ロビーに一歩踏み入ったとき、冷気がすうっとひたいを撫でたときの感じが、いまも甦ってくる。そして憶えている、階段についていた鋳鉄の手すり、四隅の壁の化粧漆喰、いつも乳母車が置いてあった一角、居住者の名前がほとんど昔のままになっているブリキの郵便受け、それらが、もしもいま解けさえすれば、わたしたちの移民後に起こった未曾有の出来事をなかったことにできる判じ絵の一枚一枚のように思われたことを。なにもかもわたしの肩にかかっていて、ほんのちょっぴり意識を集中させれば歴史をごっそり後戻りさせられそうな、わたしが望みさえすれば、いっしょにイギリスに行くことを拒んだ祖母のアントニーナがそのままカント通りに暮らしていそうな、戦争勃発の直後にイギリスに送られてきた赤十字の葉書にあったように〈旅立った〉のではなく、いまもかわらず金魚の世話をしていて、毎日台所の水道の下で鉢を洗い、晴れた日は空気のいい窓ぎわにしばらく置いてやっていそうな気持ちになったのだった。ほんの一瞬わたしが一心に念じて、パズルに隠された綴りをつないでキーワードを見つけさえすれば、なにもかも元どおりになるのではないかと。けれどもその言葉は見つからず、意を決して階段を登って、住居の呼び鈴を押せもしなかった。かわりにしたのは、胃の腑にむかつきをおぼえて家を去り、あてもなく、なにひとつ考えもならず、ただまっすぐ、ヴェストクロイツか、ハレッシェス・トアか、ティアガルテンか、どこまでだったか憶えがないが、ひたすら歩くことだけだった。ただ、最後にがらんとした場所に出たことは記憶に残っている、そこに瓦礫から拾いあげた煉瓦が、長い、整然とした列にして積み上げてあった。どの山も十個×十個×十個、それぞれ一千個ずつの立方体でできていた。あるいは九百九十九個ずつといおうか、なぜなら贖罪のしるしなのだろうか、それとも数えやすさのためなのだろうか、一千個めの煉瓦はいつもいちばん上に、ひとつだけ縦にして積んであったから。いまあの殺伐とした煉瓦の野原を脳裡に呼び起こしてみると、そこにひとりの人間も見えてこない、ただ煉瓦ばかりがある、何百万の煉瓦、いかにも整然とした煉瓦の群れが、えんえんと地平線まで並んでいて、その上にベルリンの十一月の空が、いまにも雪を降らせそうに懸かっている——死んだように静まり返った、初冬の光景。ときどき、これは幻覚から湧いてきた光景ではないのかといぶかしくなる。ましてや、どんな想像力も届かないこのがらんどうの場所から、ときおりわたしの耳に《魔弾の射手》序曲の最後の数節が響いてくる気がするだけに、そしてそれが果てると、蓄音機の針が盤をこする音が、何日も、何週間も、いつまでとなく続いているだけに。わたしの幻覚や夢の舞台は、とマイケルはほかのところで書いている、世界都市ベルリンのどこかだったり、そこにサフォークの田舎が交じっていたりする。たとえばわたしはこの家の二階で窓辺にたたずんでいるのに、眼を馳せているのは馴染みの湿原や、たえまなく風にそよいでいる柳ではない、そうではなくて、何百メートルもの高所から、市民菜園が打ち続く巨大な区画を見下ろしている。その区画はひとつの国ほどもあって、真ん中を自動車道が一本まっすぐに貫き、そこをベルリン郊外のヴァンゼー方面にむけて、黒いタクシーがつぎつぎと走り抜けていく。あるとき、わたしは夕闇の立ち込めるころに長旅から戻ってくる。リュックサックを肩にかけ、わが家まであと少しの道をたどっていくと、家の前に、どうしたのだろう、いろんな種類の車が停まっている、巨大なリムジン、巨大な手動ブレーキとバルブ型警笛が脇についた電動式車椅子、女の輔祭(ほさい)がふたり乗っている不吉な感じの象牙色の救急車、視線を浴びながらおそるおそる敷居をまたぐと、もう自分がどこにいるのか判然としなくなる。部屋部屋はくぐもった光に涵されていて、壁はむき出しになり、家具は消え失せている。寄木張りの床に散らばる銀製のカトラリー。ずっしり重いナイフやスプーンやフォーク、そして海獣（レビヤタン）を食する無数の人のための魚用ナイフ。灰色の上衣をはおったふたりの男が、ゴブラン織りのタペストリーを壁から外そうとしている。磁器を入れた木箱からあふれ出している梱包用の木毛。夢の中で一時間かそこらしてから、ようやく自分のいるところがミドルトンの家ではなく、ベルリンのブライプトロイ通りにある母の両親の宏壮な住まいなのだとわかる。幼いときここを訪れるたび、博物館のような広々としたたたずまいに、サンスーシー宮殿の続き部屋を見たときのように息をのんだものだった。するといま、ここにみんなが揃っている、ベルリンの親族、ドイツやイギリスの友人、妻方の親戚、わたしの子どもたち、生者も、死者も。だれにも気づかれずにわたしは彼らのあいだを縫っていく、ひとつの間（サロン）からつぎの間へ、客がひしめく展示室や広間やロビーをつぎつぎに抜け、ついにはそれとわからぬほど緩やかな坂になっている廊下の（スルーギャラリーズ、ホールズ・アンドパセッジズ・スロングドウイズゲスツ・アンテイル、アトザファーエンド・オブアンインパーセプティブリスロウピング・コリドア、）どん突きまで行ったところで、暖房のしてない、エジンバラのわが家で〈玲瓏の間〉と呼び慣わされていた客間にたどり着く（アイカムトウジ・アンヒーテイドドロウイングルーム・ザットユースタビノウン、インアワハウス・インエディンバラ、アズザ・コールド・グローリー）。そこではやけに低い腰掛けに父が腰を下ろしてチェロをさらい、一方、高いテーブルの上には、おばあさまが晴れ着を着て横たわっている。エナメル革のぴかぴかした靴の先が両方とも天井を向いていて、顔に灰色の絹の布が掛かっており、ときどき鬱いでいるときにそうなるように、何日たってもひと言も口をきかない。窓の外に眼を馳せると、はるかにシレジアの風景が見える。蒼い森が繁る山並みに囲まれた谷間から、金色の円蓋屋根が燦然と輝き出している。ミスロヴィッツだよ、ポーランドのどこかにある町だ（ズイスイズ・ミスロヴィッツ、アプレイス・サムホエア・インポーランド）、父が言う声がして、ふりむくと、その言葉を発した白い息が、凍てた空気のなかにまだ見えている。

ミドルトンの村はずれ、湿原の中にあるマイケルの家にたどり着いた時分には、陽はすでに傾きかけていた。ヒース野の迷宮から逃れ出て、しずかな庭先で憩うことができるのが僥倖だったが、その話をするほどに、いまではあれがまるでただの捏（こしら）えごとだったかのような感じがしてくるのだった。マイケルが運んできてくれたポットのお茶から、玩具の蒸気機関よろしくときどきぽうっと湯気が立ち昇る。動くものはそれだけだった。庭のむこうの草原に立っている柳すら、灰色の葉一枚揺れていない。私たちは荒寥とした音もないこの八月について話した。何週間も鳥の影ひとつ見えない（フォーウィークス・ゼアリズノットア・バード・トゥビシーン）、とマイケルが言った。なんだか（イトィズ）世界ががらんどうになってしまったみたいだ（アズイフ・エヴリシング・ワズサムハウ・ホロウドアウト）。すべてが凋落の一歩手前にあって、雑草だけがあいかわらず伸びさかっている、巻きつき植物は灌木を絞め殺し、蕁麻（いらくさ）の黄色い根はいよいよ地中にはびこり、牛蒡（ごぼう）は伸びて人間の頭ひとつ越え、褐色腐れとダニが蔓延し、そればかりか、言葉や文章をやっとの思いで連ねた紙まで、うどん粉病にかかったような手触りがする。何日も何週間もむなしく頭を悩ませ、習慣で書いているのか、自己顕示欲から書いているのか、それともほかに取り柄がないから書くのか、それとも生というものへの不思議の感からか、真実への愛からか、絶望からか憤激からか、問われても答えようがない。書くことによって賢くなるのか、それとも正気を失っていくのかもさだかではない。もしかしたらわれわれみんな、自分の作品を築いたら築いた分だけ、現実を俯瞰できなくなってしてしまうのではないか。だからきっと、精神が拵えたものが込み入れば込み入るほどに、それが認識の深まりだと勘違いしてしまうのだろう。その一方でわれわれは、測りがたさという、じつは生のゆくえを本当にさだめているものをけっして摑めないことを、ぼんやりと承知してはいるのだ。誕生日が二日遅れでおなじだからといって、人は一生涯ヘルダーリンの影に寄り添っていくものだろうか。だからくり返し誘惑に駆られるのだろうか、ヘルダーリンのごとく、古びた外套のように理性を脱ぎ捨ててしまい、手紙や詩に〈貴方の卑しいしもべスカルダネリ〉と署名し、見物にやってきたいけ好かない客を閣下とか陛下とか呼んで遠ざけてしまいたい誘惑に。故国を追われたがゆえに、十五か十六の歳で悲歌の翻訳をはじめるのだろうか。後年、庭先にあった井戸の鉄製ポンプに〈一七七〇〉の年号が、ヘルダーリンの生年が刻まれていたからといって、サフォーク州のこの家に住み着かなければならぬのだろうか。というのは、近くの島のひとつがパトモスという名前だと聞いたとき、わたしはここに棲みたいと切に思ったのだ、そしてそこの暗い岩屋に近寄ってみたいと（フォー・フェンアイハードザット・ワンオブザニアアイランズ・ワズパトモス、アイグレイトリーデイザイアド・ゼアトゥビロッジド、アンドゼア・トゥアプローチザ・ダーク・グロット）。そう、ヘルダーリンがパトモス讃歌を捧げたのは、ホンブルク方伯であり、ホンブルクとは、わたしの母親の旧姓ではなかったか。親和力と照応はいかなる時空をまたぐものなのだろう。別の人間に自身を、自身でなくとも自身の先駆けを見るのは、いかなるゆえんなのだろう。私がマイケルの三十三年後にイギリス税関を通り、彼がしたようにいま私も教職を辞そうと考え、彼がサフォークで、私がノーフォークで書くことに呻吟し、私たちふたりとも仕事の意味を疑い、ふたりともアルコールアレルギーに悩んでいる——そのいずれもがさして不思議なことではない。だがはじめてマイケルを訪ったとき、なぜ即座に自分がここに住んでいるような、住んでいたかのような、それも彼とそっくりおなじ仕方でそうしていたような気がしたのかが、私には説明できないのだ。憶えているのはただ、北側に窓のある天井の高い書斎に入り、金縛りにあって、ベルリンの住居にあったというずっしりしたマホガニーの書き物机の前に立ちつくしていたこと、その机で仕事をするのはあきらめた、真夏でもこの書斎は冷えるから、とマイケルが言い、そしてふたりして古い家の暖房の効きの悪さについて喋っているうちに、この冷え冷えし

た書斎を去ったのが彼ではなく私だったと思えてならなくなったこと、北側の淡い光を浴びて何か月も置きっぱなしになっているらしい眼鏡ケース、書簡の束、筆記用具、それらがかつて私の眼鏡ケースであり、私の書簡であり、私の筆記用具であったような心持ちになったことだけである。庭に続くポーチでも、私か、私のようなだれかがずっと前にここで暮らしていたという感じがおこった。焚きつけ用の短く切った粗朶（そだ）が入った柳籠、薄蒼い壁のきわに寄せた箪笥の上の、波に洗われた白い石、淡灰色の石、貝殻といった浜辺で拾った物たちのもの言わぬコレクション、食料庫に通じるドアの角に積み上がって再利用される日をじっと待っている封筒やカートン、それらがあたかも静物画のように、私自身の、価値のないものを好んで集める手によって置かれたように感じられた。とりわけ私を惹きつけた食糧庫は、のぞき込むとがらんとした棚に果物の瓶詰が二つ三つまどろんでいて、櫟（いちい）の樹で翳った窓辺の台には、赤黄色のいかにも小さい姫林檎が二十あまり、ほのかな光

を放っていた——というよりも、聖書箴言において〈時宜にかなって語られる言葉〉に喩えられた黄金の林檎さながらに、煌めいていた。その光景を見たとたん、この物たち、粗朶やカートンや、瓶詰めの果物や、貝殻やその中の海鳴りが、私の死後もずっとここに存在していて、私がはるか昔に住んでいた家をマイケルが案内してくれているかのような、およそ理にかなうはずもない想像が突拍子もなく身内を涵した。だがこうした想念は浮かんだときとおなじく、またたくまに消え去るのが常である。ともかくその後の歳月、このことを突き詰めて考えることはしなかったのだが、それは、狂気にでもならぬかぎり突き詰め得ぬことだからなのかもしれない。それだけに最近マイケルの自伝的回想録を再読していたおり、スタンレー・ケリーなる、マンチェスター時代の私の友人でその後ほとんど記憶から抜け落ちていた人の名前にぶつかったときには、あっとばかりに驚いたのだった。初読のときにはなぜか見落としていた。マイケルはそのくだりをこう綴っていた。一九四四年四月、クイーンズ・オウン・ロイヤル・ウエスト・ケント連隊に入って九か月したころ、メイドストンから配置替えになって、マンチェスター近郊ブラックバーンに駐留していた大隊に移った。隊の宿舎は綿紡

績工場跡で、マイケルは着いていくらもしないうちに、ひとりの同僚から、復活祭あけの祝日はバーンリーの自分の実家で過ごさないかと誘いをうけた。雨に濡れて黒くてかる丸石の舗装、織物の廃工場、龍の歯よろしく空をぎざぎざに区切っている工員宿舎の屋根のあるバーンリーは、それまでイギリスで見たどんなところよりも殺伐とした印象をあたえた、と。奇しくも私も、その二十二年後、一九六六年秋にスイスからマンチェスターにやって来て、万霊節の日、とある中学校の新米教師と連れだってはじめて出かけたのが、バーンリーというか、バーンリーの北にある高層湿地帯だった。いまも瞼にありありと浮かんでくる、私はその人の赤い小型ライトバンに乗って、十一月のことゆえ午後四時にはや降りてきた薄闇のなか、湿地帯からバーンリー、ブラックバーンを抜けてマンチェスターに戻って行ったのだった。私がマンチェスターからはじめて遠出をしたのがバーンリーであり、マイケルが一九四四年に出かけた町がバーンリーだった。だがそれにはとどまらない。私がマンチェスターではじめて得た知己のひとりこそ、マイケルが当時ブラックバーンからバーンリーへ行ったときの同伴者、スタンレー・ケリーだった。私がマンチェスター大学で教職に就いたとき、たしかスタンレー・ケリーは、ふたりの教授をのぞくとドイツ文学科でいちばんの古参講師だったと思う。いささか変わり者との噂で、同僚からは距離をとり、研究時間と余暇のほとんどを使って、ドイツ語の専門知識を深めるかわりに日本語の勉強をしていた。それがまた並大抵の進歩ではなかった。私がマンチェスターに来たときにはすでに書道に取り組んでいた。何時間となく大きな紙を前にして、ぎりぎりまで精神を集中し、毛筆で一字一字書いていった。忘れもしないが、私に言ったことがある、書道でいちばん難しいことのひとつは、筆の先でもって、いまから書くその語のことだけを一心不乱に考えることだ、そしてなにを表現しようかなどということを、頭からすっかり消し去ることだ。ほかにも思い起こされる。書道の練習をする者だけでなく物書きにも言えるこの言葉をスタンレーが言ったとき、私たちはウィゼンショーの彼の自宅裏に造られた日本風庭園に立っていたのだった。日が暮れかかっていた。苔の生えた築山や石は翳りはじめていたが、楓の葉むらからこぼれてくる夕陽を受けて、私たちの足元の玉砂利にはレーキの跡がまだ見えていた。スタンレーはいつもどおりいくらか皺の寄った灰色のスーツに茶色いバックスキンの靴を履き、やはりいつもどおり、話しながら私の方に思いきり体をかしげてきたが、それは興の乗ったことの表れであるとともに、相手への途方もない気遣いからでもあった。その姿勢は、風に逆らって歩む人のそれを、あるいはジャンプ台から宙に舞い上がった瞬間のスキー選手のそれを思い起こさせた。実際スタンレーと話していると、彼が高空から地表へ滑空してきたかのような感じを受けることが一再ならずあった。人の話に耳を傾けるときは、ほほえみを浮かべていかにも幸せそうに頭を肩の方にかしげているが、自分がしゃべるときは、息ができずに死にもの狂いで空気を吸おうとしているようになった。顔は歪んでくしゃくしゃになり、努力のあまりひたいに玉の汗が浮かび、言葉はつかえつかえ、息せき切って口から飛び出した。それは内部でなにか強く抑えているものの存在をうかがわせ、当時すでに、この人の心臓は早くに鼓動を打たなくなるのではないかという予感をおぼえさせた。いまスタンレー・ケリーを思い起こすと、並みはずれて人づきあいの苦手なこの人のところで私とマイケルの人生が交錯したことが、そして一九四四年と六六年にマイケルと私がそれぞれ彼に会ったとき、どちらもちょうど二十二歳だったことが、いまさらながらに腑に落ちない。こうした偶然は思ったよりたびたび起こるものだ、なぜなら私たちはみんな、おのれの来し方や望みによってあらかじめ定められたおなじ道を前後して辿っていくのだから、と、そう何度も心に言いきかせるのだが、ますますひんぴんと襲いかかるこの反復の幻影には、私は理性を以てしては抗えないのである。なにかの集まりに出たとたん、つとにどこかでおなじ意見がおなじ人によって、おなじふうに、おなじ言葉で、おなじ口調や仕草で語られる場面に立ち会っていた気がする。そのときのかなり長く続くおかしな身体の感覚は、多量の失血が引き起こすような朦朧とした感じで、さらにひどくなると一瞬思考力が失せ、声も出ず、四肢も麻痺して、気づかぬまに卒中をおこした人が感じるような具合になる。いまもってはっきりと説明のつかないこの現象は、あるいは死の感覚の先取り、無に踏み入ることなのかもしれないし、あるいは一種たががはずれたようになるのかもしれない。それはおなじ節を鳴らしつづける蓄音機のようなもので、機械の故障というよりは、機械に組み込まれたプログラムの致命的な欠陥なのだ。いずれにしても、疲労の極にあったからか、あるいは他に理由があったのか、私は八月のその日の夕刻、マイケルの家で一度ならず足元の地面が攫われたような感覚に駆られたのだった。そろそろいとまを告げようというころ、二時間ばかり休んでいたアンナが部屋にあらわれて、私たちと並んで腰をかけた。アンナが言い出したのかどうか憶えがないが、それから私たちの話題は、当節は喪のしるしを身にまとう人がいなくなった、という方に移った。腕に黒い喪章もしないし、襟に飾り鋲をつけることすらしない。いずれにせよその話題の流れで、ミドルトン在住で、ぼちぼち定年で引退かというスクウィレルなる男性のことを持ち出したのが彼女だった。記憶にあるかぎりでは、スクウィレル氏は喪服以外のものを着たことがない、というのである。ウェスルトンの葬儀屋に雇われる前の、若い時分からすでにそうだった。名前から受ける感じとはちがって、とアンナは語った、スクウィレル氏（りす）は格別せかせかもしていなければ敏捷でもない、陰気でのっそりした大男だ。喪にこだわっている男だからというよりは、棺を担ぐ怪力を買われて葬儀屋に雇ってもらったのだろう。この辺ではもっぱら、スクウィレルには記憶力がないという噂だ、とアンナは語った、子どものころのことも、去年のこと、先月のこと、先週のことも思い出せない。そんな男が死者をどうやって悼むのかは、だからだれにも解けない謎だ、とアンナは語った。それにおかしいのは記憶力がないくせに、小さいときから俳優になりたがっていたことで、その一念でときどき芝居を打っているミドルトンや近くの町の人にしつこく頼みこみ、とうとうしまいに、ウェスルトンの野原で催された《リア王》の野外上演で貴族の役をもらえることになった。登場は第四幕七場だけ、場面をずっと無言で追いかけていて、最後にひと言かふた言言うだけの役だった。まるまる一年、スクウィレルはこの短いセリフを憶えつづけた、とアンナは語った、そして問題の晩にはほんとうに感動的にしゃべったのだけれども、いまでも、誰彼となしに、折りにあおうがあわまいが、そのセリフをときどきくり返すことがある。わたしも出遇ったことがあるのよ、とアンナは語った、おはようと言ったら、通りのむこうから朗々とした声で返事をした。〈エドガーは、（ゼイセイ・エドガー、）追放されたご子息は、噂ではケント伯とともにドイツにいるということです（ヒズバニッシュドサン、イズウィズザアールオブケント・インジャーマニー）〉、って。アンナが話し終わってしばらくして、私はタクシーを呼んでくれるように彼女に頼んだ。アンナは電話をして戻ってくると、いま受話器を置いた拍子に、さっき午睡から覚める直前に見た夢を思い出した、と言った。私と彼女とマイケルがノリッジにいたという。マイケルがなにかの用事で残らなければならなくなって、それで私が彼女にタクシーを呼んでやった。家の前にやってきたのを見ると、ぴかぴかした巨大なリムジンだった。私がドアを開けてやって、彼女は後部座席に乗り込んだ。すうっと音もなく動きだし、座席に背をもたせかける間もなく町から走り出ていて、想像もつかないほど深い、光がわずかに差し入るだけの森に入っていたが、その森はミドルトンの自宅の前まで続いていた。車は速いとも遅いともつかない速度で滑っていく、だがふつうの道路ではなく、素晴らしくふんわりしていて、ゆるやかに波打っている道だ。窓の外の空気は大気よりも濃く、しずかに流れる水のような感じ。滑るように走っているとね、とアンナは言った、窓ごしに森が、言葉で言い表せないくらいひとつひとつくっきりと鮮やかに見えるの、ふんわりした苔の敷物から伸び出した茎の先の無数の微小な蒴、髪の毛みたいに細い茎、ふるえる羊歯、すっくと伸び上がった樹々の、灰色の、褐色の、すべすべの、ごつごつの幹、その根もとを数メートル上まで隠している藪のみっしり繁った葉むら。上にはミモザやマロウが海と広がっていて、そこへまた生い茂る樹海のべつの階層から、純白や薄桃色の小花を霞のようにつけた何百という蔓植物が垂れ下がってきている、その蔓植物の上はと見ると、蘭やアナナスに飾られた、巨大な船の帆桁を思わせる大枝が、幾本も横に伸びている。さらに上、もはや眼では見えない高みに椰子の梢がゆれていて、うぶ毛の生えた扇状の繊細な枝が、底知れぬ深さをもつあの暗緑色、ダヴィンチが《受胎告知》や《ジネーヴラ・デ・ベンチの肖像》に出てくる樹木の樹冠に描いた、金か黄銅を下塗りしてあるのではと思うような暗緑色をしている。それがどのくらい美しかったか、とアンナは語った、いまでは朧にしか憶えていないし、運転手がいないらしいリムジンに乗っていくその感じも、もうちゃんと言葉にできない。走っているというより、浮かんでいた。地面から少しだけ浮くことができた子どものときからこっち、一度も味わったことのない感じだった。アンナが話すうちに私たちはすでに闇に包まれた庭に出ていた。タクシーを待ちながら、私たちはヘルダーリンの井戸ポンプのそばにたたずんだ。そしてそこに、髪の根まで逆立つような戦慄をおぼえながら私は眼にしたのだった――居間の窓から差すかすかな光に照り映えた井戸の穴に、水生甲虫が一匹、暗い岸辺をひとつの側からむこうの側へ漕ぎ渡っていくのを。

8

ミドルトンを訪問した日、私はサウスウォルド、クラウン・ホテルのバーでコルネリス・デュ・ヨンという名のオランダ人と知り合って話をした。サフォーク州には何度も来たことがあり、いま地所を購おうかと思案しているところだという。ときには一千ヘクタールを超えることもある広大な地所のひとつだが、この辺ではときどきそういう物件を不動産屋が広告している。私にしてくれた話では、デュ・ヨンはインドネシア、スラバヤ近郊の砂糖黍プランテーションで育ち、オランダのワーヘニンゲン農業大学で学んだのちに、一族の伝統をやや小ぶりにして引き継いだかたちで、オランダのデーフェンテル近辺で砂糖大根の農場をはじめた。いま関心をイギリスに移しているのはなによりも経済的な理由からだ、とデュ・ヨンは語った。イースト・アングリアでしょっちゅう売りに出ているようなまとまった大きい物件は、オランダでは絶対に出ない。それにここでは土地を買うとただ同然で付いてくる領主屋敷(マナーハウス)も、オランダにはないものだ。オランダ人は全盛期には金をおもに都市に投資したのだ、とデュ・ヨンは語った、イギリス人はそれを田舎の土地に使った。その晩のバーで、私たちはそれぞれの国の興隆と没落についてや、二十世紀に入るまで続いた砂糖史と芸術史の奇妙で抜き差しならぬ関係をめぐって、店の看板まで話しつづけた。数えるほどの家系が手中にしていた砂糖黍栽培や砂糖貿易からあがる莫大な利益は、巨万の富を誇示する手段が限られていたことから、長きにわたって、田園や都市に豪華な領主屋敷や壮麗な邸宅を築き、調度

Grondbewerking.
The tilling of the ground.

をととのえ、維持することにほとんどもっぱら費やされた。デン・ハーグのマウリッツハイス美術館、ロンドンのテイト・ギャラリーといった重要な美術館の多くが、もとをたどれば砂糖財閥の寄付によるか、さもなければなんらかの砂糖貿易がらみの基金によって設立されたものだと教えてくれたのも、コルネリス・デュ・ヨンである。十八世紀から十九世紀にかけてさまざまなかたちの奴隷経済によって蓄積された資本は、いまなお循環を続けている、とデュ・ヨンは語った、利子が利子を生み、何倍にも膨れ上がって、それ自体の力でくり返し新しい花を咲かせる。そうした金を正当化するきわめつけの手段のひとつが、芸術振興であり、芸術作品の購入と展示であり、今日あるとおり、大手オークションで笑止なほど値段をつりあげて取引することなのだ。〇・五平米の絵の価格が一億という高値すら、じきに過去のものになるだろう。ときどきこんな気がするのだが、とデュ・ヨンは語った、自分には、芸術作品にはどれもこれも砂糖のラッカーが掛かっているように見える、いやまるごと砂糖でできているみたいだ。ちょうど、ひどい気鬱に落ち込んでいた女帝マリア・テレージアがむさぼり食ってしまったという、ウィーンの宮廷御用達の菓子屋がつくったエステルゴムの戦いの立体模型みたいに。オランダ領インドシナにおける砂糖黍の栽培や生産方法にまで話の及んだその翌朝、私はデュ・ヨンといっしょにウッドブリッジに出むいた。デュ・ヨンが見に行くという地所はその小さな町のはずれから西に広がっており、その北端が接しているのがブールジの打ち捨てられた庭園で、私が訪れようと思っていた場所だったからだった。およそ二百年前、このブールジで、以下に述べることになる作家エドワード・フィッツジェラルドが成長し、一八八三年の夏葬られたのである。心のこもった（と思われた）返礼を返してもらってコルネリス・デュ・ヨンに別れを告げると、私はまずA12号線をはずれ、耕地を突っ切ってブレッドフィールドを目指した。一八〇九年三月三十一日、この地の通称白亜館(ホワイトハウス)で、フィッツジェラルドは生を享けた。いまではオレンジ温室のみが残されている。十八世紀中葉に建てられた館の主翼は、大人数の家族と、それに劣らぬ大人数の使用人の居住に充分足りる宏壮なものだったが、一九四四年五月、どうやらロンドンを狙ったらしいミサイル弾によって、完膚無きまでに破壊された。イギリス人が〈ドゥードルバグ(占い棒)〉とあだ名をつけていたドイツの報復ミサイルで、案の定ふいに軌道を逸れて、辺鄙なブレッドフィールドにいわば無益な損害をあたえたのである。隣村にあるフィッツジェラルド家が一八二五年に引き移った領主屋敷、ブールジ・ホールももはや残されていない。一九二六年に火災に遭い、それから長いこと焼け焦げたファサードだけが敷地のまんなかに立っていたが、それも戦後になって、建築資材にするためだろう、すべて取り壊されてしまった。邸宅周辺の庭園は打ち捨てられて、草が伸び放題になっていた。巨大な楢(オーク)の大枝が一本ずつ朽ちていき、煉瓦のかけらで申しわけ程度に補修した道路は

穴ぼこだらけで、黒い水溜まりがいくつもできている。フィッツジェラルド家がやや雑な修復をおこなった小さな教会のまわりにある林も、やはり打っ棄（ちゃ）られていた。朽ち木や錆びた鉄屑などがあちらこちらに散らばる。墓はなかば地面にめり込み、わがもの顔に繁っているシカモアの翳に覆われてしまっていた。なるほどな、とつい思う、葬儀はおろか儀式ばったものはことごとく厭ったフィッツジェラルドが、こんな薄暗い場所に埋められるのを嫌がったのも無理はない。輝く海の水鏡の上に遺灰を撒いてくれ、とわざわざ遺言をのこしているのだ。それがおかまいなしにここに墓を造られて、一族の醜悪な墓所のとなりに眠ることになったのは、遺志ですら逆らうすべもないあの悪しき皮肉のひとつというものだろう。——フィッツジェラルドの一門はアングロ＝ノルマンの古い家系で、六百年の長きにわたってアイルランドに居住していたが、エドワード・フィッツジェラルドの両親の代になって、意を決してサフォーク州に移住した。何世代にもわたって反復された他の封建領主との武力衝突、仮借のない領民支配、おなじく仮借のない結婚政策をつうじて蓄えられてきた一族の資産は、

上層階級の富が旧来の枠を越えて飛躍的な増大をはじめた時代だったことを考慮しても、なお伝説的なものだった。イギリスの所領を別としても、その財産は見積もり不可能なほどのアイルランドの領地、領地に付随する動産および不動産、そして事実上農奴であった数千人の農民からなっていた。この資産をただひとりで相続したメアリー・フランシス・フィッツジェラルド、すなわちエドワード・フィッツジェラルドの母親が、イギリス屈指の財産家であったことは疑いもない。彼女が家訓〈血を同じゅうして運を同じゅうす(ステッソ・サングエ、ステッサ・ソルテ)〉にしたがって結婚した従兄ジョン・パーセルは、妻の優位を認めて自分の姓を放棄し、フィッツジェラルド姓を名乗った。逆から言うなら、メアリー・フランシス・フィッツジェラルドは、ジョン・パーセルと結婚したからといって自分の財産権にいささかの限定もつけさせなかった。いまに伝えられる肖像画を見るに、力強く下りてくる肩と文字どおり畏怖を起こさせる胸を持った押し出しのいい女丈夫であって、全体としてウェリントン公と見紛うばかりにそっくりというのが同時代人の印象だった。考えるまでもないがこの女性を妻にした従兄は、ほどなくして影の薄い、ややもすると馬鹿呼ばわりされる存在となる。おまけに自分なりの地歩を占めようとしてはじめた鉱山経営ばかりか、当時急成長をとげていたあれこれの産業への投資にもことごとく失敗してはなおさらだった。しまいには相当額の自分の財産のみならず、妻が融通してやっていた金まで一文残らず使い果たしてロンドンの裁判所で破産宣告を受け、その後はなにをなすすべもなく、妻のお情けで養ってもらっている無能な破産者という汚名に甘んじるよりほかはなかった。そんななりゆきから、かたやメアリー・フランシスはロンドンの邸宅で取り巻きに囲まれ、かたや夫はほとんどサフォークの屋敷を離れず、鶉狩りやら鴫(しぎ)狩りやらにいそしんでいたのである。妻はときおり黒馬四頭立てのカナリア色の馬車に乗り、荷物車を別に仕立てて、従僕やら腰元やらを引きつれてブレッドフィールドにやってきた。そして子どもたちの様子を見、彼女にすればとてつもない僻地での短い滞在のうちに、おのが権力を再確認していったのである。母親の到着と出発のさいには、エドワードら子どもは石になったように最上階の子ども部屋の窓辺にたたずむか、馬車が入ってくるや、繁みの蔭に身をひそめていた。その煌びやかさに怖じ気づき、迎えに走り出すことも、別れの手をふることもできなかった。フィッツジェラルドは齢六十を超えてなお、ブレッドフィールドに来た母親がときどき子ども部屋に上がってきたときの様子を思い起こしている。見知らぬ他所者のような、衣ずれの音を立てるドレスと香水の濃い霧につつまれた巨体がしばしば行ったり来たりし、あれこれと指示をあたえ、と思うまもなく急な階段を降りて姿を消した。わたしたち子どもには、いごこちの悪い感じが残った（リービング・アス・チルドレン・ノットマッチコンフォーティド）、と。父親は父親で自分ひとりの世界にのめり込んでいくばかりだったから、子どもたちの面倒はもっぱら乳母と家庭教師の手にゆだねられた。彼らは子どもとおなじ階に部屋があり、主人からたびたび受ける貶め（おとし）によってたまった鬱憤を、教え子にぶつけて晴らすきらいがあった。そうした罰や罰にともなう屈辱への怖れ、はてしない計算や書き取りの練習、なかでもいちばんいやだった、お母さまにあてて毎週したためる報告、家庭教師といっしょの少しも愉しくなかった食事、それらが子どもたちのお定まりの日常だった。そして揺るがぬ日課のほかは、ただひたすらに退屈だった。おなじ歳ごろの子どもとはほとんど接触がなかったため、自由な時間はなにをしてよいかわからず、ただぼんやりと青いニスを塗った板張りの床に何時間もころがっているか、人っ子ひとりいないためしのない庭園に窓から眼を放っているだけだった。せいぜい庭師のひとりが手押し車を押して芝生を横切っていくか、父親が獲物を手に狩りから戻ってくるにすぎない。フィッツジェラルドは後年追懐している。めずらしくよく晴れた日にはブレッドフィールドのむこう、樹々の頂きのかなたに、十マイルは離れた海辺を過ぎていく船の白帆がかすかに見えることがあった、そうすると子ども心にも、ぼんやりとながら自分を閉じこめている牢獄からの解放を夢見るのだった、と。それだけにケンブリッジ大学を卒業して戻ってきたとき、厚い絨毯を敷き詰め、金箔貼りの家具や美術品や旅行記念品で埋めつくされた一族の屋敷に、あらためて身の毛がよだったのである。二度と足を踏み入れまいと誓ったフィッツジェラルドは、身分相応に屋敷に居を定めることを拒み、かわりに庭園の片隅にあった二間きりの小さなコテージに移って、そこで独り身のまま一八三七年から五三年まで十五年間を暮らしたが、これはのちの奇矯な習慣をいろいろな意味で先取りするものだった。この隠棲所で彼は多岐にわたる言語の書物を読み、無数の書簡をしたため、引用語辞典のためにメモをとり、航海や船乗りの用語を網羅するために語彙や表現を蒐集し、考え得るあらゆるものの〈スクラップ・ブック〉作りにいそしんだ。なかんずく過去の時代の書簡を偏愛し、たとえばド・セヴィーニェ夫人なる人物は、フィッツジェラルドにとっていま生きている自分の友人たちよりもはるかに現実的な存在だった。彼女の書いたものをくり返し読み、みずからの手紙に引用し、手紙につけている注釈をどんどん拡充していって、セヴィーニェ辞典として纏めるつもりでいた。彼女が書簡を交わした相手とそこに出てくる人名、地名のことごとくに注釈をつけるのみならず、彼女の文章術の形成の要諦のようなものも載せるはずになっていた。しかしフィッツジェラルドは、セヴィーニェ夫人のもののみならず、ほかのどんな文学のプロジェクトも完成させなかった。おそらく完成させる気もなかっただろう。一九一四年、一時代の終わりにあって、ようやくフィッツジェラルドの甥の娘が膨大な資料——これはダンボール箱に入って、現在なおトリニティ・カレッジの図書館に保管されている——を二巻本にまとめて出版したが、この書物もいまはほとんど眼にすることはない。フィッツジェラルドが生前自分で完成させ出版した唯一の仕事は、ペルシア詩人オマル・ハイヤームの『ルバイヤート』の珠玉の翻訳である。フィッツジェラルドは、八百年の時を超えて、ハイヤームにもっとも自分に親和（ちか）しい者を見い出したのだった。二百二十四行に及ぶ詩の翻訳に費やしたはてしない時間を、フィッツジェラルドは死者との対話と名づけ、自分は死者からの知らせを伝えようとこころみているのだと述べている。このために彼が案出した英語の韻律は、一見たくまざる美しさをたたえて特定の作者からはるかに遠いかのような無名性を生み出し、一語一語が見えざる一点、中世の東洋と消えゆく西洋が、不幸な歴史の経緯とは異なったかたちでの出会いをはたす一点を指していた。東奔西走（フォーインアンドアウト、）　上下争奪の（アバヴ、）　この人の世の相、（アバウト、ビロウ）／さながら　手品師のあやつる影絵芝居（ティズ・ナッシング・バットア・マジック・シャドウ・ショウ）——／太陽の灯す　からくり箱のまわりを（プレイド・イナボックス・フーズキャンドル・イズザサン）／われら幻の絵姿は　現れては消える（ラウンドフイッチ・ザファントム・フイギュアズ・カムアンドゴウ）。一八五九年は『ルバイヤート』刊行の年だったが、同時にフィッツジェラルドにとってこの世でもっとも大切な人、ウィリアム・ブラウンが、狩りで負った重傷がもとで苦しみながら死去した年でもあった。ふたりの男の人生がはじめて交わったのは、休暇先ウェールズにおける徒歩旅行でのこと、フィッツジェラルド二十三歳、ブラウンは十六歳になったばかりだった。フィッツジェラルドは、ブラウンの死の直後に書かれた書簡において、ブリストルから出た蒸気船ではじめて少し言葉を交わしたあと、宿舎にあてがわれたテンビーの下宿屋で再会したときの感動を——ブラウンは頻にビリヤードのチョークの粉をちょっぴりつけていた――、まるで長いこと行方知れずになっていた人に再会したようだったと述懐している。ウェールズではじめて出会ってのち、ブラウンとフィッツジェラルドはサフォークとベッドフォードシャーを訪れ合い、一頭立ての馬車を駆って野山を走り、草原を散策し、昼になると料理屋に入り、東へ東へと流れゆく雲を眺め、そしてときには、時の流れるのをおのれのひたいに感じたかもしれない。馬に乗り、馬車で走り、食い、飲みなど――煙草も忘れずに――少しずつして一日が満ちる（アリトルライディング、ドライヴィング、イーティング、ドリンキング etc（ノットフォーゲッティングスモーク）フィルアップザデイ）、とフィッツジェラルドは記している。ブラウンは釣り道具と猟銃と水彩画の用具を、フィッツジェラルドは書物を携えるのがつねだったが、友人に釘付けになっている眼は、ほとんど文字を追うことができなかった。おのれの胸をふるわせる想いがいかなる種類のものであったか、当時、いや一度としてフィッツジェラルドが思いを致したことがあったかどうかはさだかでない。だがしきりとブラウンの健康を気遣っていることとひとつにしても、深い熱情のほどは窺えるというものだろう。フィッツジェラルドにとって、疑いもなくブラウンは一種の理想の存在であったが、しかしそれゆえにこそ、ブラウンにははじめから儚さの翳がつきまとっているように感じられた。彼をながく見つめることはかなわぬだろう、彼には衰微のきざしがあるから（パーハプス・ヒーウィルノットビロング・トゥビルックトアト、フォーゼアラーサインズオブ・ディケイ・アバウトヒム）、と記している。ブラウンはのちに結婚したが、フィッツジェラルドの気持ちはいささかも変わらず、それればかりかこの人をとどめることはできない、わが友人は早世をまぬかれぬ、との暗い予感を噛みしめるばかりだった。一度もしなかったであろう愛情の告白は、ブラウンの未亡人への悔やみ状にはじめて表白をみた。夫人は眼を剜くまではしなかったろうが、この告白をいぶかりながら無視しただろう。ウィリアム・ブラウンを喪ったとき、フィッツジェラルドはちょうど五十歳だった。そして前にも増して自分のうちに引き籠もっていった。会食のような儀礼的な行事は上流階級の厭な習慣のうちでもとりわけ大嫌いだったから、かつて母親に呼びつけられてちょくちょく出かけたロンドンでの豪華な晩餐会も拒否するようになってすでに久しかったが、ブラウンの死後は、ロンドンでたまに画廊に顔を出したりコンサートホールを訪れるといったこともふっつりやめ、交友もよほどの場合を除いて、限られた範囲にとどめるようになった。サフォークの片田舎に閉じこもって、髭でも伸ばしていようかと思います（アイシンク・アイシャルシャットマイセルフ・アップインザリモーテストヌークオブサフォーク・アンドレットマイビアードグロウ）、と綴ったこともある。実際、この地に嫌気がさすことさえなければ、フィッツジェラルドはそうしていたはずであった。新種の地主が出現し、土地から収益をあげようとやたらと開墾をはじめたのである。地主たちは樹という樹をみんな伐ってしまう、とフィッツジェラルドは嘆いた。生け垣が取り払われる。鳥たちはまもなく行き先を失ってしまうだろう。林はつぎつぎと姿を消し、桜草や菫が春に咲き乱れていた道脇の土手は、耕され、均されてしまった。ブレッドフィールドからハスケトンへかつてあれほど美しい小径が通じていたものが、いまや砂漠を行くがごとしだ。すでに幼い日からわれとわが階級に嫌悪感を抱いていたフィッツジェラルドは、年を追うごとに土地があからさまに収奪され、私有財産を肥やすために首を傾げるような手段がとられ、共同体の権利が急速に制限されていくことに、ほとほと嫌気がさしていった。そんなわけでわたしは水上に出るのです、友人が埋まっていることもなく、小径が行き止まりにもなっていないところへ（アンドソウ・アイゲットトゥザウォーター・ホエアノーフレンズアーベリード・ノア・パスウェイズストゥプトアップ）。その言葉どおり、一八六〇年以降はほとんどの時間を海辺で過ごすか、〈スキャンダル〉と名づけて造らせた外洋ヨットの上で過ごした。ウッドブリッジからディーベン川を下り、海岸沿いにロウストフトまで北上し、鰊漁の漁師を雇い入れて乗組員にし、そのたび、彼らの

なかにウィリアム・ブラウンの面影を探した。はるか北海にも乗り出したが、行事があるからといって殊更に装うことを頑として嫌った人らしく、おりから流行りだしたヨット乗りのいでたちのかわりに、船上で古びたフロックコートを着込み、あごひもをつけた山高帽をかぶっていた。船主らしい優雅な見栄えを自分にゆるしたのはボアの白く長い襟巻きだけで、伝えられるところによるとデッキでその襟巻きを好んで首に巻き、それが風に吹かれて後ろに長くなびいていたのが、遠くからもよく見てとれたという。一八六三年の晩夏、フィッツジェラルドはスキャンダル号でオランダまで航行しようと思い立った。フェルディナンド・ボルが一六五二年に描いたルイ・トリップ二世の肖像画を、デン・ハーグの美術館で見ようというのだった。ロッテルダムに到着すると、ウッドブリッジから同行したジョージ・マンビーなる案内人が、まずはこの大きな港町を見物して行こうと説きつけた。フィッツジェラルドは以下のごとくに綴っている、

かくしてわたしたちは屋根のない馬車に乗って、あっちへこっちへと一日中走りまわり、しまいには自分がどこにいるのかもわからなくなったあげく、疲労困憊して晩方床に倒れ込んだ。翌日のアムステルダムも同様にして過ぎ、そして三日目、散々な目にあったすえにようやくハーグに着いてみたらば、肝心の美術館は翌週の頭まで休みだというのであった、と。陸路のせわしなさにすでに神経が参っていたフィッツジェラルドにとって、眼を疑わんばかりのこの締め出しは、オランダ人がわざわざ自分を狙い打ってした卑劣な行為であった。憤激し、悄然とし、了見の狭いオランダ人と、同伴したジョージ・マンビーと自分自身とをかわるがわるののしり、たったいまロッテルダムにとって返して、船を出して家に帰ると言い張って、とうとう譲らなかった。――その当時、フィッツジェラルドは冬のあいだウッドブリッジで過ごし、マーケット・ヒルのとある鉄砲鍛冶の家屋に数室を借りていた。ぼんやりと放心した様子で市街をぶらついている姿がたびたび見られたという。インバネスのコートを着、悪天候のときも足には室内履きを履いたのみで、その後ろをブレットソーという、ありし日にブラウンがフィッツジェラルドに贈った黒いラブラドル犬がついてきていた。一八六九年、常軌を逸した下宿人の習慣に業を煮やした鉄砲鍛冶の妻と一悶着あったあと、フィッツジェラルドは最後の棲み処に移った。ウッドブリッジのはずれに建ついたく荒れ果てた農家で、フィッツジェラルドの言うところ、最後の幕を演じるための場所であった。もともと極度に求めるところの寡(すく)なかった生活は、この間にいっそう慎ましくなっていった。精力保持にはなくてはならぬと同時代人が大量に食べていた半生の肉に身の毛がよだち、すでに何十年と菜食しかしなくなっていたが、このころは料理になぞ手間をかけるのも馬鹿馬鹿しいと言って、パンとバターとお茶のほかはほとんどなにも摂らなくなった。天気のよい日には白鳩に囲まれて庭に、そうでない日は窓辺にいつまでとなく腰を下ろして、刈り込んだ並木に縁取られた、鵞鳥の遊ぶ緑の野原に眼を馳せていた。そして書簡から読み取れるかぎりでは、この孤独な日々を、フィッツジェラルドは驚くほど快活に過ごしたのだった。むろん、美しい妹アンダルージャをかつて死に至らしめた〈憂鬱の蒼い悪魔〉には、ひとたびならず襲われたけれども。一八七七年の秋には、《魔笛》を観ようといま一度ロンドンに出かけた。だが十一月の濃霧と湿気、道路の汚泥に気持ちが落ち込み、間際になってコヴェント・ガーデンのオペラハウスに出かけるのを止してしまう。行けばマリブランとソンタグの大切な記憶をかえって損なってしまうだろうから、というのだった。いま最良なのは、おのれの脳裡の劇場で演ぜられるオペラを観ることでしょう（アイシンク・イトイズナウベスト・トウアテンド・ジーズオペラズ・アズギヴン・インザシアター・オブワンズオウン）、と書いている。とはいえ、ほどなく頭の中の追憶の上演もかなわなくなる。脳裡に鳴り響いていた音楽を打ち消すように、四六時中耳鳴りがしはじめたのだ。追い打ちをかけて、視力もとみに衰えていった。青か緑の色つき眼鏡を常時かけなければならなくなり、書物はやむなく家政婦の息子に朗読してもらった。七〇年代の写真は、彼が撮らせた唯一のものであるが、顔が背けられている。眼を痛めているので、写真機をまっすぐ見つめると目がくらんでしまうのだ、と姪への手紙に許しを乞うている。——フィッツジェラルドはノーフォーク州マートンで教区司祭をしている友人のジョージ・クラブ宅をほぼ毎年訪れ、数日にわたって滞在するのがつねだった。一八八三年六月の訪問が最後になった。マートンはウッドブリッジから六十マイルほどしか離れていなかったが、フィッツジェラルドが生きた時代にいたるところに敷設された鉄道を利用する込み入った旅は、五回の乗り換えのある一日がかりのものだった。車両の背もたれに体をあず

け、生け垣や穀物畑が窓外を飛びさるのを眺めながら、彼の胸になにがよぎったかは、伝えられていない。だがその昔、レスターからケンブリッジへ郵便馬車に揺られていったときの心持ちと、それは似かよっていなかっただろうか。夏の田園風景を見やりながら、いわれもなく幸福の涙が眼に湧いてきて、天使になった心地がしたというそのときと。マートンに着くと、クラブが一頭立ての二輪馬車（ドッグカート）で駅まで迎えに来てくれた。長く、いつになく暑い一日だったが、フィッツジェラルドは空気が冷たいと言い、馬車に乗っているあいだ格子縞の肩掛けをぴったりと体に巻きつけていた。食事ではお茶をいくらかすすっただけで、食べ物は口にしなかった。九時ごろブランデーと水を所望し、横になって休みたいと言って階上に引き取った。翌日早朝、

クラブが部屋を歩き回っている足音を聞いたが、その後朝食に呼びに行ってみると、ベッドの上に横たわっていて、すでに息をしていなかった。

　ブールジ・パークから歩いてウッドブリッジに入ったころには、影がすでに長く伸びていて、私はブル・インに一夜の宿をとった。宿の主人にあてがわれた部屋は屋根裏にあった。下のバーからグラスのカチャカチャ鳴る音や、客たちのくぐもった声が階段室を通して上がってき、ときおりそこに大きな叫び声や笑い声がまじった。バーが閉まってからはしだいに物音がしずまっていった。古い木組みの家の、昼間の暑さに伸びていたのがいまミリ単位で縮んでいく梁が、継ぎ目のところでピシリと音を立てて呻く音が聞こえてきた。私は思わず見知らぬ部屋の暗がりに眼を凝らし、音のした方向に、低い天井を走っているはずの亀裂をさがした。壁から石膏が剝がれ落ちるか、羽目板からモルタルがこぼれ落ちているはずだった。そしてしばらく眼を閉じていると、外洋（そとうみ）を航く船の船室に横たわっているかのような心地がしはじめた。建物がまるごと波頭まで高く持ち上げられ、そこでわずかにふるえると、吐息とともに深みへ落ちていった。空が白みはじめたころ、黒歌鳥の声を耳にしながらようやく眠りについたが、いくらもしないうちに眼が覚めると、そのときまで夢を見ていた。前日の道連れだったフィッツジェラルドが、ワイシャツに黒い絹の胸飾りをつけ、山高帽をかぶった姿で、自宅の庭の青い金属テーブルの前に腰をかけていて、それを私が見つめていた。彼のまわりには人の背ほどある立葵（たちあおい）が咲きほこり、庭常（にわとこ）の下の窪みには鶏が集まって砂をかき、木陰には黒犬のブレットソーが、ながながと寝そべっていた。一方私は夢裡のこととて自分の姿は見えないまま、つまり亡霊のような按配で、フィッツジェラルドと向かい合ってドミノをしている。花壇のむこうには一様な緑をしたひどくがらんとした庭園が坦々と世界の涯てまで続いていて、その端にはペルシア、ホラーサーン州のイスラム教寺院の尖塔（ミナレット）がそびえている。ところがそれはブールジのフィッツジェラルド家の庭園ではなく、アイルランド、スリーヴ・ブルーム山地の麓にあるさる屋敷の領地であって、数年前に私がしばらく滞在したことがあるところだった。夢のうちにははるかに遠く、蔦に覆われた三階建ての、いまもおそらくアシュベリー家の人々がひっそり暮らしているであろう建物が見てとれた。少なくとも私が知り合った時分には、ひっそりと世を遁れるような、奇矯とすら言えそうな暮らしであった。当時私は山を下ってきて、クララヒルの小さな薄暗い商店に入り、泊まれる宿がどこかにないかと訊ねたのだった。薄手の平織り綿で仕立てた、一風変わった肉桂色の上っ張りをはおったミスター・オヘアなるその主人と、ニュートンの重力の法則かなにかについてだったか、そのうちにながながと談義するはめになった。話をするうち、ミスター・オヘアがふいに会話を途切れさせて、大声を上げた。アシュベリーなら泊めてくれるかもしれんよ。あそこの娘が何年か前に、うちで朝食付きの宿をやることにしたからと、貼り紙を持ってきたんだ。店の窓に貼っておいてやることになってたんだが、どうなったんだかな、泊まり客がいったい来たのかどうかも知らん。文字が薄れたんで剝がしたんだったろうか。それとも娘らが来て、自分で剝がしてったろうか――。ミスター・オヘアはそうして配達車で私をアシュベリー家まで送ってくれ、私が屋敷に招き入れられるまで、草の生い茂った前庭で待っていてくれたのだった。幾度かノックをくり返したあと、ようやく扉が開き、キャサリンが私の前に立った。色褪せた赤いサマードレスを着ていて、前触れもなくあらわれた見知らぬ客を見たとたん、動きの途中で凍りついたかのごとくに異様なほど体をこわばらせた。私を見た眼はかっと瞠られていた。というよりか、その視線は私を素通りしたむこうを見ていた。私が用向きを告げ、彼女がこわばりを解いて、一歩わきへ退き、左手をそれとわからないほどに動かして私を招き入れ、ロビーの椅子に腰をかけるように勧めるまでに、かなりの時がたっていた。彼女が押し黙ったまま板石の上を去っていったときに気づいたのだが、その足は素足だった。音もなく背後の暗がりに消え、数分後、といってもどれほどともおぼつかなかったがまたその暗がりから姿をあらわすと、私にむかってこくりと会釈して、幅の広いおどろくほど昇りやすい階段を二階にみちびき、廊下をいくつも渡って、ひろびろとした部屋に案内した。入ってみると高い窓から鳩舎や納屋の屋根が見え、菜園があり、そのむこうに牧草地が風になびいて美しく広がっていた。さらに遠く、ひとすじの河の曲がるあたりで深くなった淵に注ぐ水がきらめいている。そのむこうに濃淡のことなる緑の樹々が繁り、さらに背後に、うっすらと、空の均質な蒼色とほとんど見分けのつかない山の稜線が続いていた。この眺めに心を吸い込まれて、三つあった窓辺のひとつにどれほどたたずんでいたものか、いまはさだかではない。思い起こせるのはただ、こちらでよいでしょうか（ウィルズィスビ・オールライト）と、敷居のところで待っていたキャサリンが訊ねたのが耳に届いてきて、私がふり返りながら、なにか気の利かない返事をもごもごと返したことだけである。大広間といった趣きの部屋そのものに注意をむけたのは、彼女が引き取ったあとだった。板張りの床にはうっすらと埃が積もっていた。カーテンも壁紙も剝がしたままだった。石膏の白壁には死にゆく人の皮膚さながらに薄青いすじがいくつも浮き出していて、それが私にはなんとなしに、なにも記されていない極北の地の不思議な地図を思わせた。机がひとつ、椅子がひとつ、そしてむかし上官のために戦場へ持ち込んだたぐいの折り畳み式の狭い鉄製ベッドがひとつ、家具はそれですべてだった。以後の日々、このベッドで体をやすめるたびに意識が端のほうから溶けていって、そうするとどうやってここまでたどり着いたのか、そもそもここはどこなのか、判然としなくなってくることがしばしばあった。深手を負って熱に浮かされ、野戦病院に寝かされているような気がしきりとした。屋外からは骨髄に滲みるような孔雀の鳴き声が聞こえてきたが、私の脳裡に映じているのは、歳ふるうちに積み重なったがらくたのてっぺんに棲み処を作ったその孔雀のいる中庭ではなく、ロンバルディア平原のどこかの戦場であって、上空を禿鷹が舞い、ぐるりの土地が戦で荒れ果てていた。軍隊はとっくの昔にほかの場所に移動している。私ひとり、掠奪のかぎりを尽くされた館の中で、失神をくり返しながら横たわっていた。脳裡のそんな心象が生々しさを増したのは、アシュベリーの家族そのものが、自邸に住んでいながら、なにやら避難民めいた雰囲気を漂わせて暮らしているからでもあった。悲惨な目にあってきて、ようやくたどり着いた場所にどうしても安住できないといった感じがあった。家族全員、ときなしに廊下をふらつき、階段を上がったり下りたりしているのがいやでも眼についた。ひとりであれ他の人とであれ、まがりなりにも腰を落ち着けている姿はめったに見かけなかった。食事すらたいがい立ったまま摂っていた。かかずらっている仕事には目的のない、意味のない感じがつきまとっていて、それは身に馴染んだ日常茶飯をこなしているというよりは、奇妙な妄執、慢性化してしまった根の深い苦悩のあらわれのように見受けられた。最年少のエドマンドは、一九七四年に義務教育を終えてからこっち、太い胴体の、長さ十メートルはゆうにある舟を造っていた。それがなにかの折りに私に漏らしたところでは、舟造りのことはなにひとつ知らぬ、それにこの不格好な舟を水に浮かべる気はさらさらないのだ、という。進水させるつもりはないんです（イッツノット・ゴーイングトゥビー・ローンチド）。やってるっていうだけです（イッツジャスト・サムシングアイドゥ）。なにかしていないといけませんから（アイハフトゥハヴ・サムシングトゥドゥ）。アシュベリー夫人のほうは、花々の種を集めて紙袋に入れていた。名前と日付と場所、色などのデータを袋に書いて、荒れた花壇やときには遠く外の草原まで出かけ、枯れた花の上からそっと袋をかぶせて、糸で口を結わえているのを見かけたものだった。それから茎を切り取り、家に持ち帰って紐にぶら下げるのだが、その紐は何本も長くつなぎ合わせて作ったもので、かつて書斎だった部屋に縦横に張りめぐらせてあった。茎にすっぽりかぶせられた白い覆いが天井から数えきれぬほど下がっていて、いわば紙の雲が浮かんでいる具合であり、アシュベリー夫人が書斎の踏み台に上ってかさかさと音をさせながら種袋を吊したりはずしたりすると、そのたびに昇天する聖女さながら、半身がその雲の中に隠れてしまうのだった。はずした袋はなにやら見当のつかない決まりによって、すでに書物の重みから解放されて久しいらしい書架の棚板の上に並べて保管されていた。集めた種がいつかどこぞの野で花を咲かせる日がくるものとは、夫人自身も考えてはいなかったと思う。同様に、キャサリンとふたりの妹クラリッサとクリスティーナもまた、自分たちが北向きの部屋にはぎれを山のように集め、日に数時間をついやして色とりどりのパッチワークの枕カバーやベッドカバーなどを作っているのがどうしたわけか、自分でもわかってはいなかっただろう。呪いをかけられた巨大な子どもよろしく、独り身でいくらも歳のちがわない娘が三人、はぎれの山に囲まれて床に座りこみ、ろくすっぽことばも交わさずに、ひたすら針を動かしているのだった。ひと針刺しては糸を斜めに引き上げるそのしぐさを見るにつけ、はるかな過去のことごとが想起されて、私は残された時間のいくらもないことに胸が騒いだ。クラリッサは折にふれて、以前には姉妹三人で室内装飾の店をはじめようかと考えたこともあった、と話してくれた。だがその計画は、姉妹に経験がなく、それにそんな店を開いてもどこにも客がいないだろうということで立ち消えになった。一日かけて縫ったものを翌日か翌々日にはまたほどいてしまうのは、あるいはそのためだったろうか。それとも彼女たちの幻想のなかにはたぐい稀なる美しいものが浮かんでいて、ためにできあがった作品は、おのずから意に添わぬものになるのかもしれない――とも私が思ったのは、彼女たちの仕事場を幾度めかに訪れたおり、ほどかれずにすんだ数点の作品を見せてもらったときだった。というのも、少なくともそのうちのひとつは、何百枚もの絹布をはぎあわせ、上から絹糸で刺繍をほどこした、というよりも蜘蛛の巣様の織りを重ねたかのようなウェディングドレスで、頭のない人台（ボディー）に着せかけてあったが、その煌びやかさといい、完成度といい、生命を宿しているかのような色彩の芸術だったからである。かつてわが眼を疑ったように、いまは瞼に残るその像が信じられない。

出立の日の夕べ、私はエドマンドと連れだって外のテラスに出、石の手すりにもたれていた。あたりは深閑としていて、空気をジグザグに切り裂いていく蝙蝠の鳴く声すら聞き取れたような気がした。外苑が闇に沈んでいくころになって、ながいこと押し黙っていたエドマンドが、ふいに口を切った。映写機を書斎に準備してきました（アイハヴセットアップ・ザプロジエクタ・インザライブラリ）。母が申しますには、ここの昔のようすを、あなたがひょっとしてご覧じたいのではないかと（マザーワズワンダリング・ホエザ・ユーマイトウオントトウシー・ホワットシングズユースタビ・ライクヒア）。書斎では、アシュベリー夫人がすでに上映を待ちかねていた。紙袋の天の下、私はアシュベリー夫人のとなりに腰を下ろした。明かりが消え、映写機がジーッと音を立てはじめ、暖炉の上のむきだしの壁にときにはほとんど静止画像のような、ときには矢継ぎ早に変化する、ときには傷で画像のぼやけた、無言の過去の光景が映し出された。すべてが屋外を撮したものだった。上の階の窓からあたりの風景をぐるりと撮ったものは、こんもりした木立や野原や牧草地を映し出した。逆に外苑から前庭へカメラを寄せていった映像もあって、するとはじめは遠くおもちゃのように見えていた館のファサードが、だんだんと仰ぎ見るようになり、しまいには枠からはみ出しそうに大きくなった。手入れが怠たられている気配はみじんもなかった。車道には砂が撒かれ、生け垣は揃い、菜園の苗床は整然と並んで、いまは半壊状態にあるいくつかの納屋は営繕が行き届いていた。しばらくして、まぶしい夏の一日に天幕の下でお茶を飲むアシュベリー一家が映し出された。この日はすばらしいお天気でした、とアシュベリー夫人が言った、エドマンドの洗礼祝いでした。クラリッサとクリスティーナはバドミントンをしていた。黒いスコティッシュテリアを抱くキャサリン。その背後を老執事が重たい盆を持って戸口をめざしていった。頭巾をかぶったメイドが敷居にあらわれ、太陽にむかって片手をかざす。エドマンドがテープを入れ替えた。その巻は庭や領地での作業が中心だった。いまも脳裡に浮かんでくる、きゃしゃな少年がひどく大きい古風な一輪車を押していた。小さなポニーが曳いていて、こびとのような人が操る芝刈り機が、芝生の上にまっすぐな線を描きながら往復していた。仄暗い温室にカメラが入ると、そこに胡瓜が育っていた。光が強すぎて雪のように白く見える穀物畑で、刈り入れに雇われた人たちが何十人も麦を刈っては束ねていた。最後のリールが巻き取られてしまうと、玄関ホールから漏れてくる光だけにぼんやりと照らされた書斎を、長い沈黙がつつんだ。エドマンドが映写機をケースに片付けて、部屋を出て行き、それからようやくアシュベリー夫人が口を開いた。一九四六年、夫になる人が兵役を終えてすぐに結婚したものの、その数か月後に義父が突然に亡くなり、そのためふたりが思い描いていた人生とはまったく相容れないものではあったが、当時ほとんど買い手のつかなかった遺された領地を継ぐためにアイルランドに渡ったのだ、と。そのころはアイルランド抗争のことなどなんにも知らなかった。いまもよそ事のようであるけれども、とアシュベリー夫人は語った。この館で迎えたはじめての夜、夜中にふと目覚めたときのことを憶えています、世界の外側に来てしまった、と感じました。窓から月が差していて、百年余りのうちに蠟燭から垂れ落ちた蠟で床にステアリンの薄い膜が張られていたのですが、その膜を月光がいとも不思議なぐあいに照らしていて、まるで水銀の海の上を漂っているかのような心地がしました。夫は、とアシュベリー夫人は語った、内戦で身の毛のよだつようなことを見聞きしてきたはずでしょうに、いいえ、だからでしょうか、アイルランド抗争については自分からはけっして口を開きませんでした。私が問うたことにぶっきらぼうに答える言葉のはしばしをつなぎ合わせて、かろうじて夫の一族の歴史と、内戦後何十年かのうちに救いがたく零落してしまった領主階級の歴史を知ったのです。けれどもそうやってできあがったイメージは、言ってみれば輪郭以上のものにはなってくれませんでした。どうにも口の重い夫のほかには、とアシュベリー夫人は語った、悲しくもあり、笑止でもあるアイルランド抗争についての情報源は、一家がしだいに没落していくうちに召使い、つまりはわたしたちが遺産としてほかの動産ともども受け継いだ、いわば歴史の一部になった人たちの脳裡に生じてきた伝説のほかはありませんでした。たとえば、わたしたちが入居してもう何年もたってからでした、ようやく執事のクインシーから、あの恐怖の一夜のことを教えてもらったのです。一九二〇年の夏のさなか、ここから六マイル先のランドルフ屋敷が焼き討ちにあったのでした。おりしもランドルフ夫妻は招かれて私の未来の義父母のところで夕食会をしていました。クインシーの言いますには、蜂起したアイルランド共和国派は、まず屋敷の使用人を玄関ホールに集め、開口一番こう言ったそうです、一時間の猶予をあたえる、自分の荷物をまとめて、おまえたちと自由の闘士にお茶を淹れるぐらいの間はあるだろう、一時間したら復讐の大火を放つ。使用人らが最初にしたのは、とアシュベリー夫人は語った、子どもたちを起こすこと、虫が知らせてすっかり逆上(のぼ)せてしまった犬や猫をつかまえることでした。クインシーは当時ランドルフ大佐の近侍をしていましたが、あれの言うには、それから屋敷の全員が外の芝生に立ちすくんでいたそうで、まわりには荷物やら家具やら、怖ろしさに泡を食ってひっかき集めた意味のないものやらが散らばっていたそうです。クインシーはまぎわになってもういっぺん三階まで駆け上って、ランドルフ老婦人の鸚鵡を救い出さなければなりませんでした。翌朝になってわかったのですけれど、それまで一点の曇りもなかった鸚鵡の心は、惨劇のためにすっかり狂ってしまっていたとのことです。共和国派はガレージからガソリンの入った大きなドラム缶を引き出して、中庭を転がしていき、「せいの、そら！」(ヒーヴ・ホー)と掛け声をあげながら段々をあがり、玄関ホールまで転がしていってそこで中身をぶちまけましたが、一同はなすすべもなく見守るほかありませんでした。松明を投げ入れて数分で窓から屋根から炎が吹き出し、みるみるうちにもの凄い様相になって、火花をあげてごうごうと燃えさかる巨大な竈(かまど)をのぞき込んでいるかと見紛うばかりになったといいます。そんな眺めを前にしたとき、当人たちの脳裡にどんなことが去来するものでしょうか、おぼろげな想像だにつかないと思うのです、とアシュベリー夫人は語った。覚悟はしていたものの、実際にあろうとは思いもしていなかった怖ろしい知ら

せを自転車に乗って逃げてきた庭師から受けたランドルフの主人は、私の義父母に伴われて、すでに遠くからも見えている火の手めがけて夜をついて走りました。破壊の場所に着いてみると、館に火を放った連中はとうに姿を消していて、夫妻にできたのはただ子どもたちを抱きしめて、筏に逃れた難破船の生き残りさながら、驚愕に凍りつき言葉を失ったまま火事場に座り込んでいる人々と並んで座り込むことだけでした。夜が白みだしてようやく火勢が衰え、煙が晴れて、焼け跡の黒い輪郭が浮かんできました。この廃墟はのちに取り壊されました、とアシュベリー夫人は語った。私自身は見たことはありません。内戦の時代にはこうした領主屋敷が二百も三百も焼き討ちにあったそうです。それほど大きくない屋敷であろうが、オーストリア皇妃エリーザベトが幸せな日々を過ごしたサマーヒルのような壮麗なお城であろうが、違いはありませんでした。私の知るかぎり、反乱軍が人に手をかけたことはありません、とアシュベリー夫人は語った。良きにつけ悪しきにつけ憎きイギリスの国家権力を自分自身に重ねている階級の人々を追い出し、追い払うには、屋敷の焼き討ちがもっとも効

果的な方法だったのにちがいありません。どうやってか攻撃をまぬかれた家族がいたにしても、内戦後ばたばたとみんな国を去ってしまいました。残ったのは、領地からあがるもののほかは収入の方途がなかった者ばかりです。家屋敷や領地ははじめから売ろうにも売れない、第一にどこをさがしても買い手が見つかりません、ふたつ目には、たとえ売れたとして、その金でたとえばボーンマスやケンジントンで暮らそうにも三月とはもたないのです。かといってアイルランドに残っても、先のあてがあるわけではなかった。農業はとんとふるわず、労働者が要求する賃金はもう支払いもできず、作付けは減る一方、収入も減る一方でした。年を追うごとに先行きは暗くなり、貧しさの徴はいたるところ、しだいに眼を覆うばかりになりました。屋敷を最低限維持するだけが、とうにできなくなっていました。窓枠も扉もペンキが剝げ落ち、カーテンは縫い目ばかりが目立ち、壁紙ははがれ、詰め物をした椅子は布地が擦り切れ、そこらじゅう雨漏りがして、あっちにもこっちにも金だらいや鉢や鍋やが雨を受けました。やがて上の階の部屋、それどころか一棟ごっそりだめになって、どうにか使える一階の二、三の部屋に移らざるを得なくなりました。閉め切りになった階は、窓枠に蜘蛛の巣が張ってガラスを曇らせ、乾腐がすすみ、虫が黴の菌をいたるところにはびこらせ、外壁や天井には雄牛の頭ぐらいある、茶紫やまっ黒のばかでかい茸がにょきにょき生えだしました。やがて床板が反り返り、屋根の木組みが沈み、とうに中身が朽ちていた羽目板や階段室はあるとき一夜のうちに崩れ落ちて、黄色っぽい粉塵となり果てました。腐朽がじわじわと進み、あたりまえの日常になってほとんど気づかない、また日々の単位では気づくこともできないうちに、長雨や長い旱のあと、いえ天気が変わっただけである日突然がらがらと崩れ落ちる、そんなことのくり返しだったのです。この調子でいけるかなと思えるようになったころにきまっていきなり状況が悪化して、居場所を明け渡さざるを得なくなりました。そしてついには文字どおり出口なしのぎりぎりのきわに追い詰められてしまう、自分の屋敷の囚人になってしまう。クレア県に住んでいたわたしの夫の大伯父は、とアシュベリー夫人は語った、しまいには豪奢を誇った屋敷の台所ひと間で暮らしたといいます。夕食にはいまやコック兼任になった執事が作ってくれる簡単な馬鈴薯料理を何年も食べつづけたということですが、それでも昔どおりタキシードを着こみ、なんとか持ちこたえていた地下の貯蔵庫からボルドーを持ってきて開けていたとか。クインシーの話では、大伯父も執事もどちらも名前をウィリアムといい、どちらもおなじ日に八十有余の歳で亡くなり、どちらのベッドも台所に据えてあったということです。よく物思いをしたものですわ、とアシュベリー夫人はつけ加えた、義務感にかられた執事のほうが、主人に必要とされなくなる日まで持ちこたえたのだろうか、それとも主人のほうが、精魂つきた執事がついに亡くなるや、時を置かずして身罷ってしまったのだろうか、執事の助けなくては一日だって生きながらえない主人だったのだから、と。きっと、召使いの方が先に亡くなったのだと思います。ろくすっぽ報酬もなしに何十年と勤めを果たしてきて、もはやそんな歳では主人とひとしくほかにいくあてもない。日課がそれなりにまわっていったのは、召使いのおかげです。その召使いが死の床についてしまったら、世話をされていた者の終わりもじきにやってくる。わたしたちの家もちがいはありません、ほかの家の没落よりいくらか遅いばかりですわ。アシュベリーの家が第二次大戦のあとまで残ったのは、だんだんわかってきたのですけれども、三〇年代に蓄えた相当の財産を少しずつお金に換えていったためらしく、それも夫が亡くなったときにはごくわずかしか残っていませんでした。それなのにわたしは、いつか事態が好転するのではと思っていたのです。わたしの属する階級はとっくに滅びておりましたのに、それから眼をそむけておりました。わたしたちがアイルランドに着いてすぐにゴーマンストン・キャッスルが競売にかかり、ストラファンは一九四九年、カートンは四九年、フレンチ・パークは五三年、キリーン・ロッキンガムは五七年、パワーズコートは六一年に売り払われました。ほかの小さい屋敷は言うに及びません。わが家の没落のありていがはっきりとわかったのは、ひとりぼっちになって、それでも家を切り盛りしなければならなくなったときです。農作業の賃金を払うお金がありませんから、農業はやめるほかありませんでした。領地を少しずつ切り売りしていって何年かはしのぎましたし、使用人がまだひとりふたりいるうちは、外にも内にもなんとか面目らしきものを保つこともできました。クインシーが亡くなってはじめて、にっちもさっちも行かなくなりました。はじめは銀器や磁器を競売に出し、それから少しずつ、絵を売り、蔵書を売り、家具を売りました。荒れる一方の屋敷そのものは、もちろん買い手がつきません。それでわたしたちは呪われた魂みたく、ひとつところにずっと縛られて今日まできたのです。娘たちのえんえんとした縫い物、エドマンドがある日はじめた菜園、泊まり客をとる計画、みんな失敗に終わりました。十年ほど前にクララヒルの雑貨屋の窓にチラシを貼ってからというもの、あなたは、とアシュベリー夫人は言った、うちにいらしたはじめてのお客さまなのですよ。情けないがわたしはとことん実務にむかない人間、じくじくと物思いにふける性分です。家じゅうそろって甲斐性のない夢想家なのですわ、わたしに劣らず、子どもたちも。ときどき思う（イトシームズトウミー・）のですよ、この世にとうとう慣れることができなかったと、そして人生は大きな、切りのない、わけのわ（サムタイムズ・ザットウィネヴァーゴットユーストトウ・ビーイングオンズイスアース・アンドライフイズ・ジャストワングレイト、オンゴー）

からない失敗でしかない（イング、インコンプリヘンシブルブランダー）、と。アシュベリー夫人が話を終え、そうしてみると私にはその話の意味が、ここに残って、日々邪気のなくなっていく彼らの人生をいっしょに分かってほしい、と無言のうちに頼まれていることであるかのような気になってくるのだった。私がそうしなかったこと、その——その無能は、いまもなお、翳のように胸をかすめることがある。翌朝、いとま乞いをする段になって、私はキャサリンをながいこと探さなければならなかった。ようやく見つけたのは、ベラドンナや鹿子草、アンゼリカや伸びきった大黄などが茫々と群れ繁っている菜園の中だった。私が来た日に着ていた赤いサマードレス姿で、桑の木の幹に凭れていた。かつてはこの木が、高い煉瓦塀に囲まれて美しく整っていた菜園のまん中の目印だった。薬草雑草をかき分けながら、私はキャサリンがじっとこちらを見つめている木陰の一角へ向かった。お別れを言いに来ました（アイハヴカムトウセイ・グッドバイ）、と私は言って、枝葉の繁ってできた緑の四阿に足を踏み入れた。キャサリンは巡礼の帽子のような、ドレスとおなじく赤い鍔広の帽子を両手で下げていたが、すぐそばにたたずんでいるのに、はてしなく遠いところにいるようだった。眼はうつろで、視線は私を素通りしていた。住所と電話番号を残してきました（アイハヴレフトマイアドレス・アンドテレフォンナンバー、ソウザット）、ですからもし（イフユーハヴエヴァーワント）……私は言いさして、それ以上のことばをのみ込んだ。なんと続ければよいのかもわからなかった。キャサリンはいずれにせよ上（うわ）の空だった、とそのとき気づいた。あるときは（アトワンポイント）、とかなりたってから彼女が言った、あるときはわたしたち、空き部屋の一室で蚕を飼おうかと思ったのです（アトワンポイント・ウイソート・ウイマイトレイズ・シルクウオームズ・インワンオブジエンプティルームズ）。でもしませんでした（バットゼンウイネヴァーデイド）。ああ、し損ねたことばかりだこと（オウ・フォーザカウントレスシングズ・ワンフエイルドトウドウ）！——こうしてキャサリン・アシュベリーと最後にわずかな言葉を交わしてから何十年ものちのことである、一九九三年三月のベルリンで、私は彼女をいまひとたび見かけた、いや見たような気がしたのだった。地下鉄でシュレージッシェス・トアまで行き、うら寂しい一帯をぶらついていて、小さな人だかりに出くわした。その人々は往時に辻馬車の車庫かなにかだったらしい廃屋の前で入場を待っていた。どう見てもそれらしくないのに、ファサードの裏は劇場になっているらしく、ポスターによれば、私がこれまで知らなかったヤーコプ・ミヒャエル・ラインホルト・レンツの未完の戯曲が、その夕べの出し物になっていた。薄暗い会場に入ってみると、座席は低いちっぽけな木の椅子で、そのため席に着くなり、たちまち子どもじみた、奇蹟でも待ちこがれているような心持ちになった。そしてそんな思いを反芻する間もなく舞台には彼女が、信じがたいことにおなじ赤いドレス、おなじ明るい髪、おなじ巡礼帽のような帽子姿で、彼女が、いやその生き写しが、シエナのカタリーナ（キャサリン）があらわれたのである。まずはがらんとした部屋に、それから父親の屋敷からはるか離れた地に、昼の暑さと茨と石に倦み疲れて。私の記憶のかぎりでは、背景にうっすらと山並みが見えていた、アルプスの麓、トレンティーノあたりだろうか、その水色がかった翠色は、凍て海からたったいま浮かんできたかのようだった。陽が落ちるとカタリーナは眼に見えないひともとの木の根方に腰を下ろし、履き物を脱ぎさって、帽子をわきに置く。そうね、ここで眠りましょう、せめていくらかまどろむだけでも。わが心よ、安んずるがよい。静かな宵が外套を広げて、この病んだ五感を包んでくれよう

……

ウッドブリッジからオーフォードの海岸まで、徒歩では四時間あまりかかる。街道にせよ小径にせよ、がらんとした干涸らびた地域を通っていて、乾燥した長い夏の終わりに、この遠い道程を行くのはほとんど砂漠を歩いているかのような感を与える。昔から人家のほとんどなかったこの地域は、畑作もおこなわ

れず、天の涯から涯まで、えんえんと牧羊地が広がっているだけのところだった。それが十九世紀初頭に羊飼いと羊の群れが姿を消すなり、ヒースや藪がわがもの顔で繁るようになる。この変遷に拍車をかけたのが、地域の領主たちだった。レンドルシャム・ホール、サドバーン・ホール、オーウェル・パーク、アッシュ・ハイ・ハウスといった館の領主たちは、サンドリングとよばれる一帯を一隅あまさず自分たちで分割し、ヴィクトリア朝時代に流行りだした狐や兎など小動物の狩り（スモール・ゲーム・ハンティング）に好適な条件をもった土地に変えていったのである。事業を興して巨万の富を築いた中産階級出身の男たちは、こんどはさらなる上の階級で認められることを求め、争って大きな家屋敷と広大な地所を田舎に買い求めた。そしてその地所で、おのれが金科玉条としていたはずの収益や実用の原則をかなぐり捨て、なんの利益ももたらさない、もっぱら破壊に奉仕するだけのハンティングにおかしいとも思わずいそしんだのである。ハンティングといえばその上（かみ）は王侯貴族の特権であり、ときには何世紀にもわたって保持されてきた特別の猟場や狩猟園でおこなわれるのがつねだった。ところがいまや株で儲けた金で地位と名声を購おうとする者たちが、誰も彼もその田舎屋敷であたうるかぎり大がかりな〈ハンティング・パーティ〉をシーズン中何回となく催すようになる。そうした会を主催することによって手中にできる名声は、招待客の地位や名前を別とすれば、そこで仕留められる獲物の数とまさしく正比例の関係にあった。それゆえに領地の運営は、猟場の野生動物をいかに確保し、増やすかに主眼を置かれるようになる。来る年も来る年も何千羽という雉が囲いの中で飼育され、時期が来るともはや耕作不可能な、たいがいは立ち入り禁止となった広大な猟場に放たれた。地元民は年ごとに権利を制限され、雉の飼育や犬の飼育にたずさわるか、猟場の番人や勢子をするかといった狩猟がらみの仕事に雇われないかぎりは、代々住み慣わした土地を追い出されることも稀ではなかった。二十世紀初頭、海岸から近いホウズリー・ベイに、生計(たつき)の途を失った人々のための授産施設ができたことは象徴的である。のちにいわゆるコロニアル・カレッジの前身となったこの施設で一定の期間を過ごし、オーストラリアやニュージーランドへ移民していった人々はおびただしい数にのぼる。ホウズリー・ベイの建物はいまでは少年院になっていて、遠くからでも人目を惹く蛍光色のオレンジの上衣を着た受刑者たちが、周辺の野原できまって隊伍を組んで作業をしているのを見かける。雉の飼育熱が頂点に達したのは、第一次大戦前の数十年間だった。サドバーン・ホールひとつとっても猟場の番人は二十人を超え、その制服をあつらえるためだけに専用の仕立屋を雇っていたという。野鳥や野兎や穴兎は言うまでもなく、六万羽の雉がただの一日で仕留められることもざらだった。こうした目眩いのするような数字は、しのぎを削りあっていたそれぞれの屋敷の狩猟簿に几帳面に記録されていった。なかでもサンドリングきっての広大な猟場と領地を擁していたのがボードジー家であって、その地所はディーベン川北岸に八千エーカー以上にわたって広がっていた。領主カスバート・クィルター卿は下層階級から身を起こした実業家で、一八八〇年代初頭、河口に面した吹きさらしの場所になかばエリザベス朝風の領主屋敷、なかばインドのマハラジャの宮殿を思わせる居館を建設した。この豪奢な建築を完成することによって、クィルターはおのれが手にした地位の正当性を永遠に証し立てることができると信じたのであり、また館の紋章の下に〈移ろいよりは死を〉とブルジョワ的な妥協をきびしく拒んだモットーをクィルター自身が選んで添えたのも、おなじくそのあらわれにほかならなかった。当時クィルターのような男は、おのれの力への自信に漲った絶

頂期にあった。彼らにしてみれば、はなばなしい成功がつぎからつぎへと続かないほうが不思議だったのである。そのころ海浜の高級保養地へと成長をとげた対岸のフィーリックストウにドイツ帝国の皇妃が保養に訪れたのも、たまたまではなかった。皇室のヨット〈ホーエンツォーレルン号〉がフィーリックストウに何週間も碇を降ろしていることこそ、前途洋々たる企業家精神の眼に見えるあかしだったのである。皇帝閣下のお墨付きをいただいて、北海沿岸はモダンライフの要求にこたえるあらゆる設備をそなえた上流階級のための大リゾート地にならんばかりに見えた。痩せた土壌のあちこちににょきにょきとホテルが生えて出た。浜辺に遊歩道がつくられ、海水浴用の施設が整備された。埠頭がいくつも海に突き出した。周辺地域でも特段にうら寂れていたシングル・ストリート村は、いまでは低い家とコテージがひと並び侘びしく連なるばかりで、私など一度として人の姿を見たことがないとこ

ろであるが、記録を信じてよいとすれば、当時はここに二百人からの客を収容できるクアハウスが建設された。その名も豪勢な〈ゲルマン海（ジャーマン・オーシャン）マンションズ〉、従業員は全員ドイツから募ることを旨としたものであるが、その建物もいまや跡形もない。たしかに当時、北海をはさんで、イギリス帝国とドイツ帝国を結ぶさまざまな絆が築かれたかに見えた。その絆のいかにも象徴的な表現が、なにをおいても陽の当たる場所に出ることを望んだ輩によって建てられた、巨大な建物群の趣味の悪さなのである。砂浜のど真ん中に出現したカスバート・クィルターのイギリス＝インド風のお伽噺のお城は、ドイツ皇帝の美的センスにぴったりかなったのではないだろうか。奇抜なものならなんでも大好きだったことで有名だった皇帝である。反対に、財産が百万増えるたびに海辺の城にひとつずつ塔を建て増していったというクィルターが、ホーエンツォーレルン号の船上に客として招かれている姿も想像に難くはない。たとえば日曜日、洋上ミサに先立って、おなじく招待された海軍省のお歴々とともに体操をしている姿。ドイツ皇帝ヴィルヘルムのような同好の士に感化されて、クィルターのような男はどんな大胆不敵な計画をたてていたものだろう。イギリスのフィーリック

ストウから北海のドイツ領ノルデルナイ島、さらにはジュルト島まで伸びる、国民の健康増進のための一大オープンエア・パラダイス。新たなる北海文明の勃興。どうかしたら、英独の国際同盟までも思いつきはしなかったか。はるか洋上からも遠望できる、ヘルゴラント島に建てる国家の大聖堂がそのシンボルだ。しかしながら、むろん、現実の歴史はまったく別様の展開をたどった。なぜならばうるわしき未来を思い描いた瞬間に、すでに破局に向かっているというのが世の常であるのだから。第一次大戦が勃発し、ホテルのドイツ人従業員はドイツへ帰され、避暑客の姿は絶える。ある朝、海岸に空飛ぶ鯨よろしくツェッペリン飛行船が飛来する。ドーヴァー海峡を渡って、膨大な兵力と物資がひきもきらず戦場に送り込まれる。砲火によって広大な大地が耕され、前線にある死の地帯では累々たる屍が燐光を放つ。ドイツ皇帝は帝国を失い、カスバート・クィルターの帝国もまたじわじわと凋落していく。無尽蔵かと思われた身代は衰え、領地のまともな経営もままならなくなる。次代当主としてボードジーの遺産を継いだレイモンド・クィルターは、砂浜に落下傘で飛び降りるというセンセーションによって、先代よりもいささか上流度の劣る休暇客を楽しませる。一九三六年、もはやよんどころなく、ボードジー・マナーを国家に売却。その収益で税金を払うことができ、さらになにを措いてもやみがたい、彼が熱情を傾けてやまない飛行を続けるだけの資金を得た。ちなみにレイモンド・クィルターは、邸宅を売り払ったさいかつて運転手が住んでいた家に引き移ったが、ロンドンに出ると、ドーチェスター・ホテルに投宿するのをならいとした。そこで彼がいかなる敬意を持って迎えられたかは、到着のたびに、ユニオン・ジャック旗に並んで黒地に黄金（きん）の雉をあしらったクィルター家の紋章旗が掲揚されたことにうかがえる。こうした演出には控えめなドーチェスター・ホテルにしては稀にみる礼遇であって、大伯父から受け継いだ遺産をなんの未練もなく手放し、いくらかの恒産を残してあとは飛行機一機と寂しい野っ原の滑走路一本しか持たなかったクィルターの潔さが、それほどの評判を呼んでいたということなのだろう。――クィルター家の地所ボードジーのみならず、第一次大戦後にはこうして数え切れない領地が解体されていった。領主屋敷はそのまま朽ちるにまかされるか、そうでないなら学童のための寄宿舎、矯正施設、精神病院、老人ホームやドイツ第三帝国から亡命してきた人々の収容施設になった。ボードジー・マナーはながらく研究者の宿泊施設を兼ねた研究所として使われ、ロバート・ワトソン＝ワットの指揮下でレーダーを開発した。そのレーダーが、いまや眼に見えない網の目を世界の空に張りめぐらせている。ついでながら、ウッドブリッジから海浜にいたる一帯には、いまもおびただしい軍事施設が並んでいる。だだっ広い平原を歩いていると、そこかしこで兵舎の門や、フェンスをめぐらせた敷地にでくわす。痩せた赤松の植栽のうしろに見え隠れする迷彩をほどこした格納庫や草ぼうぼうの掩蔽壕の中に――万が一の事態あらば――国を、大陸を、一瞬のうちに瓦礫と灰の山に変えることのできる兵器が貯蔵されている。そんな思いが湧き上がってきたのは、私がオーフォードの近くまで来て、遠い徒歩路に草臥れていたところで砂嵐に巻き込まれたときだった。レンドルシャムの森の東べりに近づいていた。数マイル四方に広がるこの森は、一九八七年十月十六日から十七日にかけての怖ろしいハリケーンの夜、壊滅にちかい打撃を受けたところでもある。まだ眩しいほど明るかった空が数分のうちにかき曇り、一陣の風が起こったかと思うと、不気味にぐるぐると渦を描いて、干涸らびた平原の砂を巻き上げた。残っていた陽光はみるみる薄くなり、ものの輪郭はのこらずかき消えて、やがてた

えまなく暴風の荒れ狂う、息もできない茶灰色の暗がりに包まれた。私は先のハリケーンで折れた木々の切り株を寄せ集めてあった場所を壁にして、その後ろにしゃがみ込んだが、見ると地平線から黒い翳が、のど頸をじわじわと締め上げていく紐といったけしきで刻々と迫ってくる。風が吹きすさび、あたりがいよいよ暗くなるなか、私はいましがたまで見えていた周囲の地形を確かめておこうと焦ったが、視野は刻々と狭まっていくばかりで、じきに一寸先のものすら識別がつかなくなった。土煙は左から右、右から左へ、あちらからこちらから波濤のように吹きつけ、天高く巻き上がり、ざあとばかりに降りそそぐ。まさしく砂の乱舞であって、それが一時間も続いただろうか。のちに聞き知ったのであるが、内陸部ではこのとき激しい雷雨が吹き荒れたらしかった。暴風がおさまると、倒木を埋め隠した砂山の波打つ連なりが、

薄闇の中しだいに姿を見せはじめた。息も絶え絶え、口も喉もからからになって、自分は砂漠で全滅した隊商のたったひとりの生き残りだ、などと思いながら、私は周りにできたすり鉢の底から這い出した。あたりは死んだように静まり返っていた。そよとの風も吹かず、鳥のさえずりも聞こえず、葉擦れひとつせず、あらゆる音が絶えていた。空はふたたび明るんできたが、天頂にある太陽は、まだ空中に舞っている花粉ほどの細かい砂塵の幕の蔭に隠れていた。地球がゆっくりと擦れ消えてしまったあとには、こんな砂塵が残るのでもあろうか。——残りの路は朦朧としてたどった。憶えているのは、舌が上顎に貼りついてしまっていたこと、おなじところで足踏みしているような気に駆られたことだけである。ようやくオーフォードに着き、まっさきに砦の塔に登った。上からは、背の低い煉瓦の家屋や、緑の庭や、色褪せた湿原が見わたせ、後方はるかには南北に伸びる海岸線が、遠く靄に烟って消えていっていた。オーフォード城は一一六五年に築かれ、以来何世紀にもわた

って、この地をのべつ脅かす外敵の侵入を防ぐためのもっとも重要な砦であった。ナポレオンがイギリス征服をたくらんだとき——臣下の技師のなかには、ドーヴァー海峡の地下を掘ってトンネルを造る計画や、気球の無敵艦隊をつくって攻め入る計画を立てた大胆な者もいた——にはじめてあらたな防衛策が講じられ、マーテロー砲塔と称する巨大な円形砲塔が、数マイルおきに浜辺に築かれた。フィーリックストウとオーフォードの間だけでも七基を数えたが、私の知るかぎりでは、効果のほどが実地に試されたことは一度もない。守備隊はほどなく引き揚げ、がらんどうになった石積みの塔は鳥の棲み処になって、夜になるとその胸壁から音もなく梟が飛び立っていった。一九四〇年代初頭、ボードジーの技術者の一団が東海岸沿岸に点々と初のレーダー塔を設置した。不気味な、八十メートル超の木造の櫓で、静かな夜々には木のきしむ音が聞こえてきたが、なんに使うものかは、オーフォード近辺のあちこちの軍事研究施設で当時すすめられていた秘密計画の数々と同様、だれも知らなかった。当然のことながら、これはありとあらゆる種類の憶測を生んだ。眼に見えない死の光線網、新種の神経ガス、ドイツ軍上陸のさいに投入する、いかなる想像をも絶する大量殺戮兵器。現に最近まで、〈サフォーク州シングル・ストリート村住民の避難について〉と題された文書が、国防省の書庫に保管されていた。しかも同種のほかの文書の封印期間が通常三十年であるのに対して、それは七十五年にわたって封印を義務づけられており、執拗に噂されるところでは、そのわけは当該文書にシングル・ストリート村で過去に起こった、今日なお一般に開示をはばかられる身の毛のよだつような事故の記述が含まれていたからだという。たとえば私が小耳にはさんだところでは、当時、地域一帯の人間の居住がまったく不可能になるような生物兵器の実験がシングル・ストリート村でおこなわれた。あるいは海中に敷かれた石油パイプラインの話というのも耳にした。敵軍侵入のさいには爆発的な勢いで一気に石油火災を起こし、海面が煮えたぎるほどの威力を発揮するという。ところがその実験にあたって、いわばうっかりミスによってイギリス工兵隊がひとつ全滅してしまった。しかも目撃者によれば見るもむごたらしい死に様で、苦痛に身をよじらせたまま焼け爛れた死体が、あるものは浜に打ち上げられ、あるものは小舟に乗ったまま海上を漂っていたのが確かに見られたという。炎の海の中で焼け死んだのはイギリスの軍服を着込んだドイツ陸軍の兵士だった、と言い張る者もいた。地元の新聞が長期のキャンペーンを張り、その結果、一九九二年ついにシングル・ストリート文書は開示されたが、いざ蓋を開けてみると、どうというほどもない毒ガス実験が数件含まれていたのみで、ほかにはとくに極秘扱いを要するとか、戦後巷間に流布していた話を裏付けるような内容は見あたらなかった。しかし、文書は開示される前に極秘事項を除いてあったのかもしれない、シングル・ストリートの謎は依然として残る、と新聞の論説子は書いている。——シングル・ストリート村のような噂が根強くはびこった一因は、冷戦時代に国防省がサフォーク州の沿岸に秘密兵器研究所(シークレット・ウエポンズ・リサーチ・エスタブリッシュメンツ)なるものを置いており、そこで行われていたことに箝口令が敷かれていたからでもあった。たとえばオーフォードの住民は、オーフォード岬(オーフォードネス)に点在する研究施設でいったいなにが行われているか、想像をたくましくするしかなかったのである。村から目と鼻の先にありながら、そこはネヴァダ砂漠や南太平洋の環礁ほど遠いところにあったのだった。私自身はといえば、一九七二年にはじめてオーフォードを訪れたとき、港にたたずんで、地元民がただ島(ザ・アイランド)とだけ呼んでいる、極東の流刑地にも似た敷地を眺めやったことをいまもまざまざと記憶している。

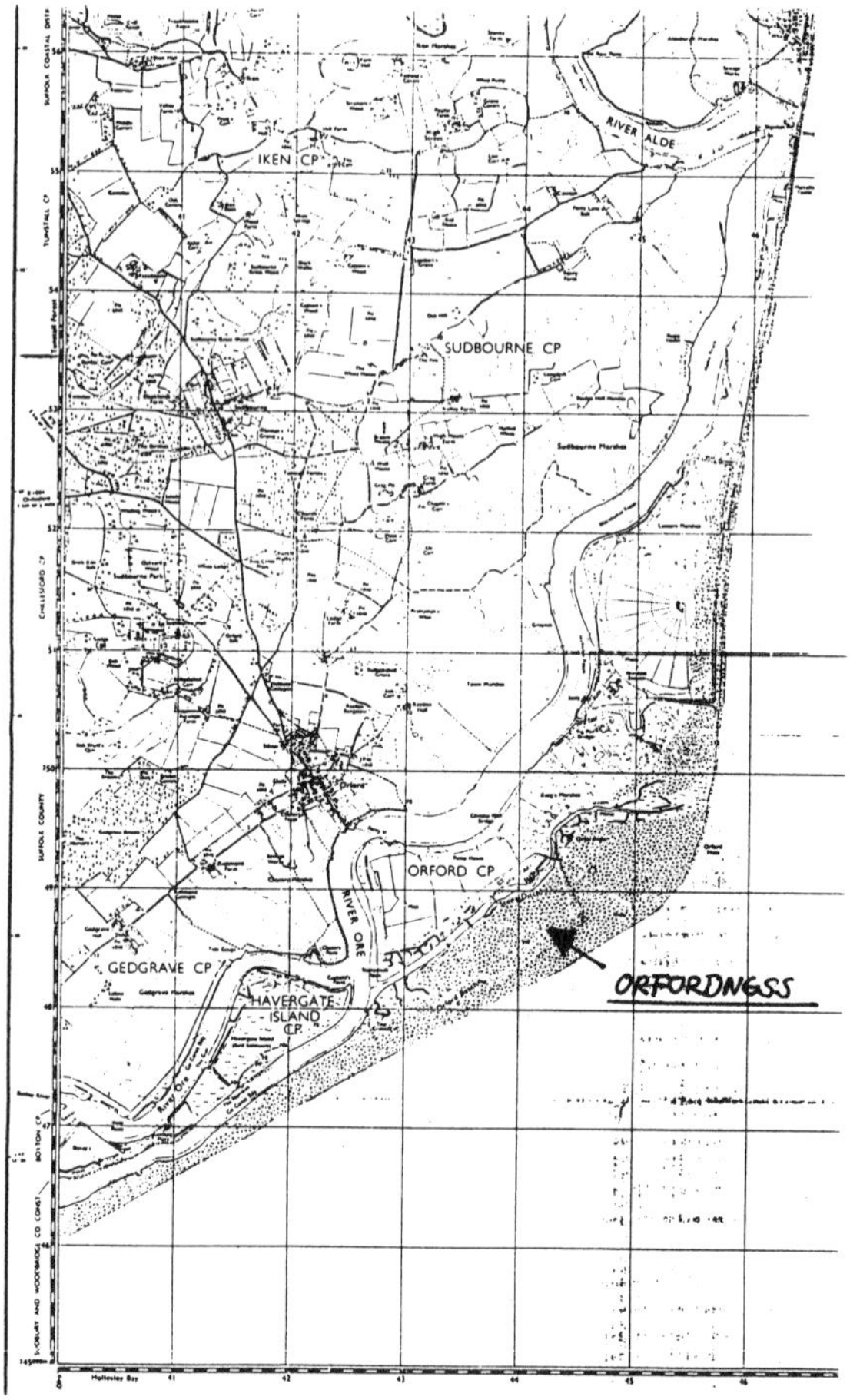

その前に地図でオーフォード沿岸の独特の地形を調べていた私は、言わばこの世の外にあるかのような趣のオーフォード岬（ネス）に惹きつけられるものを感じていた。岬は何千年の時をかけて北部から徐々にオールド川の河口付近に生成していったものであり、潮路が下流でオー川と名づけられて、現在の海岸線のすぐ後ろ、過去の海岸線のすぐ前を、およそ十二マイルほど海辺沿いに流れてから海に注ぐ。かつてオーフォードをはじめて訪れたときには、〈島〉に渡ることは禁じ

られていたが、いまはそれを阻むものはない。国防省が極秘の研究施設を廃止してから数年になるのだ。港の堤で所在なげにたむろしている男のひとりとすぐに話がついて、数ポンドの謝礼で向こうに渡してもらい、あちらをひと巡りした頃合いに対岸から手をふって見せたら、また迎えに来てもらえることになった。男の青いディーゼル船で川を渡るうち、男は、オーフォード岬にはいまでも近寄る者はいない、と話をした。孤独にはだれよりも馴染んでいるはずの漁師たちすら、二度か三度オーフォード岬の近くで夜網を張ってみたあとはぷつんとやめてしまう。口では魚がかからないからと言っているが、本当はそうじゃない、無のどまん中に投げ出されたような場所のすさまじい荒寥に耐えきれなくなるからだ。ときには尾を引く心の病にかかることもある。対岸に着くと、私は川を渡してくれた男に別れを告げ、高い堤防をよじ登ってから、すでにあちこちが草むしているアスファルト舗装の直線道路を踏み、色のない、渺々と広がる敷地にさまよい入っていった。どんよりとした気持ちの塞ぐ日で、風はそよともなく、髪の毛のように痩せた蘆の穂すらゆらりともしなかった。数分たったときはもう人跡未踏の地に踏み入ったような気になり、かぎりない解放感と底知れない憂鬱をいちどきに感じたことをいまも憶えている。頭はからっぽだった。一歩あゆむたびに胸の裡の空漠と周囲の空漠とがいや増しにふくれあがり、静けさはいや増しに深まっていった。だから足元にとつぜん一羽の兎が踊り出たとき、あれほど、心臓が止まるかと思うほど仰天したのだろうか。道端の繁みに身を潜めていたのが、亀裂だらけの道路に沿って走ったかと思うと、一、二度ジグザグに跳んで、また野原に走り込んでいった。私が近づいてくるあいだ、さぞや身を縮め、心臓を早鐘のように打たせながら、もう助からぬというきわのきわまでおなじところで身じろぎもせずにいた

のだろう。心身の麻痺が逃走という驚愕の動きに転じたその一瞬は、兎の恐怖が私の身内にも突き入った刹那であった。一秒の何十分の一かの戦慄の一瞬に起こったことを、私はいまなお鮮やかに、それどころか私自身の知覚能力を超えて克明に見ることができる。灰色のアスファルトの道端、草の茎の一本一本が見える、潜んでいた場所から跳ね出す兎、耳を後ろにねかせ、驚愕に凍りついた、ふたつに割れたような妙に人間的な顔をしている、そして逃げながら後ろをぎろりと向いた、恐怖に飛び出さんばかりの眼、私自身が見える、兎とひとつになっている私が。血管のざわめきがなんとか落ち着いたのは、それから三十分ほどして、海辺にむかって下り坂になっている礫石の土手と、草のまばらな原っぱとを隔

てている広い掘り割りまで来たときだった。過ぎにし日に研究施設のあった区域につうじる橋の上に、私は長いことたたずんだ。後方、西のはるかには人の住まう地域がゆるやかな勾配をなしてかすんで見え、南北には引き潮で細々と水が流れるだけになった川の、泥でぬめった川床がてらてらと光っている。そして前方は破壊、ただそればかりがあった。大量の瓦礫を被せて埋められてしまっているコンクリートの建物群、あそこでは私が生まれてからの時間のほとんどのあいだ、何百人の科学者が新兵器システムの開発にいそしんでいたのだった。それが遠くからだと、一風変わった円錐形をしている

からだろうか、あたかも墳墓のように見える。太古の時代に権勢を誇った者が、その種々の道具と金銀もろともに埋葬されている場所。凡俗ならぬものを目指した敷地から受けた印象は、軍事施設とはどうしても繋がらない、寺院めいた建物やパゴダ風の建物がいくつかあったことによっていっそう強まった。だがそれらの廃墟に近づいていくにつれ、神秘的な死者の島といった想像はしだいに失せていって、かわりに埒もなく、未来に破局が起こってわれわれの文明が滅び去った、その残骸のただ中にいるという思いが湧き起こった。私たちの文明の性質をこれっぽっちも知らない、後世に生まれた異郷の客が私たちの捨てた金属や機械の廃物の山のあいだを歩き回るのにも似て、私にもまた、ここにかつて生きていて働いていたのはどんな生き物だったのか、壕の内部の原始的な施設は、屋根の下の鉄のレールは、まだタイルが残されている壁に取りつけられたままのフックは、皿ほどもあるシャワーは、荷役ホームは、穴は、いったいなんに使われたものだったのか、謎なのだっ

た。その日オーフォード岬にあって、私はほんとうはいつの時代の、どこにいたのであったか。これを認（したた）めているいまも言うことができない。思い出せるのは、高い堤防に沿って万里の長城橋（チャイニーズウオール）からかつてのポンプ小屋を通り過ぎ、左手は草原の中に蒲鉾形の黒い兵舎、右手は川を隔てて本土を見ながら、船着き場にむかって歩いていったことだけだ。突堤に腰を下ろして渡し守を待つうちに夕陽が雲間から差し出でて、おおきく弓なりにくねっている海岸線をまぶしく照らしだした。潮が川を遡ってきた。水面がブリキ板のように照り映え、湿原に聳え立っている電波塔から、抑揚のないジーッという音がかすかに聞こえてくる。オーフォードの村落の屋根や塔が、樹々の梢のあいだから、手で触れられそうに近くのぞいていた。あそこはむかし私の故郷だった、と脳裡をよぎった。そして、落日の光にいよいよ烈しく眼を眩まされながら、暮色のなかに一瞬、とうに消え去った風車群の羽根が風に重たく動くのが瞼に映じた気がした。

9

オーフォードに泊まったあと、私はイースタン・カウンティ社の赤いバスでウッドブリッジから内陸のヨックスフォードに向かい、そこから徒歩で北西にむかってかつてのローマ街道を通って、ハールストンというちんまりした田舎町の南に広がる、ほとんど人家のない地域へ入っていった。四時間近く歩きつづけたが、見たものと言えばおおかた刈り取りのすんだ地平線まで続く穀物畑と、雲の低く垂れこめた空、一、二マイルおきにぽつりぽつりあらわれるこんもりした木立に囲まれた農家だけだった。涯てしなく続くかのような一本道を歩くあいだ、車には一台も出遇わなかった。たったひとりで歩んでいることが、心地よく感じられたのか、それとも苦痛と感じられたのか、当時もいまもさだかではない。記憶のなかで鉛のように重たかったとも、重さがなかったとも感じられたその日、ほんのときおり、厚い雲がすこしだけ切れ目をのぞかせることがあった。すると陽光が扇のような縞を作って雲間から降りそそぎ、かつて人よりも高い何者かがこの世を統べていることを象徴して描かれた宗教画の光景そのものに、大地のところどころを明るませた。ローマ街道からいわゆる家畜脱出防止溝(キャトルグリッド)を越えて車の走る道に入り、牧草地を通って暗い水堀に囲まれたモート・ファームにたどり着いたのは、昼すぎであった。この農家で、アレック・ギャラードが、二十有余年にわたってエルサレムの神殿の模型を作っている。歳は六十代のはじめだろうか、生涯、一農夫として働いてきた。村の学校を出てほどなく模型作りに取り憑かれ、そうした人々の例に漏

れず長い冬の夜に小さな木片を組み合わせて、小型帆船（バーク）やヨット、有名どころのカティ・サーク、メアリー・ローズなどの船をかたっぱしから作るようになった。この作業はたちまち情熱と化し、一方でメソジスト派の平信徒説教師として聖書に出てくる話の現実的な背景にかねがね興味を抱いていたが、そのふたつが相俟って六〇年代も終わりに近いある日の夕方、アレック・ギャラードが言うのには家畜に晩の餌をやっている真っ最中に、降って湧いたごとく、エルサレムの神殿を作ろう、それも西暦がはじまったころの姿と寸分変わらぬものを、という考えが浮かんだ。——モート・ファームはひっそりした、こころもち陰鬱の気味のある家である。車道からやって来て、家のまわりの濠（モート）に架かった小橋をわたり、入り口に向かうが、いつ行っ

ても人の姿を見かけたためしがない。重たい真鍮のノッカーを叩いても、中から人が出てくる気振りはない。チリ産の南洋杉が表の庭にじっと立つ。濠に浮かんでいる鴨たちすら身じろぎもしない。窓から室内をのぞき込むと、大昔からひとつところに置かれていてぼんやりとまどろんでいるような家具が見える。鏡面のような光沢の食卓、ひじ掛け椅子、マホガニーの箪笥、暗緋色のビロードが座席と背もたれに張られた椅子、暖炉、その上に行儀よく並べられた飾り物や陶製人形、それらを眺めていると、この家の住人は旅に出たのか、あるいは死に絶えてしまったかという気にさせられる。だが待ちに待ち、物音をうかがい、来る時間を間違えてしまったかと思いながらきびすを返そうとするまさにそのとき、アレック・ギャラードがいくらか離れたところで、せんから待っていてくれたことに気づくのだ。私がヨックスフォードからはるばる歩いてきた晩夏の一日も、やはりおなじぐあいだった。アレック・ギャラードはいつもどおり胸当てのついた緑色の作業ズボンを身につけ、時計屋の使う眼鏡をかけていた。私たちはあたりさわりのない言葉を交わしながら納屋に向かった。神殿がその完成へと着々と成長を続けている納屋である。とはいえ十平米に近い面積をとる模型の大きさと、部分部分の微小さと精密さのために、完成までの進捗ぶりはまことに遅々たるもので、一年ぐらいの間では進んでいるのかいないのか、さっぱりわからない。しかもアレック・ギャラードの言うのには、神殿造りに専心するために農業はどんどん規模を縮小していっているというのにだ。家畜はあと数頭しかおらず、それも収入のためというよりも好きだから飼っているまでだと言う。家の周辺の広い畑も、気がついただろうがもう草っ原も同然になっている。干し草は刈らずに近所の人に売ってしまう。トラクターにはとうの昔に乗っていない。少なくとも数時間神殿に手をつけないで過ぎる日は一日だってない。この何か月かってものは、一センチに満たない人間百体にひたすら色を塗って過ぎた。そうした人間がかれこれ二千体以上、神殿の域内を埋めている。言うまでもないがほかにも調べを進めていって、これまでと違う見解に達したとなると、そのたびに構造を変えないわけにはいかない、とアレック・ギャラードは語った。神殿の正確な配置については、知ってのとおり考古学者のうちでも意見がわかれている、わしの作った模型は、いまじゃ神殿の古今もっとも正確なレプリカだそうだが、けれども、とアレック・ギャラードは語った、苦労に苦労を重ねて導き出したわしの見解だとて、意見の割れる学者たちのよりもぜったいに信頼がおけるというわけでもない。このごろは世界中からしきりと見学客が来るよ、オックスフォードの歴史家だとか、マンチェスターのエホバの証人だとか、聖地から来た発掘のプロだとか、ロンドンのがちがちの正統派ユダヤ教徒だとか、カリフォルニアからやって来たプロテスタントの一派の代表だとか。その一派は、ネヴァダ州の砂漠にこの模型のとおりに実物大の神殿を建てたいと持ちかけてきた。あっちこっちのテレビ局や出版社が、いろんな企画をもって押しかけてくる、なんとロスチャイルド卿までが、神殿完成の暁にはエイルズベリー近郊にある卿の持ち城の玄関ホールに置いて、一般公開したいと申し出てきた。この模型作りが巻き起こした評判のたったひとつよかったところといえば、これまで自分のことを頭がおかしいのではないかと陰に陽に噂していた近所や親戚の連中が、そういう小馬鹿にしたセリフを多少なりとも控えるようになったことだけだ。むろんよくわかるんだ、とアレック・ギャラードは語った、狂っていると思われるのも道理だとも、くる年もくる年も妄念に取り憑かれたまま、暖房もない納屋で、ふつうの域を飛び越えてしまった、要はなんの意味も目的もない工作にうつつを抜かしているのだから。しかもその人間は畑を耕しもせぬ、もらえるはずの補助金を申請もせぬ。ブリュッセルのあきれた農業政策で肥え太っていく隣人たちにどうとられようがいっこうにかまわないが、ただ妻子にまで気が触れたと思われていただろうことが、思う以上にわしの身にこたえていた。そういう意味ではロスチャイルド卿がリムジンで農場の庭に乗りつけてきた、あの日こそ人生がひっくり返った日だったなあ、なぜってあれ以来、わしはわが家でも、真摯な問題を追及している学究ってことになったんだから。だがもちろん裏腹に、見学客が増えていけばそれだけ作業はできなくなる、なのにやることはまだ怖ろしいほど残っている。細かい知識がどんどん増えていくから、十年か十五年前に思っていたよりも、完成はどう見てもずっと難しくなってきた。アメリカのプロテスタントにこう訊ねられたことがあるんだよ、あなたが持っておられる神殿のイメージは、神の啓示により得られたものですか、と。神の啓示なんかとはなんの関係もない、とわしが答えると、えらくがっかりした顔をした。わしは言ったんだ、もし神の啓示だったんなら、どうしてやっていくうちに変える必要がありますかね？　そうじゃないんだ、ひたすら地道に調べるんですよ、そして作業をする、切りも限りもない時間を作業に費やすんだ、とアレック・ギャラードは語った。ユダヤ教教典のミシュナを研究しないわけにはいかない、入手できる文献は軒並み、ローマ時代の建築や、ヘロデ王の造営したマサダやボロディウム要塞の特徴を調べないわけにはいかない、そうやってはじめて正しい観念（イデー）にたどり着くんだ。わしらのやっていることのすべては、とどのつまり観念に依っているんです、それは時とともにたえず変わっていくから、やっと完成したと思ったものをぜんぶ壊してしまって、一からやり直さなければならないことだってままある。膨大になって

いくばかり、徹底的になっていくばかりのこの作業がいかに難儀か、ぼんやりとでもわかっていたなら、こんな神殿作りには手を染めなかったろうに。生き生きとした真に迫った印象を生じさせようと思うなら、回廊の格（ごう）天井の一センチ四角の鏡板一枚一枚を、何百本の柱の一本一本を、何千個の角石の一個一個を、手でこしらえ、手で彩色しないわけにはいかない。眼が端っこのほうからだんだんと昏くなってくるこのごろは、最後までできるだろうかとか、わしがこれまで作ってきたものは、惨めなただの時間潰しじゃなかったろうかという思いがよく湧いてくる。けれどもまた別の日、暮れ方の陽がよこざまに窓から差し込めて、神殿の全容がまるごと胸にしんしんと沁みてくるときには、入り口のホールや、祭司らの住居群や、ローマ軍の駐屯所や、浴場や、食料品市場や、供物を供える祭壇や、歩廊や、通貨の交換所や、巨大な門扉や階段や、表の広場や、市域外の地方や背景の山並みが、ほんの一瞬、まるでもう完成しているかのように、久遠の相にあるその場所をのぞき込んでいるかのように見えてくることがある。最後にアレック・ギャラードは、積み重なった紙の山から、現在の神殿跡の航空写真が二ページにわたって掲載されている雑誌を引っぱり出して見せてくれた。白っぽい岩山、くろぐろとした糸杉、中央で燦然と輝いている岩のドームの金の円蓋。その丸屋根から私がとっさに思い起こしたのは、月夜には海を越え陸を越えて聖城のように輝きわたる、サイズウェル原子力発電所の新しい原子炉の円蓋だった。神殿は、と作業場をあとにしながらアレック・ギャラードは語った、百年しか保ちこたえなかった。こっちのほうはたぶんもうちょっとながく保つかね（パーハプス・ズィスワンウィルラスト・アリトルロンガー）。濠の小橋で私たちはまたしばし足を止めた。鴨が好きなのだとアレック・ギャラードは私に話した。その数羽がいま水面にしずかに浮きながら、彼がオーバーオールのポケットからときどきつまんで投げてやる餌をついばんでいる。ずっと鴨を飼ってきたんだよ、子ども時分からね、そしていつも、あの羽衣の色ぐあいが、とりわけあの濃緑と純白とが、わしの胸を揺さぶっている問いへのたったひとつの答えのような気がしてきた。ふり返ってみていつもそうだった。私が別れぎわに、今日はヨックスフォードから歩いてきて、いまからハールストンまでまた徒歩で行くつもりだと言うと、アレックはそれなら車に乗っていくといい、街にちょうど用事があるから、と言ってくれた。ハールストンまでの十五分間、私たちは彼のピックアップの運転席で黙ったまま隣り合い、私は田舎道のこの短いドライブが永遠に終わらなければいい、このままどんどん走って走って、はるかエルサレムまで（ザット・ウィクドゴー・オンアンドオン、オールザウェイ・トゥジェルーザレム）行ければいい、と思っていた。だがそうはいかず、私はハールストンのスワンホテルでやむなく車を降りた。築後数百年の古い建物で、客室に入ってみると、調度は想像を絶するおぞましいものだった。薔薇色のベッドの頭板は高さ五フィート近い大理石模様の黒い合成樹脂で、形の違った引き出しやら棚やらがついていてなにやら祭壇じみ、細い脚の化粧台は金色のアラベスク模様でごてごてと飾られ、衣装戸棚の扉に嵌め込まれた鏡は、妙ちくりんに歪んで映って見えた。板張りの床はおよそ水平ではなく、窓側にむかって急傾斜で傾いていて、ために家具という家具がことごとくどこかしら傾いでいた。深い眠りについてすら、倒れかかった家の中にいるかのような感覚につきまとわれた。そんなわけで翌朝スワンホテルをあとにして、町を出て東方の広野に向かったときには、いささか息をついたのである。大きな弧を描いて私が歩いている一帯は、前日にたどった地域とおなじくほとんど人が住んでいない。二マイル見当の間隔で村落があらわれるが、民家の数は十軒もあればいいところだ。おまけに村の名前が、例外なくそこの教会の守護聖人の名前とおなじときていた。セントメアリー村、セントマイケル村、セントペーター村、セントジェイムズ村、セントアンドリュー村、セントローレンス村、セントジョン村、セントクロス村、といった調子だから、住民は自分たちの住む一帯を〈ザ・セインツ(聖人たち)〉と呼び慣わしている。つまりはこんなぐあいだ。あいつは聖人(セインツ)んとこに土地を買った、聖人(セインツ)んとこに雲が懸かってきた、それならもうちょっと行った聖人(セインツ)んとこだ。ほとんど樹というもののない、それでいて見通しの悪い平原をとぼとぼと歩きながら、私は聖人んとこで道に迷いそうだよ(アイマイト・ウエルロスト・インザセインツ)、と私は胸の裡でごちた。イギリスの徒歩の道はそれほど迷路じみていて、地図にある道が耕地や草むした野原になっていたりし、それで私は何度となくやむなく方向を変え、あるいは畑を突っ切って行ったのである。今度こそ迷ったかと思ったことも幾たびかあったが、昼近くなって、イルケショール・セントマーガレットの教会の丸い頭の塔が遠くに姿をあらわした。三十分後、私は墓石のひとつに凭れてすわり込んでいた。中世このかたほとんど人口に変動のない村の共同墓地だった。十八世紀から十九世紀にこんな僻村に配属された教区牧師は、たいがい家族といっしょに近隣の町で暮らし、村にはせいぜい週に一度か二度、馬車でのぞきにきて、礼拝をし、様子をちょっと見てまわるのが関の山だった。そんなイルケショール・セントマーガレットの教区司祭が、アイヴズ師であった。数学者であり、ギリシア文化研究者としてはいささかの声望もあって、妻と娘とともにバンゲイに暮らしていた。伝えられるところでは、夕闇が迫るころに好んで一杯のカナリーワインを嗜んだという。一七九五年のこととある。その夏、館には、フランス革命の恐怖政治を逃れてイギリスに亡命した、あるフランスの青年貴族が足しげく出入りしていた。アイヴズはその青年と、ホメロスの叙事詩について、ニュートンの数学理論について、ふたりがともに経験したことのあるアメリカ旅行について談論した。アメリカがいかに広大であることか、いかに途轍もない森が広がり、その樹の幹は最大級の大伽藍よりもいかに高く聳え立っていることか。ごうごうと滝壺に落ちるナイアガラ滝の水量はどうだ、瀑布のそばにたたずんで、俗世の寄る辺なさに感じ入る人間がいようがいまいが、とこしえに響きつづけるその轟音はいかなる意味を持つか。牧師の十五歳になる娘シャーロットがしだいに身を乗り出し、ふたりの会話に耳を傾ける。貴い身分の客が物語をしてくれるときはなおのことだ。羽衣に身を包んだ戦士や、黒い皮膚が良心の痛みにかすかに蒼ざめるというインディアンの娘たちが出てくる夢幻の物語。あるときシャーロットは、さる隠者の忠犬が、すでに心中はキリスト教徒になっていた少女の供をして危険な森を抜けていくくだりに話がさしかかったとき、こみ上げるものがあったとみえてばたばたと庭に飛び出していった。自分の物語のどこにそうも心を動かされたのかと語った男が訊ねると、シャーロットは答えた。ただその犬の姿が心に浮かんだのです、カンテラをぶら下げた棒を口にくわえ、夜闇をついて先頭に立って、恐怖にとらわれた少女アタラの行く道を照らしてやっている犬の姿が。シャーロットを揺さぶるのは、高尚な思想であるよりも、むしろそうしたささやかな細部だった。かくして、故国を追われた、シャーロットの眼に疑いなくロマンチックな雰囲気をただよわせていた子爵が、日に日に彼女の家庭教師と親友の役をつとめるようになっていったのは、なりゆき上いかにも自然なことであった。フランス語の勉強をし、書き取りや会話を練習したのはむろんである。シャーロットはさらにこの友人にもっと広範な勉強の計画を立ててくれるように頼み、古代や聖地の地理や、イタリア文学をも学んだ。長い午後のひととき、ふたりはいっしょにタッソーの『解放されたエルサレム』や、ダンテの『新生』を読んだ。少女の首筋が紅に染まり、子爵の心臓が喉元から飛び出さんばかりに高鳴ることも稀ではなかった。ひと日の終わりはたいがい音楽で締めくくられた。屋敷の内部にはすでに薄闇がただよっているが、外の面(とも)にはまだ庭いっぱいに西陽が差しこめている時分に、シャーロットは自分のレパートリーから一、二の曲を弾き、子爵はピアノの端に寄りかかり(アピュイエ・オ・ブー・デュ・ピアノ)ながら、じっと黙って演奏に聴き入った。いっしょに勉強することで日に日に距離が狭まっていくのを感じ取った子爵は、あらんかぎり自制につとめたが、求婚はできないと知りつつも、心は止めようがなく彼女に惹かれていった。『墓のかなたからの回想』に、彼はのちにこう記している。暗澹とした思いにとらわれながら、わたしは自分が館を去らなければならない日を待った。別れの日の食事はおそろしい悲しみに包まれていて、だれもろくに口をきかなかった、と。驚いたことに食後、シャーロットとともに客間(ドローイングーム)に引き取っていったのは母親ではなく、父親のほうだった。一切のしきたりを無視して異例の役柄を演じることになった母親が、いつになく蠱惑的な印象をふりまいていることに子爵は気づいた。母親はいわばすでに旅支度をととのえてしまった子爵にむかって、娘の心はすっかり子爵のものになっている、どうか娘と結婚してくださるまいかと懇願した。あなたさまにはもはや故国はありません、資産も売りに出されてしまいました、ご両親もすでにこの世の人ではありません、フランスにお戻りになる必要がどうしてありましょう。わたくしどものもとに留まってくださいませ、わたくしどもの息子となって、ここで遺産を継いでくださいませ。アイヴズ師も同意しているにちがいない、無一文の移民へのこの寛大な申し出を信じられない思いで聞いた子爵の心は、はげしく乱れた。一方ではこの寂しい家族の懐に抱かれて、残された人生を人知れず送りたいという切ない願望があった、と子爵は記している、だがもう一方では、如何ともしがたい、芝居めいた瞬間がついにやってきたのである。すでに結婚している身であることを、子爵は打ち明けないわけにはいかなかった。フランスでした結婚は子爵の頭越しに姉たちが采配して決めてしまったもので、いわば形だけではあったが、だからといって、自分も一役買ってしまったこの苦境がなんとなるわけではない。アイヴズ夫人が伏し目がちに伝えた申し出に対し、お待ちください（アロテ・ジュスウィ・マリエ）、わたしは結婚しているのです!、と必死で叫んだとき、夫人は気を失ってばったりと倒れた。子爵にできるのは、もはや二度と戻るまいという決意を抱いて、自分を手厚く遇してくれた館を即刻辞すことでしかなかった。後年、悲運の日々の記憶を書き綴りながら、子爵はこうおのれに問うている、もしもあのときわたしが身を転じ、イギリスの片田舎で狩りをしながら郷紳として生きていたらどうなっていただろう。自分は間違いなくただのひと言も言葉を書きつけなかったであろうし、母国語すら忘れてしまったことだろう。わたしがそうやって雲散霧消してしまったとして、フランスはいかほどのものを失ったか。結局はあのほうがよりよき人生ではなかったのか。幸福を犠牲にして能力を伸ばすことが、はたして正しいことなのかどうか。わたしの書いたものが墓の彼方に届くことはあろうか。激変する世にあって、これをわかろう人がいようものか。――そう記したのは一八二二年のことである。そのとき子爵はジョルジュ四世の宮廷にあって、フランス王室の大使をつとめていた。ある朝、執務室で仕事をしていたところに、レディ・サットンなるご婦人がお越しになってお目に掛かりたいとおっしゃっておられます、と近侍が告げる。知らない婦人が敷居をまたぐ。婦人は、おなじく喪服に身を包んだ十六歳ばかりの少年ふたりを伴っているが、胸にこみ上げるものがあるのか、立っているのもままならない。子爵は婦人の手を取って肘掛け椅子にみちびく。ふたりの少年が両脇に行って立つ。婦人は帽子から下がっていた黒絹のリボンをわずかに後ろにかきやると、かぼそくかすれた声で、閣下、わたしを憶えておいででしょうか(マイロード・ドゥユー・リメンバーミー)、と訊ねる。するとわたしは、と子爵は記している、そのひとがわかったのだった、二十七年ぶりに、彼女のとなりに腰を下ろしていた。涙が湧き上がり、そのベールを透かして、遠い昔に闇の中に沈んでいったあの夏の日とそっくり変わらぬひとが見えた。ではあなたは、マダム、あなたはわたしがおわかりですか(エ・ヴー・マダム・ルコネッセ・ヴー)、とわたしは訊ねた。だが彼女は応(いら)えることなく、悲しげな微笑をたたえてじっとわたしを見つめるばかりだった。そのときに気づいたのである、わたしたちは愛し合っていたのだと、あのころ感じていたよりも、はるかに想いは深かったのだと。――母の喪に服しておりますの、父はずいぶん前に亡くなりました。彼女はそう言うと、わたしが握った手をはずして顔を覆った。しばらくして言った、この子どもたちはサットン提督とのあいだの子です、あなたがご出立になって、三年して結婚いたしました。どうぞごめんくださいませ、今日はもうお話しできません。――わたしはあのひとに腕を貸した、と手記にはある、そして屋敷を出て階段を降り、馬車に着くまで、あのひとの手をわたしの心臓のところにあてながら、彼女が全身で震えているのを感じていた。色黒のふたりの子が物言わぬふたりの従者のように前の席に乗り込んで、彼らは去った。なんという運命の変転だろう(ケル・ブールヴェルスマン・デ・デスティネ)！　それからわたしは、と子爵は書いている、レディ・サットンをケンジントンの滞在先に四度ばかり訪ねた。いずれの時も息子たちは不在だった。わたしたちは語り合い、黙りこんだ。「憶えていますか」とたずねあうたびに、過ぎ去っていった生が、残酷な時の深淵からすこしずつ鮮やかさを増しながら甦ってくるのだった。四度目に訪れたとき、シャーロットはお願いがある、ふたりの息子のうち兄のほうがボンベイに赴くことになっているのだが、どうかその子のために、このたびインド総督に任ぜられたジョージ・キャニングに一筆書いてはいただけまいか、と言った。ただこのお願いがしたくてロンドンまでやってきたのだ、もうバンゲイに戻らなくてはならない、と。ごきげんよう（フエアウエル）！　もう二度とお目にかかりますまい（アイシャル・ネバーシーユーアゲイン）！　お別れです（フエアウエル）！　――苦しい別れのあと、わたしは大使館の執務室に長々と籠もって、甲斐ない想念に幾度となく筆を止めながら、わたしたちの不幸な物語を書き綴った。その間ずっと脳裡を去らなかったのは、こうして書くことによって、わたしはシャーロット・アイヴスをまたしても、そしてついに決定的に裏切り、失ってしまうのではないかという懸念だった。しかし、かくもひんぴんと、かくも不意を打って押し寄せる追憶に向き合うには、ただ書くことによるしかないこともまた確かである。封印されたままであれば、記憶は時とともにしだいに重くなりまさり、いつかわたしがその重みに押しつぶされてしまうのは必定だろう。記憶は幾歳月もわたしたちの身内にあって眠り、ひそかに増殖を続け、いつかほんの些細なきっかけで呼び覚まされて、奇妙な方法でわたしたちを生に対する盲（めしい）にするのだ。思い起こし、その追想を文字にして書きとどめることを、わたしは幾たび卑しむべき、根っからの呪わしい行いだと感じたことか！　だが、追想なくしてなんのわれわれだろう。追想なくしては単純な考えひとつ整理できない。とびきり繊細な心であれ、人に心を寄せるすべを知らなくなろう。われわれの存在は意味を失った瞬間瞬間のはてない連鎖になるばかりで、過去の痕跡はどこにもない。われわれの生の、なんと哀れであることか！　かくもよしない妄念に満たされ、かくもはかなく、われわれの記憶が放つキマイラの影以外の何者でもないといってよいほどだ。疎隔の思いは年々怖ろしいほどに強くなる。きのうハイドパークを歩いていたとき、華やかな人群れにまじって、自分が言いようもなく惨めな除け者であるように感じた。遠いところから眺めるかのようにわたしは美しく若いイギリス女性たちを見やった。ありし日、わたしが抱擁のさいに感じたとおなじ憧れに満ちたとまどいを浮かべた人たちを。だが今日、わたしは自分の作物からほとんど顔を上げずにいる。ほとんど不可視の存在になり、いわばすでに死者のひとりとなった。すでにあとにしたも等しいこの世がこよなき神秘に包まれているのは、この見晴し台より眺めているせいであろうか。

シャーロット・アイヴズとの出会いの物語は、何千頁にもわたるシャトーブリアンの回想録のささやかな一断片にすぎない。おのれのたましいの深淵に測鉛を垂らしてみたいという願望が心裡にはじめてきざすのは、一八〇六年のローマでのことである。一八一一年にこの企図に本格的に着手して以降、栄光と苦悶の双方に満ちた人生の状況のゆるすかぎりひたすらに書きつづけて、回想録はとみに膨大になっていった。私的な感情や想念が繰りひろげられる背景には、時代の激動があった。フランス革命、恐怖政治、亡命、ナポレオンの興隆と没落、王政復古、七月革命、それらのできごとが入れ替わり立ち替わり、世界劇場の舞台にかかった終わりのない芝居、特権階級のみならず、無名の民衆をも苦難に巻き込んだ芝居の中に登場する。場面は目まぐるしく変転する。回想録の読者は、船の甲板からヴァージニアの海岸を眺め、グリニッジの海軍造兵廠をおとずれ、モスクワ炎上の凄まじい絵図に驚嘆し、ボヘミアの温泉地の施設をそぞろ歩き、ティヨンヴィルの砲撃に立ち会う。何千の軍勢に占領された城塞のぎざぎざの鋸壁を松明の光がイルミネーションのように照らし出し、火花をふりまいて飛ぶ砲弾の弾道が暗闇に交錯し、あるいは砲声が耳に届くその前に、ぎらぎらした閃光が雲の量塊を越えてその上の蒼天を一瞬照らし出す。ときには数秒のあいだ、戦闘の音が死んだようにぴたりと止む。だがつぎの瞬間、太鼓が打ち鳴り、ラッパが響き、骨の髄まで滲みるような、破裂ぎりぎりまで張りつめた震える声ががなるのが聞こえてくる。歩哨（サンティ）よ、気をつけろ（ル・ブルネ・ギャルド・ア・ヴー）！　想起という作業全体のなかでも、戦場の光景や作戦の展開のこのような生彩に富んだ描写は、ひとつの禍い（わざわ）からべつの禍いへとよろめいていく歴史の、いわばハイライトをなしている。その場に居合わせ、その眼がかつて見たものをいまひとたび甦らせる年代記の書き手は、わが身を切り刻みつつ、自分の経験をみずからの身体に書き記すのだ。こうして、書くことによって天意が人に下す運命の殉難者の一典型となった彼は、生きながらすでに泉下にあったのであり、回想録はその墓なのである。過去を取り戻すこの行為の終わるのが救いの日であることは、はじめから定まっていた。シャトーブリアンの場合は、一八四八年六月四日である。この日、ド・バック通りの館の一階で、死が彼の手から筆を奪った。コンブール、レンヌ、ブレスト、サン・マロ、フィラデルフィア、ニューヨーク、ボストン、ブリュッセル、ジャージー島、ロンドン、ベクルズ、バンゲイ、ミラノ、ヴェローナ、ヴェネツィア、ローマ、ナポリ、ウィーン、ベルリン、ポツダム、コンスタンチノープル、エルサレム、ヌーシャテル、ローザンヌ、バーゼル、ウルム、ヴァルトミュンヘン、テプリス、カールスバート、プラハ、ピルゼン、バンベルク、ヴュルツブルク、カイザースラウテルン、その合間にたえず入ってくるヴェルサイユ、シャンティユ、フォンテンブロー、ランブイエ、ヴィシー、パリ――これらの地は、いま終わりにたどり着いた旅の宿（ステーション）りのわずかな例にすぎない。旅路のはじまりはコンブールの幼年時代であったが、手記におけるそのくだりは、はじめて読んで以来、私にとって忘れがたいものとなった。フランソワ・ルネ・シャトーブリアンは、十人きょうだいの末っ子で、うち上の四人は生後わずか数か月の命だった。下の子どもたちはジャン＝バティスト、マリアンヌ、ベニーニュ、ジュリー、リュシルと洗礼名をさずけられた。四人の姉はいずれもたぐい稀に美しく、なかでものちフランス革命の嵐のなかで命を落とすジュリー、リュシルの両人は際立っていた。シャトーブリアンの一家は、召使い数人とともに人里を遠く離れたコンブールの、中世の騎士団が宏壮な部屋部屋や廊下で迷子にでもなっていそうな領主屋敷で暮らしていた。ド・モンルェ侯爵、ド・ゴワヨン＝ボーフォール伯爵といった近隣のいくたりかの貴族をのぞいては、城館を訪う者もなかった。わけても冬は、とシャトーブリアンは記している、旅人であれ、よそ者であれ、だれひとり城館の門を叩く者がないまま何か月も過ぎることが多かった。ヒースの野の物悲しさよりも、ひっそり閑とした屋敷にただよう物悲しさははるかに深かった。丸天井の下を歩くと、カルトゥジオ派の僧院に踏み入ったときにも似た心持ちに駆られた。八時にはきまって夕餉の鐘が打った。夕餉が終わると、わたしたちはなお何時間かを暖炉のそばで過ごした。風が煙突の中でむせび声を立て、母はソファでため息をつき、食事どき以外座っている姿を見かけたことのない父は、就寝の時刻が来るまで、だだっ広い広間をひっきりなしに歩き回っていた。きまって白いもじゃもじゃの毛のローブをはおり、おなじ地の帽子を頭にかぶっていた。ちろちろ燃える暖炉の火と蠟燭一本のみに照らされた広間の中央から父が離れると、たちまちその姿は暗く翳っていって、やがて闇にすっかり呑み込まれ、そうすると足音だけが響いてきて、また闇からふっとあらわれたところは、恰好が恰好だけに幽霊そこのけだった。夏のころは、夕闇の降りる時分に館の前の表階段にみんなしてよく腰を下ろしたものだった。父が猟銃で飛び立つ梟を撃ち、わたしたち子どもは母といっしょに森のくろぐろとした梢を見やり、空を仰いで、星がひとつまたひとつと輝きだしてくるのを眺めた。十七歳のとき、とシャトーブリアンは書いている、わたしはコンブールを去った。ある日父が、これからは自分の道を行け、とわたしに告げたのである。ナヴァール連隊に入りなさい、あした家を発って、レンヌからカンブレーに向かうように。ここにルイ金貨で百枚ある、と父は言った。無駄遣いをするな、そなたの名を辱めることをけっしてしてはならぬ。わたしが家を出た当時、すでに父は進行性の麻痺を病んでいて、結局それが命取りになった。左腕がしじゅうビクビクと痙攣していて、右手で押さえていなければならなかった。わたしに自分の古い剣を手渡したあと、緑陰の庭ですでに待機していた一頭立て幌馬車（キャブリオレ）の前にわたしと並んで立った。馬車は養魚池のかたわらを通っていった。わたしは水車小屋のある小川がきらきらと輝き、葦原を燕が行き交うのをいまひとたび眺めた。それから前を向いた。眼前に開けてきた、はるかな広野を。

　イルケショール・セントマーガレットからバンゲイまでに一時間、バンゲイからウェイヴェニー流域の湿地帯を抜けて、川向こうのディチンガムまでたどり着くのに、さらに一時間がかかった。遠方からでもすでに、北から低地へかなりの傾斜で落ちかかっている丘の麓の野原のはしに、ぽつんとひとつきり建っているディチンガム・ロッジの館がみとめられた。シャーロット・アイヴズがサットン提督と結婚して移り住み、長らく暮らした屋敷である。近寄ってみると、窓ガラスに陽光がきらめいていた。白いエプロンをした女性が——なんという珍しい眺めだろう、と私は思った——二本の柱に支えられた表柱廊に姿をあ

らわして、庭を跳びまわっていた黒い犬を呼んだ。ほかに人の姿はどこにもなかった。私は丘陵を登って本道に上がり、刈り入れのすんだ畑を突っ切って、ディチンガムの村はずれにある教会墓地におもむいた。シャーロットの二子息のうちの長兄、ボンベイで運だめしをしようとした、あの長兄が埋葬されているところである。墓碑はこう刻んでいた。〈一八五〇年二月三日　サミュエル・アイヴズ・サットン　この下に眠る　サットン少将の長兄にして先の第一砲兵大隊第六十ライフル部隊長、名誉少佐にして参謀将校〉。サミュエル・サットンの墓のとなりには、やはり重たい石板を組み、天辺に壺を飾ったさらに印象的な墓碑があった。まっさきに目についたのは、側面の石板の上縁沿いに、丸い穴が点々と開いていたことだった。子どものころ黄金虫を捕まえ、餌になる葉を入れて箱の中に閉じこめたときに蓋に開けた空気穴のことが、なんとなしに思い起こされた。ひょっとしたら、と私は思った、この死の棲み処に囚われた女性がもしやいまひとたび吸気を望んだときのためにと、心こまやかな遺族のだれかが穴を開けてやったのではないだろうか。そんな心遣いを受けた婦人の名前はセアラ・キャメル、一七九九年十月二十六日没の人だった。ディチン

ガムの医師の妻として、アイヴズ家とは旧知の間柄にあったとしてもおかしくはないし、そうすればおそらく埋葬にシャーロットが両親とともに立ち会ったことだろう。ことによればその後の弔いの会で、ハンマークラヴィアーでパヴァーヌを演奏さえしたかもしれない。当時セアラやシャーロットを取り巻いていた人々の高邁な心情は、妻の死後四十年近く生きたキャメル医師が、薄灰色の墓石の南面に刻ませた墓碑銘から、いまなお読み取ることができる。

志操に堅く
信仰のつとめに揺るぎなく
その生は美徳のやすらぎを呈した
その慎み深さ
挙措と心ばえの控えめな気品
誠実（まこと）と慈愛にあふれた心は
つねに誉れ高く　親愛をよび
人の信をかちえ　周囲（まわり）を幸福にした

ディチンガムの墓地は、サフォーク州をめぐる私の徒歩行のほぼ最後の宿り（ステーション）であった。陽はすでに西に傾いていた。私はそこで丘を上がってふたたび本道に戻り、ノリッジの方角にしばらく歩いて、ヘデナムにあるマーメイド・バーまで行くことにした。やがて店が開くことだろう。そこから家に電話して、車で迎えに来てもらえばいい。通っていく道はディチンガム・ホールのかたわらを抜けていくのだが、これは一七〇〇年前後に建てられた藤紫色の美しい煉瓦の屋敷で、めずらしいことに暗緑色の鎧戸がついている。本道からはかなり奥まったS字状の池の上方にあって、四方をひろびろした風景式庭園に取り巻かれていた。マーメイド・バーでクララを待つうちに、ふと、ディチンガム・ホールの風景式庭園が完成したころ、シャトーブリアンはサフォークに滞在していたのではなかったかと気がついた。眼に心地よい、境界のない風景に囲まれているような錯覚を支配階級のエリートたちにあたえるディチンガムのような風景式庭園は、十八世紀の後半になってようやく流行をみたものである。計画から完成まで、造園には二十年から三十年を要することも稀ではなかった。土地を確保するためには、もともとの所有地に土地をあちこち買い足すなり、交換するなりしなければならず、また人跡をまったく消し去った自然を一望のもとに屋敷から眺めることができるように、道路や農場、ときには一村落がごっそり他所に移されることもあった。おなじ理由から境界の柵は取り払われて、代わりに草を生やした幅の広い掘り割り、いわゆる隠れ垣(ハーハ)が造られたが、そのためだけに必要とされる労働は何千時間にものぼった。むろん、土地のみならず周辺村落の生活まで大きく変えるこうした計画が、いつも摩擦なしに進められたわけでない。たとえば当時、ディチンガム・ホールの現当主フェラーズ伯の先祖が管理人のひとりとぶつかり、よほど腹に据えかねたのか、その場で管理人を射殺してしまった、という事件が記録に残されている。当主は貴族院で死刑判決を受け、絹紐による絞首によってロンドンで公開処刑された。――風景式庭園を造る場合にもっとも費用が少なくてすんだのは、樹木を少数まとめて植えておき、そこに見栄えのする樹を何本か配置する方法だったと思われる。それでもあらかじめ全体の構想にふさわしくない森の一部を伐採したり、みっともない藪や低木を焼き払ったりすることはしばしばおこなわれた。今日ほとんどの庭園において、当時植栽された樹木はそのうち三分の一ほどしか残っておらず、さらに老化をはじめさまざまな原因で年々枯死が進んでいるところからすると、やがて遠からぬ日、私たちは十八世紀末に大きな領主屋敷が建っていたころのがらんとした風景に想像を馳せ得るようなことになるかもしれない。こうした空虚な空間に投影される理想の自然を、シャトーブリアンもまた後年、ささやかな規模ながらみずから実現しようとした。一八〇七年、コンスタンチノープルとエルサレムへの長旅から戻り、オルネー村からほど近いルー谷に、木深い丘と丘のあいだに隠れるようにしてあった家を購ったのである。回想録を書きはじめたのもそこであった。冒頭に、自分が植え、一本一本手ずから世話をしている樹々のことを書き記している。いまは、と彼は書く、これらの樹々はまだ小さく、わたしが樹々と太陽のあいだに立って影をつくってやっているほどである。だがいつか大きく生育した暁には、これらがわたしに影を投げ返し、若樹のころわたしが護ったとおなじように、老いらくのわが日々を護ってくれることだろう。わたしは樹々に結ばれているのを感じる。樹々に捧げてソネットや哀歌や頌歌を書く。一本一本が子どものように、どの樹の名前も知っている。願わくはただ、いつかこれらのもとで死ぬことのみ。——次頁の写真は、十年ほど前にディチンガムで撮ったものである。土曜日の昼下がりで、領主屋敷がチャリティのために一般の観覧に開放されたときだった。以後に起こったよからぬことどもをまだ知らない私がもたれているレバノン杉は、庭園造成のおりに植樹

されたものであるが、先述のように他の多くはとうに姿を消してしまっている。七〇年代の半ば過ぎから立木の減少は急激に進み、とりわけイギリスによく見られる種は激減し、ある樹にいたっては絶滅に近い状態になった。一九七五年、南岸から拡がってきた楡の木の立ち枯れ病がノーフォーク州に達し、それからふた夏か三夏を数えるうちに、生きた楡の木は近隣に一本もなくなってしまったのである。わが家の庭の池に緑陰をなしてくれていた六本の楡も、一九七八年六月、まぶしい若緑の葉を最後にひろげてからわずか数週間後に枯れ死んだ。並木道の地下でもつれあう根からウィルスが侵入して信じがたい速度で拡がり、毛細管の狭窄を引き起こすために、樹木はあっという間に水涸れを起こして死に至る。一

本立ちの樹すら、病気を媒介する虫がぴたりと居所をさぐってしまう。かつて私が眼にした樹木でことのほか見事だったものに、わが家からさほど遠くない見晴らしのよい野原に一本きり立つ、樹齢二百年近い楡の樹があった。樹の占める空間はまことに膨大だった。いまもなお瞼に浮かんでくるが、あたりの楡がほとんど病気に斃れたときにも、この樹だけは細かい刻み目の入ったいくぶん左右不揃いな葉を数かぎりなく風にそよがせていて、樹種をそっくり滅ぼし去った疫病も、この樹ばかりは跡もなく通り過ぎていったかと思ったものである。だがまた浮かんでくるのだ、それから二週間たらずのうちに、息災だったはずの葉が褐色に縮れ、秋の到来を待たずに粉々になって散っていったことを。時をおなじくして、梣（とねりこ）の樹冠が徐々にまばらになり、楢（オーク）が葉を減らし、珍妙な突然変異を示すのが眼につくようになった。樹自体が堅い幹からじかに葉を出しはじめ、石のように堅くていびつな形をした、粘液に覆われた団栗を夏のうちから大

量に落とすようになったのである。それまでなんとか保ってきた橅も、旱の夏が数年つづくうちに巻き添えを食らった。葉はつねの半分の大きさしかなく、実はほぼ例外なくからになった。草原ではポプラが矢継ぎ早に枯れた。死んだ樹々のうち、あるものは立ち枯れたままになり、あるものは草っ原に倒れて、風雨に白く晒されていった。そして極めつけに一九八七年秋、嵐がこの地方を吹き荒れたのである。未曾有の嵐であって、低木を除いても推計一千四百万本の成木が犠牲になった。十月十六日から十七日にかけての夜半である。嵐は前触れもなくビスケー湾からフランスの海岸沿いを西進し、ドーヴァー海峡を越えてイギリスの南東部を通り、北海に吹き抜けた。午前三時ごろに目が覚めた。風の音がしだいに大きくなったからというよりは、寝室が異様に生暖かく、気圧が上昇しているのを感じたのである。経験したことのあるほかの熱帯性のハリケーンと違って、その嵐は強烈な突風というよりは、おなじ強さの風がたえまなく、しかも徐々に激しさを増しながら吹いていた。私は窓辺に立って、風圧でいまにも割れんばかりのガラス窓から庭の奥手をのぞき込んだ。隣のビショップス・パークの大樹の樹冠が、真っ黒な水流に洗われる水草さながらに風にしなり、梳られている。白雲が闇夜を走り、不気味な火花がしきりと空を照らす。後で知ったのだが、それは高圧線が相互に接触して散らした火花だった。それからどうもしばらく私は外を見ていなかったらしい。ともかく記憶にあるのは、あらためて外を見たときに、わが眼を疑ったことだった。つい先刻まで吹きすさぶ風が樹々の黒い塊を膨らませていたところが、ただ薄ぼんやりとした、がらんどうの地平線になっていたのである。まるでだれかの手で幕が引き開けられたところ、姿形のない、冥界の入り口の光景があらわれたかのようだった。夜の公園に広がるただならぬ明るみに気づいたつぎの瞬間、そこが壊滅していることを知った。とはいえ、身の毛のよだつようながらんどうの空間が出現したのは、なにかべつの理由があるのではないかという思いもあった。烈風が吹き荒れているあいだ、伐採でおなじみのあのメリメリという木の倒れる音がまったくしなかったからである。のちに納得されたことだったが、最後まで根にしっかり支えられていた樹々は徐々にしか倒れていかず、そうやって少しずつゆっくりと倒れる場合には、絡み合った樹冠は破砕されないので、無傷に近い状態に保たれたのだった。そうして森全体が、穀物畑さながらに倒伏したのである。私が意を決して公園へ出て行ったのは、嵐がいくらかおさまった夜明け方だった。喉が押しひしがれたまま、荒廃のまっただ中にいつまでも立ちつくした。風洞に入っているかと思うほど、季節のわりに温かすぎる風が強い力で吹きつける。庭園の北縁沿いの散歩道の両側を縁取っていた樹齢百年超の並木は、卒倒でもしたかのように一本残らず地面に倒れ、それら楢や桍やプラタナスや橅や菩提樹などの巨木の下敷きになって、黒檜(くろべ)や櫟(いちい)、榛(はしばみ)や月桂樹の藪、柊(ひいらぎ)や石楠花(しゃくなげ)など、木陰に繁っていた低木の類がみごとに押しつぶされていた。太陽が燦然と輝きながら昇ってきた。風はそれからもしばらく吹いていたが、やがてふいにぴたりと止んだ。動くものはなかった。ただ藪や木立に巣を作っていた鳥たちだけが、今年は秋まで緑を保っていた枝葉のまわりで狼狽(うろた)えたように飛び回っていた。嵐の去った翌日をどうやって堪えたのかすでに記憶にないが、ただいまも甦ってくるのは、われとわが眼で見たものをどうしても信じられずに、真夜中にもう一度公園を歩いたことである。地域一帯が停電していたために、あたりは深い闇に包まれていた。人間の棲み処や行路のどんな弱い反照も、空を曇らせてはいなかった。かわりに星が出ていた。子どものころアルプスで、あるいは夢裡の砂漠でしか見たことがないような壮麗さだった。北天の高みから、樹々がかつて視野を遮っていた南天の地平まで、燦然ときらめく星座が満天にあった。北斗七星、竜の尾、牡牛の三角形、プレアデス、白鳥、ペガサス、海豚。昔日と変わらず、いや私の眼にはむしろいっそう美しく、星辰は天を廻っていた。——嵐の去ったあとのきららかな夜が音ひとつなかったのに比し、冬の数か月は鋸の音が耳をつんざいた。三月に入るまで、四、五人の作業員が太枝を切り、ごみを燃やし、樹幹を車に載せて運び去る仕事にかかずらっていた。しまいにはショベルカーが巨大な穴を掘り、車一台分の大きさもあるような根っこをそこに落とし込んだ。前年に羊歯や苔の絨毯のあいだからクリスマスローズや菫やアネモネが顔を出していた林床は、いまは重たい粘土の層に覆われていた。ただ雑草だけが、いかばかりのうちその種子を地中で眠らせていたのだろうか、干せてひびの入った地面から芽を吹いた。遮るものがなくなって、陽光の直射があっという間に日陰の植物を滅ぼし去り、私たちは日がたてばたつほど、ステップ地帯のはずれにでも住んでいるかのごとき心地になっていった。つい先だってまで、夜明けとともに寝室の窓を閉めずにはいられないほど数々の鳥がにぎやかにさえずり、昼前には牧草地に雲雀が揚がり、夕暮れには藪に小夜啼鳥の歌声すら聞こえていたのに、いま、生きた音はことりともしないのだった。

MUSÆUM CLAUSUM
or
Bibliotheca Abscondita

10

トマス・ブラウンは種々雑多な書き物を遺した。実用園芸や観賞用園芸について、ノーフォーク州ブランプトンで見つかった骨壺について、人工丘陵の造成について、預言者や福音史家が言及している植物について、アイスランドについて、古ザクセン語について、デルポイの神託について、救世主が食した魚について、昆虫の習性について、鷹狩りについて、老人性の食欲異常亢進の事例についてなどのほかに、いまひとつ、

閉ざされし博物館
または
珍宝奇物録

と題された、一風変わった書籍、図像、古物その他、奇天烈な品々の目録がある。そこに挙げられたもののいくつかは、ブラウンみずからが蒐集した珍宝のコレクションに実際にあった品であると考えられるが、おおかたは純然たる空想上の、ブラウンの脳裡にのみ実在し、ただ紙に記した文字を通じてのみ手の届く宝蔵の品々であった。だれとも知れぬ読者に対するみじかい序言において、ブラウンがイタリアのアルドロヴァンディ博物館、カルケオラリアヌム博物館、カーザ・アッベリッタ、皇帝ルドルフ二世のプラ

ハとウィーンの宝物蔵に列記しているこの『閉ざされし博物館（ムサエウム・クラウスム）』は、たとえば次のような珍書奇籍を含んでいる。バイエルン公歴代の蔵書であったという思考の投げる影について認（したた）めたソロモン王の論述、学殖豊かな十七世紀の二女性、スダンのモリネアとユトレヒトのマリア・スヒュールマンのあいだで交わされたヘブライ語の書簡集、いまだかつて人の眼に触れたことのない種々さまざまな海草・珊瑚・水生羊歯の数々など海嶺海谷に生育する海生植物、暖流に洗われる植物群落、貿易風によって大陸から大陸へ漂っていく植物の島などが詳述図解された海中植物大要。ブラウンの幻想図書館にはさらに、世界旅行者マルセイユのピュテアスによる報告断片――トゥーレのさらに北方、極北の地の空気は濃縮されてゼリー状になっており、あたかも水母（くらげ）のようである、とする、ストラボンによっても引用された記述――や、トミスに配流されたオウィディウスがゲタイ語で書いた（リトンインザ・ジエティクランゲイジ・デュアリングヒズエグザイル・イントモス）、所在不明とされていた詩――蠟引きの布に包まれたその詩はハンガリー国境サバリアで見つかったが、まさにこの町こそ、伝承によるなら恩赦あるいはアウグストゥス帝の死によってオウィディウスが黒海沿岸の流刑地トミスから戻る途上に亡くなったとされる町であった――が含まれている。絵画の部では種々の珍品にならんで、暑気を避けて夜中に開かれるアラビアはアルマハラの市（いち）を描いた白墨画、凍結したドナウの河面におけるラジゲス族とローマ軍の戦闘図、プロヴァンスの沖、地中海の海底に広がる大平原の幻視図、ウィーン攻囲にあたる馬上のスレイマーン大帝とその後景に純白の幕舎群が地平線まで続く図絵、海象（せいうち）や熊や狐や野鳥を載せたまま海を漂流する氷山の海景画、観る者に供すべく図解されたおぞましい処刑図の数々――ペルシアの処刑法〈うつろ舟〉やトルコでよく見られた生身の身体寸断刑、トラキアの絞首の宴、トマーゾ・ミナドイが詳述するところの肩胛骨のあいだから剝ぎはじめる皮剝刑——など。自然と反自然のあわいに位置するものとして、イギリス貴婦人の肖像画もある。黒人風（アル・ネグロ）というべきか、エジプト的な顔色によって描かれたその肖像画は、生まれ持った蒼白な肌色よりも黒味によって美しさの度をはるかに増している、とブラウンは述べ、忘れがたい一句をこうつけ加えている——されどわれは夜よりも黒き女人を求む（セッド・クアンダム・ヴォロー・ノクテー・ニグローレム）、と。こうした驚嘆すべき図籍のほか、『閉ざされし博物館』にはメダルやコイン、禿鷲の頭から出てきた宝石、蛙の大腿骨で巧みに作った十字架、駝鳥と蜂鳥の卵、色鮮やかな鸚哥（いんこ）の羽根、壊血病の特効薬なる干しホンダワラの粉、東インド諸島で用いられる憂鬱の病に効くカチュンデの高濃縮エキス（ハイリーマグニファイド・エクストラクト・オブカチュンデ・エンブロイド・インザイーストインディーズ・アゲンストメランコリー）、大気中の塩分から抽出したエキスを密封したガラス瓶で、昼光でたやすく揮発するため、冬期か、そうでなければボロニア石か石榴石（ざくろ）の放つ微光のもとでしか眺めてはならないものなどがある。これらすべてが自然科学者にして医師トマス・ブラウンの稀覯品目録に挙げられたものであり、ほかにも枚挙にいとまはないが、ここではこれ以上の紹介をやめ、あとひとつだけ、旅杖として使われた一本の竹の棒について述べておこう。東ローマ帝国ユスティニアヌス帝の時代、養蚕の秘密をさぐろうとして長く中国に滞在していたペルシアの托鉢修道士ふたりが、この一本の竹の内部に蚕の卵をしのばせ、首尾よく帝国の国境を越えて、はじめて西洋に蚕をもたらしたというのである。

白い実のなる桑の木で育つ蚕蛾（かいこが）、*Bombyx mori* は、鱗翅目カイコガ科に属す。カイコガ科とヤママユガ科には蛾のなかでもきわだって美しいものがいる。大オコジョ *Harpyia vinula*、孔雀の眼 *Bombyx Atlas*、尼僧 *Liparis Monacha*、帯蛾あるいは熊四手蛾 *Saturnia carpini*。蚕蛾の成虫（図29の23番）はしか

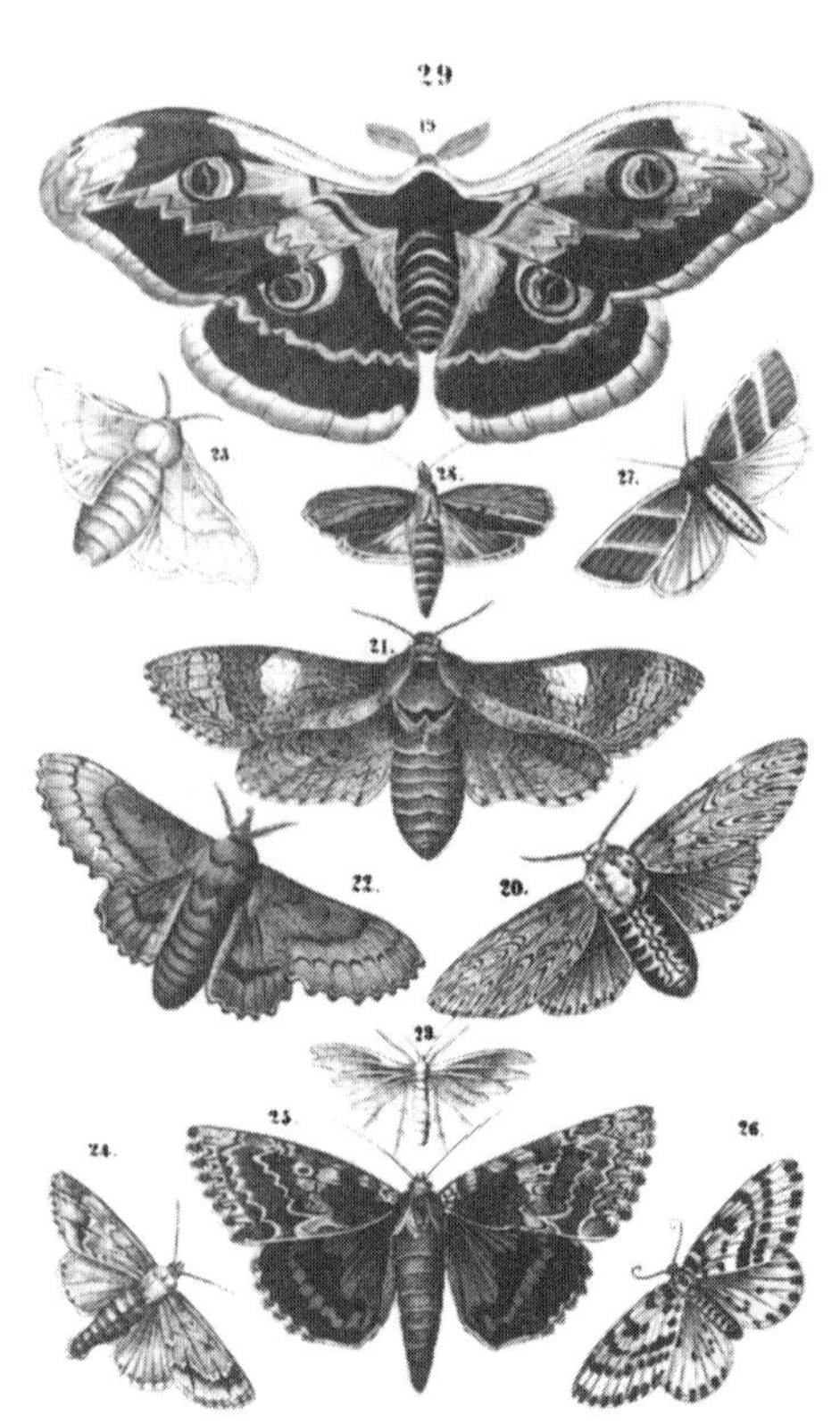

しいたって見栄えのしない蛾であって、両の羽根をひらいてもせいぜい横一インチ半、縦一インチにしかならない。羽根の色は灰白で、薄い茶色の縞があり、眼を凝らさないとよく分からない半月形の紋がついている。この成虫の仕事はただひとつ、生殖のみ。雄は交尾後ほどなく死ぬ。雌は数日間にわたって三百から五百個の卵を産んだのちにやはり絶命する。卵から孵化した幼虫は、一八四四年刊の百科事典の記述にしたがうなら、この世に踏み出すにあたって黒いビロード様の毛皮を身にまとっている。わずか六、七週間という短い生のあいだに四度眠りにつき、そのつど古い皮を脱ぎ捨てて新しい姿をとり、より白く、より艶やかに、より大きく、つまりますます美しくなりまさって、しまいにはほとんど透明になる。最後の脱皮から数日すると頸部に赤みがさすが、これが変身の時期の迫ったしるしである。幼虫は食餌をとらなくなり、しきりとあたりを這い回って高いところを探し、あ

たかも低い地上をさげすむかのように天を指して上っていって、ここぞという場所が見つかると、体内で作られる樹脂様の液から繭を紡ぎはじめる。エチルアルコールで殺した幼虫を背筋に沿って切開してみると、細い管がびっしりと絡み合った腸のような束が見つかる。その先端が口の付近にある小さなふたつの孔につながり、そこから先述の液が流れ出すのである。営みの初日、幼虫は繭作りの足場になるように四方に広がった乱雑でまとまりのない網の目を作る。しかるのち、しきりに頭を振りながら、切れ目のない、一千フィート長近い糸を繰り出して、体の周辺に卵形の覆いをこしらえる。空気も水も通さないこの棲み処の中で、幼虫は最後の脱皮をして蛹(さなぎ)になる。蛹の状態がおよそ二週間から三週間つづいたのち、先述の蛾が中から這い出してくる。——蚕蛾の祖国は、餌になる白桑の自生するアジアの諸国であろう。彼らはそこでは自分の力によって野外で生きていた。だがこれを利用できると見た人間が、その庇護下に置いたのである。中国の史書によると、西暦の始まりを遡ることさらに二千七百年の昔、治政百有余年を数え、臣民に車や船や挽き割り機の製法を教えたという黄帝が、正妃の西陵氏を動かして、蚕に意を注いで利用の工夫をこらし、以て民の幸福を増大させるようにした。そこで妃の西陵氏が宮殿の庭にあった樹から蚕の幼虫を捕ってきて、王宮の間で手ずから世話をしたところ、天敵から護られたうえ春につきものの天候不順にも悩まされなくなった蚕は、おおいに繁殖をみた。これがのちに言う養蚕のはじまりであって、爾後、製糸、製織、絹布の刺繡は歴代の皇帝妃の第一の仕事となり、以て妃らの手からよろずの女性の手へと受け継がれたのだった。養蚕と絹の加工は、わずか数世代のうちに時の権力者により考え得るあらゆる手だてによって奨励されて著しく発展をとげ、中国の名は絹の国、無尽蔵の絹の富の国として知れわたった。絹商人たちは絹を積んだ隊商を組んで、広大なアジアの端から端を歩き、その旅は東シナ海から地中海の沿岸まで、二百四十日を要した。この遠大な距離のため、また養蚕の知識と手段を国外にひろめると残酷な刑罰が待っていたため、先述のふたりの僧が中空の旅杖にひそませて蚕を東ローマ帝国にもたらすまでは、絹の生産は何千年ものあいだ中国の域内に限られていた。やがてギリシアの宮廷とエーゲ海の島々で養蚕が営まれるようになり、それからさらに一千年、この人工的な飼育方法はシチリア、ナポリを経由して、イタリア北部、すなわちピエモンテやサヴォイアやロンバルディに達し、やがてジェノヴァとミラノがヨーロッパの絹生産の中心地として栄えるようになった。養蚕の技術は半世紀を経ずして北イタリアからフランスに伝播したが、これは今日なおフランス農業の父と呼ばれるオリヴィエ・ド・セールの功績に依るところが大きい。セールが土地所有者のために著した手引き書は、一六〇〇年に『農業の舞台と農場経営』のタイトルで公刊されてまたたくまに十三版を重ね、これに感銘を受けた国王アンリ四世はド・セールに数々の恩賞と恩典をあたえたうえ、パリに招聘して、ド・セールを宰相兼財務大臣シュリーとならぶ第一顧問につけた。おのれの所領の管理を他人にゆだねることを嫌ったド・セールは、職務を受け入れるに対しひとつの条件を出した。フランスに養蚕を導入してほしい、そのためにまず全国の宮殿庭園にある野生の樹木を一本のこらず伐採して、その跡地に桑を植える許可を出していただきたいというのである。国王はド・セールの計画に眼を輝かせたが、実現のためには、つねづね信頼の厚い宰相シュリーの反対を押し切らねばならなかった。本心からとてつもない浪費と判断したのか、あるいはまんざら杞憂でもなかったろうがド・セールにライバルの出現をみたのか、シュリーはともかく養蚕計画に反対していたのである。

マクシミリアン・ド・ベテューヌ、シュリー公爵が君主に呈した諫言は、その回想録の第十六巻にまとめられている。数年前、ノリッジ北部にある田舎町エイルシャムで催されたオークションで、私はリエージュのア・ラ・クロワドール、F・J・デズール書店刊、一七八八年の美しい版を数シリングで入手したのだが、以来、この書物は私がもっとも好んで読むもののひとつになった。シュリーは開口一番、フランスの気候は養蚕には向いていない、と断じる。

MÉMOIRES

DE SULLY.

LIVRE SEIZIÈME.

IL ne s'agissoit plus que de donner une dernière forme aux conventions qui ve- 1603.

春の到来が遅すぎ、またたとえ春になっても草原から立ち昇る、ないしは草原に降りる湿気が多すぎるのがつねである。いかんともしがたいこの不都合な条件だけでも、もともと孵化しにくい蚕蛾、および芽出しから若葉をつけるころに温順な気候を必要とする桑の木にはゆゆしい悪影響をあたえる。しかしながらこの根本的な条件を斟酌するまでもなく、まず危惧すべきことがある、とシュリーは続ける、すなわちフランスの田園生活における労働は、よほどの怠け者でもないかぎり何人（なんぴと）にも不要な暇をあたえていない。よって実際に養蚕を大々的に導入すれば、農民の労働力は従来の日々の仕事、つまり確実で豊かな実入りから遠ざけられて、いかなる意味でも怪しげな事業に投入せざるを得なくなる。むろん、生活の基盤を切り替える農民はたちどころに出てくるにちがいない、なんとなれば、つらく厳しい仕事ではなく、ほとんど労力を要しない養蚕のような仕事につくことを望まない者がどこにいようか。だがまさにそこにこそ、フランスに養蚕を普及してはならない最大の理由があるのだ、とシュリーは言葉たくみに軍人王に説きつける。優秀なマスケット銃兵や騎兵をつねに輩出してきた農民層が事実上婦女子にも可能な仕事に就いたりすれば、陛下おんみずからが、とシュリーは書く、国家の安寧のために不可欠とお考えである力強い精神が失われかねず、またこれに伴って、軍務遂行に必要な後裔も遠からず絶えてしまうおそれがある、と。養蚕が招来する農民の退廃にならんで、さらに奢侈による都市市民層の堕落も起こり、その結果、怠惰、軟弱、好色、浪費が進行するであろう。フランスにおいてはそれでなくとも華美壮麗な庭園や宮殿、高価な調度、黄金の装飾に陶磁の食器、馬車、宴会、酒、香水に多額の金が投じられているのだ、いや公職すら高額で取引され、適齢期に達した上流階級の淑女たちが、最も金払いのよい者に競り落とされていく始末である。養蚕を全国に導入して社会全体の徳性の退廃に拍車をかけることは、とシュリーは書く、わが王には如何あっても避けていただきたい、いまこそ質素倹約の徳に思いを致すべきであろう。宰相の諫言にもかかわらず、フランスにおける養蚕は十年で確立した。ひとつの大きな要因は、一五九八年にナントの勅令が発せられて、それまで激しい迫害にさらされていたユグノー派の人々が少なくともある程度は容認され、祖国フランスに留まれるようになったためである。養蚕の導入に重大な役割を果たすことになったのがこの人々だった。——王室の庇護をうけた養蚕は、イギリスでも、フランスの例に触発されてほとんど同時期にはじまった。ジェームズ一世は、現在バッキンガム宮殿が建っているあたりに数エーカーにわたる桑畑を造成させ、エセックスのお気に入りの土地シオボールズにみずから蚕室を造って、蚕を飼育させた。勤勉な生き物へのジェームズ一世の関心は並々ならぬもので、何時間という時間を費やして蚕の習性と欲求を研究し、国内行幸のおりには、専従の召使いが世話をする王室蚕がぎっしりはいった巨大な容器を持ち運ばせるほどだった。ジェームズ一世は比較的降雨量の少ないイギリス東部に一万本超の桑を植えさせ、これらの政策によって、産業の重要な基盤を築いた。部門は十八世紀初頭に最盛期を迎えるが、これはのちのフランスでルイ十四世がナントの勅令を廃止したあと、五万人を超えるユグノー教徒が難民としてイギリスに渡り、そのうち蚕の飼育、絹製品の製造に通じた人々、職人、ルフェーヴル家やティレット家、ド・アーグ家、マルティノー家、コリュンビーヌ家などの商家が、ノリッジに定住した時代である。ノリッジは当時ロンドンに次ぐイギリス第二の都市で、十六世紀初頭にはすでに五千人を数えるフラマン人やヴァロン人の織工たちの移民街があった。それから二世代を経ぬ一七五〇年までに、ノリッジのユグノー教徒織工の名手たちは、イギリスきっての富裕で有力な、かつ教養をそなえた実業家層にのし上がっていた。当時は工場にせよ納入業者にせよ、夜を昼についだ、想像にあまりある忙しさであって、近ごろ私がひもといたイギリス絹製造業史によるところでは、冬の宵、まっ暗な空の下を遠方からノリッジに近づいてくる旅人がいたならば、夜が更けてなお仕事場の窓から煌々と差している明かりで町全体が輝いていることに、驚きを禁じ得なかったという。光の増大と労働の増大は、つねに手を携えて発展してきたのだ。われわれの眼差しが町とその周辺を覆うぼんやりした薄明かりのむこうにはもはや届かない今日、十八世紀に思いをいたしてみるならば、産業革命以前にすでにあ

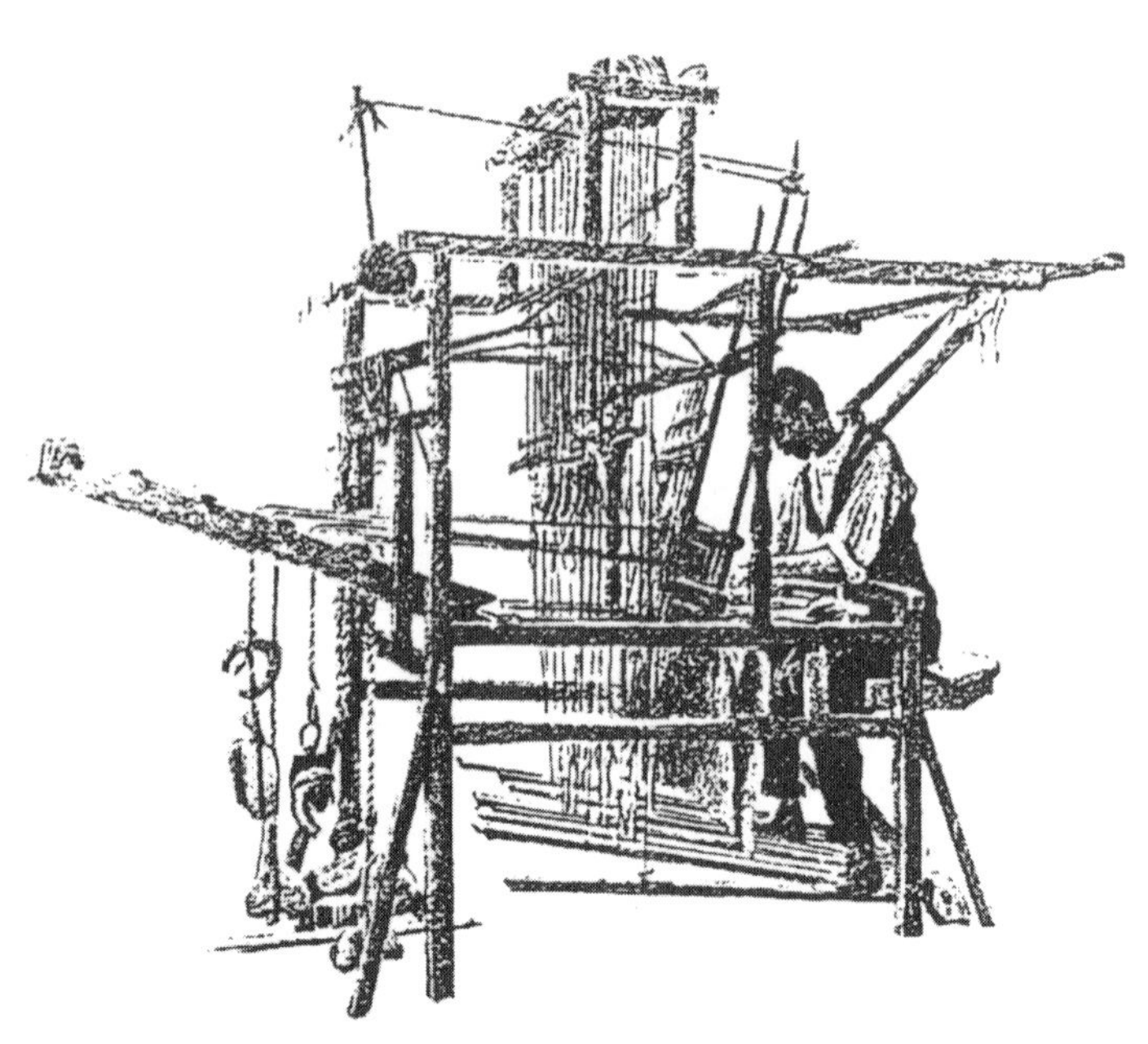

またの人間が、少なくともいくつかの場所で、木枠と横桟ででき、重りをぶらさげ、拷問器具か檻を思わせるような織機に貧弱な肉体をほぼ一生涯にわたって繋がれていたことに、あらためて奇異の念に打たれる。機械と人間のその独特の共生は、われわれがみずから発明した機械に縛りつけられていないかぎりこの地上では生きていけないことを、原始的であればこそ後代のいかなる労働形態よりもいっそうあからさまに示しているのだ。それゆえとりわけ織工と、とかく織工と共通点の多い学者や物書きは――と当時ドイツで定期的に刊行されていた『経験心理学』誌にはある――憂鬱と憂鬱より生じるもろもろの弊害に陥りやすいものである。四六時中背中を丸めて座り、しじゅう頭を悩ませ、作りだされた文様とはてしなくにらめっこしていなければならない仕事の性質からして、それ

も無理はなかろう。一日の仕事が終わってもとどまることのない物思い、誤った糸を手繰ってしまったのではないかという夢にすら押し入ってくる感情、それがいかなる絶望の深淵に人を追いやるものかは、たやすく想像はできまいと思う。しかしこうして心の病を得る反面、このことも記すに値するだろうと思うのだが、産業革命が起こる以前にノリッジの製造所（マヌファクトウア）で生産された織物、すなわち絹のブロケードや波紋タビネット、繻子や薄手繻子、キャムレットにシェブロン、プルーネラ、カリマンコやフロレンチン、ディアマント、グレナディン、ブロンディン、ボンバジーン、ベルアイル、マルティニクらはまことに多様多彩であり、繊細にうつろう、いわく言いがたい美しさを呈していたのだ。あたかも自然がみずから生み出した、鳥の羽根衣のごときに。――こうした思いに私がしばし駆られるのは、そうやってフランスから亡命してきた絹織工一家のかつての町屋敷（タウンハウス）であった小さなストレンジャーズ・ホール博物館のガラス棚に陳列された、欄外や空欄に謎めいた記号や図がぎっしり書き込まれてある布地見本帳に貼りつけられた素晴らしい色布を眼にするときである。十八世紀末にノリッジの製造業が衰退するまで、この布地見本帳――その頁の数々は、私にはどんな書物やどんな絵画も遠く及ばない、唯一まことの本の諸頁であるような気がしてならない――は、リガからロッテルダムまで、ペテルスブルクからセビリアまで、ヨーロッパいたるところの貿易会社に置かれていた。そして布地そのものはノリッジを出て、コペンハーゲン、ライプツィヒ、チューリヒの見本市に届き、そこから卸売り業者や商社の倉庫に運ばれて、たとえばそのなかの半絹のウェディング・ショールがユダヤ行商人の背負う行李に入れられ、アルゴイのイスニーやヴァインガルテンやヴァンゲンに運ばれすらしたかもしれないのである。

40 up

Blue Ground
doz 33 4 Martin

Dyd 6 July In the Ho.
34 4

Culham 2
½ doz 35 4 Pointer 2
... Blackburns Wf 2
½ doz 36 4
doz 37 4 Freeman

Black Ground
½ doz 38 4 ... 2 Fox Jr. 2

Smith Jr.
½ doz 39 4

Blossom Ground
½ doz 40 4 Harvey Wm 4

Dyd 6 July In the Ho.
41 4

42 2 4 Black & Saxon blue as No. 28 Davidson 2 Pointer 2

43 2 Black Ground & Sax Green as No. 30. Slater 2

44 2 Sax Green Ground & Blossom as No. 40 Bacon

45 6 Black In the Ho. Dyd 6 July

90 Sattins 17½ 29

1.10.0
46
1020
12d Dyd 27 June

16.4

Q

Seivell

14 May 1796

Dark Green warp as No. 4
1 4 Hastings

68 bro: up

236	3	4	Spencer 2 Crop Smith 2
237		4	Knight Dan 2 Smith Sam 2
238		4	Knight Nat 2 Barry Thos 2
239	3	4	Elsegood Wm 2 Johnson Wm 2
240		4	Walker Thos 2 Carver Jn 2
241		2	Doughty Wm 2
243		2	Duffield Jas
244		2	Love Tho
245		2	Jenkinson
246	3	4	Harvey Jas 2 Smouton Wm 2
247	1	4	Snelling Wm 2 Duffield Jas 2
248		2	Knights Dan
249		2	Brown Chas
250		2	Hutcher Ben

Lappits hanging out

110 Camblets 21 . 30

20.4

Lemon & Green Edges with a Scarlet End

This Supplement of Camblets to go to Cooke

2.5.3
38
1212
13.7

29 June 1797

L

1	2	Smith Sam

言うまでもなく当時、領邦の首都ですら夕暮れに豚の群れが宮殿広場を通っていったような後進国ドイツでも、養蚕業育成のためには最大限の努力が払われたのだった。プロイセンではフリードリヒ大王がフランス移民の力を借りて国家的に養蚕を起こそうとし、法令により桑畑を造らせて、蚕を無償で配布し、養蚕で成功した者には存分の報奨をあたえた。一七七四年にはマクデブルク、ハルバーシュタット、ブランデンブルク、ポンメルンの諸地域だけで七千ポンドの生糸がとれたという。同様のことはザクセン、ハーナウ伯爵領、ヴュルテンベルク、アンスバッハ、バイロイトでもおこなわれ、オーストリアの所領ではリヒテンシュタイン侯により、ラインプファルツではカール・テオドール選帝侯により奨められた。カール・テオドールは一七七七年にバイエルンに移ったさい、ミュンヘンでもただちに絹の総本部を創設している。フライジング、エーゲルコーフェン、ランツフート、ブルクハウゼン、そして首都ミュンヘンにもすぐさま養蚕のための大桑園が造られ、遊歩道、塁壁、全街路脇に桑が植樹されて、蚕室や糸繰り場が建てられ、工場もでき、大量の役人がそのために充てられた。しかし奇妙なことにバイエルンその他ドイツの領邦でこれほど精力的に奨励された養蚕は、充分に展開しきらないうちに衰退してしまう。桑畑はなくなり、桑は伐られて薪になり、雇われた役人は引退、煮沸釜、糸繰り機、蚕座は壊され、売られ、あるいは捨て去られた。一八二二年四月一日付けで、王宮庭園監督から農業協会理事会に宛ててつぎのような報告がなされている。先王の時代に存在した養蚕施設において養蚕・煮繭・糸繰りの監督をつとめ、九年間三百五十グルデンの俸給で雇われていた――と今日なおミュンヘン州立図書館に保管されている文書に記されている――ザイボルトなるいまだ存命の老染物師が、王宮庭園監督に語ったところによると、ザイボルトが在職していたころ、王命によって都市周辺のいたるところに何千本の桑が植えられ、番号を振られて、たちまち驚くほどに生長してみごとな葉を繁らせた。しかし、いまではそれもわずか二本しか残っていない、アインラス門前のフォン・ウッツシュナイダー織物工場前の庭に一本、二本目が自分の知るかぎりでは同様にささやかな養蚕を営んでいた元アウグスティノ修道院の庭にあるのみである、と。養蚕が導入まもなく衰退した主な原因は、商業的な採算がとれなかったからというよりは、それ以上にドイツの諸侯がなにを犠牲にしてもしゃにむに導入しようとした、その専制的な手法にあった。カールスルーエ在のバイエルン使節、ライガースベルク伯の追想録には、シュヴェツィンゲンでただひとり養蚕に従事していた桑畑の監督、カルなる人物の報告が記されている。それによると養蚕がもっとも盛んだったラインプファルツでは、一モルゲン以上の土地を所有するすべての臣民、役人、市民、居留民は、事情のいかん耕地の用途のいかんによらず、定められた期間内に一モルゲンあたり六本の桑の木を植えることが義務づけられていた。あらたに市民となった者は二本、居留民は一本、あらたに旅館・製パン・製錬業にたずさわる権利を得た臣民は一本、すべての王領小作人、期限付き小作人、永代小作人は一定数、村落の広場、街路、土手、境界堀、のみならず墓地にまで植樹を義務づけられ、このため臣民は、国営の養樹園から毎年一万本の桑を強制的に買わされることになった。桑の植樹と栽培は、町村の最若手の市民十二人の個人負担でおこなわれた。さらに各町村に二十九人の養蚕役人、特別管理人がおかれ、その各人が賦役を免除され、食費もつけて一日四十五クローネの支払いを受けるのもまた大きなかかりとなった。これらの命令によって生じる費用の一部は市町村がそのまま負担し、一部は税のかたちで農民に課せられた。このような、絹生産の実際の経済価値によってはとうてい正当化できない負担と、養蚕に係わる罪に重い罰金刑と体刑が科せられたこととが相俟って、よかれと思われた事業は、民衆に心底うとまれるようになった。結果、陳情、容赦願、訴訟、裁判が引きも切らず、高等司法官庁や行政官庁は年がら年中文書や書類であふれるありさま、とうとうカール・テオドール侯の死後、後継のマクシミリアン・ヨーゼフ選帝侯が、これをかぎりとすべての義務を撤廃して、無意味になるばかりの事業に終止符を打ったのだった。──一八一一年、すなわちドイツで養蚕が衰退するのと時をおなじくして、オーストリアで屋外養蚕の調査を委されていたいわゆる国境守備連隊がウィーンの帝国宮廷軍事顧問官に届けた報告も、やはり意気阻喪させるものであった。カランセベシュ駐留のヴァラキア゠イリュリア国境守備連隊、およびパンチェヴォ駐留のドイツのバナト第十二守備連隊からも、ミヒャレヴィクス大佐とホルディンスキ大佐の連名で、以下のような趣旨のほぼ同様の覚書が届いている。すなわち、当初蚕の順調な生育が見込まれていたところ、暴風とにわか雨にたたられ、またグローガウ、ペルラスヴァロシュ、イスビティエでは一度目、ホモリッツ、オッポヴァではすでに二度目の脱皮を終えていた蚕が降雹により葉からたたき落とされ、全滅してしまった、と。なお、蚕にはあまたの天敵がおり、幼虫を樹に載せたとたんに雀や椋鳥がむさぼり食ってしまう、と覚書は続けている。グラディシュカ連隊のミニチノヴィッチ大佐は、蚕の食欲不振、天候不順、蚋(ぶよ)や雀蜂や蠅について苦情を申し立て、ブロートの第七国境守備連隊ミレティヒ大佐は、七月十二日、まだ樹についていた幼虫と孵化した成虫が炎暑のため灼け死んだり、あるいは硬くなってしまった葉を食べられずに死んでしまったと報告している。こうした挫折にもかかわらず、一八二六年刊の著作『ドイツ養蚕の手引き』

において、従来の不手際や失敗をあたうるかぎり避けたうえで、登り坂をたどる国家経済の重要な一部門として、養蚕を強化すべきことを説いたのが、バイエルン枢密顧問官ヨーゼフ・フォン・ハッツィであった。総合教科書として書かれたハッツィのこの書物は、一八一〇年にミラノで公刊されたヴァレーザのダンドロ伯著『養蚕術』、ボナフーの『蚕の飼育について』、ボルツァーノの『養蚕の手引き』、ケッテンバイルの『桑の育成と蚕の飼育入門』などに続くものである。ドイツにおける養蚕をどん底から引き上げるには、とフォン・ハッツィは書く、一に過去の過ちを直視することが重要である、それは自分のみるところ高圧的な采配、国家の専制的な運営、笑止千万な規定で事業の意欲をことごとく殺いでしまう行政の仕組みによって生じたものである、と。フォン・ハッツィの見解によれば、養蚕に必要なのは、兵舎や病院に似た費用を食うばかりの特別の建物でも施設でもなく、かつてギリシアやイタリアでおこなわれていたように、いわばゼロから産み出せるもの、ごくふつうの部屋や空き間において副業として婦女子、使用人、貧者、老人、つまり収入をもたらす仕事に従事していない人々によって営めるべきものである。かかる大衆を基盤とする養蚕は、他国との競争でかならずや経済的優位をもたらすであろうし、のみならず、女子およびその他規則的労働に不慣れなあらゆる国民を良き市民とすることにも繋がるだろう。そのうえ、人間の庇護下で成長の段階を踏み、ついには肌ざわりよく有益この上ない布をもたらしてくれるこの目立たぬ虫を観察することは、青少年育成のための絶好の手段である。いかなる公共団体においても不可欠な、秩序と清潔の徳性を社会の最下層にも浸透させるまたとなき手段こそ、養蚕の普及なのである。ドイツの家庭でひろく養蚕がおこなわれるようになれば、国民の心性に変化が起こるものと期待される、と。つづいてフォン・ハッツィは、養蚕にまつわる誤解や偏見、たとえば蚕は堆肥温床や若い娘の胸の中でもっとも孵化しやすいとか、脱皮のさい寒い日ならストーブをつけ、雷雨の日は鎧戸を閉ざすべしとか、悪い瘴気を払うために窓辺に苦蓬(にがよもぎ)の束を吊せとかいったものを取り除こうとする。それよりははるかに賢明であるのは、とフォン・ハッツィは説く、規律と清潔に徹することであって、毎日部屋の換気をおこない、ときどきは海の塩、粉末マンガン、水少々を混ぜて発生する塩素ガスでできる安価な燻蒸をすることである。これにより黄疸、消耗など、蚕が罹りやすい病気も避けることができ、こうして養蚕の知識が自然にひろく普及していけば、あらゆる面で有益、かつ収益性のある国民的産業は確立したも同然である。フォン・ハッツィ枢密顧問官の夢みた、養蚕によって一体となり、より高い目的にむかって成長する国民国家の幻想は、失敗の記憶がまだ新しいだけに、当時は反響を見なかった。が、しかしそれは百年の冷却期間をおいて、ふたたび息を吹き返したのである。ドイツのファシストたちによって、彼らがこれと狙ったすべてのものに対する特有の徹底性を帯びつつ。そのことを発見して少なからず驚いたのは、昨夏、私の育った村の映画貸し出し所で仕事のからみから記憶に甦ってきた北海の鰊漁についての教育映画を探していたおりに、同一シリーズで制作されたとみえるドイツ養蚕の映画を見つけたときだった。おそろしく暗い、真闇のような鰊漁の映画とは対照的に、養蚕の映画は、まさしく目の眩むような明るさに満ちていた。白衣の男女が光あふれる漆喰の白壁の部屋の中で、純白の巻き取り枠、純白の紙、純白の覆い布、純白の繭、純白のリンネルの運搬袋を扱っていた。映画全体がこのうえなく良き清潔な世界を約束するものであり、その印象は、教師むけに添えられたらしい映画の付属パンフレットによってさらに強まった。ドイツは四年以内にドイツ国民の能力によって生産調達することのできる材料をすべて自給可能とする、との、一九三六年の帝国議会で総統が演説した計画を引き合いに出したうえで、パンフレットにはつぎのように書かれている。この計画が養蚕についても当てはまるのは無論のことであり、これにもとづいて帝国食糧農業相・帝国労働相・帝国林務相・帝国航空相により承認された養蚕振興計画を以て、ドイツにおけるあらたな養蚕の時代が幕を開ける。帝国生産理事会の一機関である社団法人帝国ドイツ小動物育種家連盟に所属する社団法人帝国ベルリン養蚕専門団は、既存のあらゆる養蚕家の生産性向上、出版物・映画・ラジオを通じての養蚕の宣伝、教育を目的とする模範養蚕、州・郡・市町村に専門家集団を組織しての養蚕家支援、植樹用桑の斡旋、未活用の土地・集合住宅・墓地・街路脇・鉄道土手・帝国アウトバーン沿いへの桑の植樹をはかることをその任務とする。ドイツにおける養蚕の意味は、と一九

Beihefte der Reichsstelle für den Unterrichtsfilm F 213/1939

Deutscher Seidenbau II

Aufzucht der Raupen
Verarbeitung der Trockenkokons

Von

Prof. Dr. Friedrich Lange

Kreisbildstelle
Sonthofen in Immenstadt

W. Kohlhammer / Verlag / Stuttgart und Berlin

三九年刊、付属パンフレットF213の著者ランゲ教授は述べている、外国為替市場を不必要に圧迫している輸入を止めさせることにあるのみではない、空中戦争の時代にあって現在着々と進められている自立した国防経済の確立にとって、絹が重要な役割を果たすことにある。この見地から、学校においてもドイツ青少年に養蚕への関心を喚起する必要がある、しかしながらフリードリヒ大王のように強制によってはならない。教師、生徒ともども、自由意志から養蚕をおこなうことが肝要である、と。養蚕の学校への導入にあたり、ランゲ教授は、校庭は桑の木の垣根で囲み、校舎内で蚕を育てればよい、と述べている。なによりも蚕はその実用的価値のみならず、授業にとっても理想的な教材である。ただ同然でどれだけでも入手でき、文句なしに〈すなおな家畜〉として、檻も囲いもなしに飼うことができ、成長の各段階ではさまざまな実験（計量、測定ほかいろいろ）に活用できる。昆虫の体の構造と特徴、家畜化、退化が目に見える形でわかり、また人間による育種に際して必要な方法の基本、つまり生産性コントロール・選別・種の退廃を防ぐための抹殺などの方法がわかる。――映画そのもののなかでは、養蚕家たちがツェレ市の帝国養蚕研究所から送られてきた卵を受けとるシーン、清潔な箱に納めるシーン、蚕の孵化と食欲旺盛な幼虫に餌をやるシーン、数度の床の取り替え、蔟（まぶし）での繭作り、そして最後の殺蛹のシーンが出てくる。殺蛹はかつてのように繭を陽に晒したり、熱したオーブンに入れたりするのではなく、煮沸している大釜の上で蒸しておこなう。平容器にひろげた繭を下の釜から昇ってくる蒸気に三時間あて、一回分が終われば、つぎの分をおこなって、殺戮が完了するまで続けられる――。

今日、この書き物を終えようとしているこの日は、一九九五年四月十三日である。イエスが弟子たちの

足を洗ったという洗足の聖木曜日、そして殉教者聖アガトン、聖カルプス、聖パピルス、聖ヘルメネジルドの日である。いまからきっかり三百九十七年前の今日、アンリ四世によりナントの勅令が出された。二百五十三年前、ヘンデルのオラトリオ《メサイア》がダブリンで初演された。二百二十三年前の今日、ウォーレン・ヘイスティングズがインド、ベンガルの知事に任命された。プロイセンでは百十三年前の今日、反ユダヤ主義同盟が設立され、七十六年前の今日、インドのアムリトサルで、ジャリヤーンワーラー広場に集まっていた一万五千人の蜂起した民衆にむかってダイヤー将軍が見せしめのために発砲、虐殺が起こった。そのときの犠牲者の少なからぬ人々が、当時アムリトサルあたり、いやインド全土ですこぶる簡素な方法でひろまりつつあった養蚕に従事していたことだろう。五十年前のこの日には、ドイツでツェレ市が陥落し、赤軍がドナウ河沿いに着々と進撃を続けるのに対しドイツ軍は後退の一途にある、とイギリスの新聞が報じた。そう、そして最後に一九九五年四月十三日の洗足木曜日、朝はまだ私たちの知るところではなかったが、クララの父がコーブルクの病院に運ばれ、ほどなくこの世を去った。

これを綴っているいま、ほとんど厄災ばかりからなっている私たちの歴史を顧みながら、かつて上流階級の婦人たちにとって黒絹タフタの重いローブや黒いクレープデシンを身に纏うことが、深い哀悼にただひとつ相応しい表現だとされていたことが思い起こされる。たとえばヴィクトリア女王の大葬の際、当時のモード雑誌が伝えるところによると、テク公爵夫人はまさしく息を呑むような、厚いヴェールに包まれた黒いマンチュアシルクのドレスであらわれたのだった。この衣装はノリッジの絹織物業者ウィレット&ネフューが、ついに廃業する直前に、絹の喪服地分野ではなお他の追随を許さない自社の技術を示そうと、ただこのためにのみ、六十歩長の服地を作らせたものだった。また、絹商人の息子として目利きであったろうトマス・ブラウンは、どの頁であったかもう見つからなくなってしまったが、『伝染性謬見』の一節にこんなことを記している。同時代のオランダでは、死者の出た家の鏡のことごとく、風景や人物や野の果実の描かれた絵画のことごとくに、喪のための黒絹の薄紗を掛けておく習慣がある、それは肉体を離れて最後の旅路をたどる魂が、わが身の姿やいまとこしえに失われゆく故郷の景色を眼にすることによって、惑いを起こすことがないようにとの配慮からである、と。

解説　この世にとうとう慣れることができなかった人たちのための　柴田元幸

アメリカほどではないにせよ、今日ではイギリスでも自動車が旅の主要な移動手段になってきているようである。人々は自分の車で点から点へと移動し、鉄道やバスにかつてほどの重要性はない。ましてや、一日のハイキングならいざ知らず、何日も徒歩で旅する人などどこにも見当たらない。

だが、『土星の環』の語り手である、著者ゼーバルトに限りなく近い人物は、徒歩でイギリスのサフォーク州を旅する。次はどこへ行くのか、読者にはよくわからぬまま、ゼーバルトが長年勤めたイーストアングリア大のあるノーフォークの隣州を歩きつづける。作品中、列車と飛行機に一度ずつ乗りはするが、列車は「レールの上をおぼつかなく揺れていく」頼りない「古いディーゼル列車」だし、かつてアムステルダムから乗ったという飛行機もやはり「小さなプロペラ機」であり、たしかに列車や飛行機ではあれ限りなく非現代的である。

歩く旅という、今日およそ標準的でない旅をする者は、時に白い目で見られ、宇宙人扱いされる。だがだからこそ、およそ標準的でないものを目にすることも時にはできる。誰も知らない人々に出くわし、誰からも忘れられた風景を嗅ぎつけつつ、『土星の環』の語り手は、知識と想像力の助けを借りて、目の前の情景から過去の栄華と未来の廃墟を見通す。

こんにちのダニッチは、中世にヨーロッパ屈指の港を有した都市のわずかな残骸である。かつてはここに五十余の教会、僧院、病院があり、造船所があり、砦があり、八十隻の漁船や商船、何十基もの風車があった。そのことごとくが海中に没した。いまそれらは堆積した砂礫の下に、海底二、三マイル四方にわたって沈んでいる。聖ジェイムズ、聖レナード、聖マーティン、聖バーソロミュー、聖マイケル、聖パトリック、聖メアリ、聖ジョン、聖ピーター、聖ニコラス、聖フィーリクスといった教区教会が、侵蝕によってじわじわと後退をとげていった崖の端からひとつまたひとつと海に落ちていき、そのむかし町が築かれていた土台と岩もろとも、徐々に深い海底に沈んでいったのだ。おかしなことにその後には筒状に塗り固められた井戸のシャフトばかりが残った。それらはかつて自分を取り巻いていたものから解き放たれて、さまざまな年代記の記すところでは何百年もの間、さながら地下の鍛冶屋が地面から煙突を突き出しているといったていで、がらんとした風景にぽつぽつと聳えていたという。だが消え去った町の象徴的存在だったそれらも、最後には崩れ落ちた。一九八〇年ごろまでは、いわゆるエクルズの教会塔がまだダニッチの海端に立っていた。かつてはかなり高いところにあったはずであって、そこから傾きもせずにどうして海面の高さまで下りてくることができたものか、だれにもわからなかった。この不思議はいまなお解明されていないのだが、近ごろおこなわれた模型による調査から推測されるところでは、謎のエクルズ教会塔は砂地の上に建てられており、そのため自重によってきわめてゆっくりと沈んでいき、壁に損傷を受けなかったのだろう、とされている。

「諸行無常」「栄枯盛衰」といった四文字熟語がつい頭に浮かんでしまうようなこうした記述は、『土星の環』のいたるところに見られる。歴史を発展でも進歩でもなく、長い長い衰退、腐朽として捉える感性がここにはある。

ここにはまた、この本を貫いている、ある種の淡いノスタルジーも感じられる。たとえばほかにも、かつては壮麗そのものだったが現在は見る影もないサマレイトン屋敷について、語り手は「どれほどよそよそしい冷たさを放っていたことだろう、という思いが脳裡をかすめた、大実業家にして議会議員、モートン・ピートーの時代には。地下室から屋根裏にいたるまで、食器から便所にいたるまで、隅から隅までぴかぴかの新品で、一分の隙もなく調和し、嫌になるほど品が良かった。それに比して、崩壊の縁に立ち、もの言わぬ廃墟にゆっくりと近づいていこうとしているいま、領主屋敷はなんと趣き豊かなことだろう」と述べている。そもそも彼は、「二十世紀初頭に刊行された……旅行案内書」を旅のガイドに用いているのだ！

さらに、ゼーバルトの作品の常として、静かなユーモアもここにははっきり読みとれる。ダニッチにあっては、「砂上の楼閣」という比喩がまさに文字どおり実現してしまう——しかも数世紀かけて。そのことの可笑しさ！　どんな出来事でも、ゼーバルト作品にあっては、何らかの意味で「笑い事」である。

むろん、ノスタルジーやユーモアというだけで片付けられない瞬間も、『土星の環』にはくり返し現われる。はっきりした例を挙げれば、ベルゲン＝ベルゼンという固有名が、話の本筋とは直接関係なく出てきたとたん、我々は、二ページにまたがる、強制収容所での屍体の山を写した写真を突きつけられることになる。あるいはまた、ジョウゼフ・コンラッドがコンゴで目の当たりにした植民主義の残虐をめぐる記述。太平天国の悲惨な末路。とりわけ作品後半において、「笑い事では済まない」出来事に我々はくり返し出会う。

とはいえ、ノスタルジーやユーモアを——特にユーモアを——非本質的な装飾として片付け、真剣な歴史意識を本質と捉えるのも、ゼーバルト文学の核を見逃してしまうことになるだろう。たしかに、瓦礫と化した終戦直後のドイツで育ち、参戦したものの戦争については語りたがらなかった父親を持つゼーバルトにとって、第二次大戦の残した傷あとをめぐる意識はことのほか強く、ホロコーストもつねに大きな関心事でありつづけた。収容所の写真にしても、したがって一見大真面目に、半世紀前に起きた悲惨な事態に我々の目を向けさせようとしているようにも思える。だが、どうなのだろう。ほかの写真と較べてあまりに大きい、そのあからさまぶりは、むしろ、「これは笑い事では済まないのだ」と、自分を正義の側・真面目な側に置こうとすることの硬直性を、どこかで疑っていることの表われのようにも見えないだろうか。ゼーバルト作品における写真は、ストレートに現実感を補強するどころか、語られていることを時にきわめて露骨に、また時には逆にきわめて遠回しに図像化することで、語られていることの正しさをむしろ疑うよう我々をそそのかしているようにすら思える。ミルトンの「この世の野原でわれわれになじみの善悪は、ほとんど一体となって生い育つ」という言葉は、本書のエピグラフのひとつだが、それと同じように、何もかもが朽ち、衰えていくゼーバルトの作品世界にあっては、悲惨と滑稽もまた、つねに「ほとんど一体となって生い育つ」のである。

すべてが朽ち、崩壊していく世界にふさわしく、『土星の環』の語りはおよそ建築的ではない。本筋と思えたものから、話はつねに脱線・逸脱していき、いつしかそうした脱線や逸脱こそが本筋になっている。が、そうしたパターンは一緒でも、そしてその脱線や逸脱のありようは、当然その都度その都度違っている。先に挙げたダニッチの衰退などは、たしかにある意味で『土星の環』作品世界の縮図ともとれようが、作中入れ替わり立ち替わり現われる奇妙なエピソードは、それぞれ独自の奇怪さを有していて、印象としては、すべてが次第にひとつに収斂していくのではなく、何もかもがいつまでも、横滑りしていく感がある。ゼーバルトにあっては、部分は全体を代表しない。『土星の環』の語り手はボルヘスの「トレーン、ウクバール、オルビス・テルティウス」に何度か言及しているが、ゼーバルトがボルヘスのように、世界丸ごとを数ページで夢見たり、世界が一点に凝縮されたさまを思い描いたりすることはおよそ考えられない。

むろん、はてしない脱線と逸脱のなかにも、大まかな流れのようなものがないわけではない。前半はすでに述べたように「諸行無常」を感じさせる逸話が主となっていて、後半は歴史の残虐という問題がゆるやかなテーマとなっている逸話が多く、それが第八章の、オーフォードにある謎の研究施設跡の訪問でひとまずのクライマックスに達する、というふうにまとめてもそれほど不都合はないだろう。

そして、そうした全体を考える上で、書き出しまもなくに挙げられている、二人の人物をめぐる記述などは、この本を読み解く一種の鍵と考えることができるかもしれない。ひとつは、十七世紀イギリスの文人サー・トマス・ブラウンについての、「十七世紀イギリスの諸作家におなじく、ブラウンもまた浩瀚な学識を身に帯び、膨大な引用の宝と先達のあらゆる権威の名前を頭におさめ、とどまるところを知らない隠喩と類比を駆使して、迷宮のごとき、ときとして一頁にも二頁にもわたる文の形象を構築していったのであり、そのすこぶる壮麗なさまは、祭事か葬送の行列にも比せられるものであった」という記述。もうひとつは、かつての同僚ジャニーン・デイキンズの研究室を占領している文書をめぐる、「すでに何年も前から、ジャニーンは膨張しつづける紙塊のために、ひとつの机から別の机へと退避を余儀なくされていた。続いておなじような堆積過程を経ていったそれらの机は、いうなればジャニーンの紙宇宙の進化における、後世の諸々の時代を表していた。床の絨毯も、とっくの昔に幾層にも重なり合った紙の下に姿を消していた。いや、紙はこんどは床からはじまって、ある高さまでいくとまた低くなることをくり返しつつ、やがて壁を這い登りはじめ、ついにはドアのてっぺんにまで達し……」といった記述であり、それに対するジャニーン本人の、「ここの物は見た目には乱雑だけれども、ほんとうは完璧に秩序だっているんです、いや、完璧さにむかって進んでいくある秩序を表しているんです」という言葉である。

これらを、『土星の環』全体を考える上でのモデルと見てもいい気はする。「迷宮のごとき、ときとして一頁にも二頁にもわたる文」とはまさにゼーバルト自身の文章を指しているように思えるし、ジャニーンの紙宇宙の膨張にしても、その卓抜な戯画化のように読める。だが、ブラウンの文章に関して使われている、「宝」「権威」「壮麗」といった言葉が似合うにはゼーバルトの文章はあまりに憂鬱に浸されているし、ジャニーンの言う「完璧に秩序だった」事態を夢見るには崩壊をめぐるゼーバルトの意識はあまりに強いと言わねばならない。結局のところ、『土星の環』を読み解く鍵は――そもそも鍵があるのかどうかは――読み手が一人ひとり探さねばならない。

なお、『土星の環』というタイトルは、ヴァルター・ベンヤミン初期の草稿「土星の輪あるいは鉄骨建築」（邦訳『パサージュ論――V』所収）を踏まえたものであるだろうし、スーザン・ソンタグが思い描いたメランコリー者ベンヤミンの像（「土星の徴しの下に」）と『土星の環』の語り手との親近性を見てとる方も多いだろう。だが個人的には、部分が全体を代表しないこの書物のなかであえて部分に全体を探すなら、語り手の人となりを一番端的に伝えるのは、別々に現われる二つの発言の組み合わせではないかと思う。ひとつは、語り手自身が見た夢をめぐる「夢うつつに、オランダ語が一語一語、ひとこと漏らさず理解でき、生涯ではじめて、私は家にたどり着いた、と思った」という哀切な一言であり、もうひとつは、没落して自宅をベッド&ブレックファストとして開放したものの何年も一人も客の来なかった家（語り手が初めての客だった！）の女主人が口にする一言である――「ときどき思うのですよ、［私たちは］この世にとうとう慣れることができなかったと」。

訳者あとがき

鈴木仁子

イギリス南東の一角サフォーク州の海岸縁や内陸にひっそりとある町々をめぐる徒歩の旅。荒涼とした風景に思索がよびさまされ、過去の事跡からつぎつぎに連想の糸がたぐられていく。

ゆっくりと衰微していくサマレイトンの豪奢な館、鰊の死骸を山と積んで漁獲を誇ったかつての鰊漁の名残りをとどめる浜のテント群、いまや繁栄の面影もないが、アフリカから戻ったコンラッドが寄港した港町にして保養地のロウストフト、中国皇帝が乗るはずだった列車が走行していた鉄橋……。そして本書の同伴者となる十七世紀の医師、トマス・ブラウンをはじめとした、魂の近親者である古今の人々との出会い。

読み終えて、なんともふしぎな感興におそわれた。くらくらと、まさしく目眩をおぼえ、部屋をグルグルと歩き回ったことを憶えている。何世紀にもまたがる異なる時間と、ヨーロッパからアジア、アフリカをも含む異なる空間が、サフォーク州を舞台としたこの一冊の書物の中にある。というよりも一冊の書物が、消え去ったさまざまな空間と時間とを、いまここに呼び戻している。〈私〉という旅人は、どこか別世界からやってきた人のように、私たちの目には見落とされる破片を拾い上げ、想起によって、忘れ去られた廃墟を甦らせる。それが未来の廃墟の姿であることも、本書を旅した者にはわかるのだ。

人間の営みを、人間によって引き起こされる破壊と惨禍を、その存在の移ろいやすさとともに見つめようとする眼。だが歴史を見つめるその眼差しは、大文字の歴史であるよりは、そこに巻きこまれた個々の人間の生、その苦痛に注がれている。本書にはさまざまな立ち位置からのさまざまな眺めが言及されているが、「距離が大きくなればなるほど、視界はくっきりとしてくる。もっとも微小な細部が、これ以上ないほど克明につぶさに見える。望遠鏡を逆さまにしたものと顕微鏡とをいっしょに見るようなものだろうか」と記されるブラウンの遠近法に、ゼーバルトは想起のひとつの理想をみていなかっただろうか。

ゼーバルトがいま眠っているのは、黒い菫の褥（しとね）に横たわってみずから死を選んだ友人、ファラーが埋葬されているノリッジ近郊フラミンガム・アールの小墓地であるらしい。訳しているうちに著者と語り手をごっちゃにしてしまった訳者は、〈私〉が友人の埋葬に立ち会っているそのシーンで、著者が自身の亡きがらを見つめて立っているような感覚に駆られてしかたがない。生きながらにして、すでに彼岸の眼を持っていたような人。書くことを疑いながらも、「書き物というものの不可思議な生命力」に思いを致したのもその人だった。

このたびも参照されている作品について多くの既訳のお世話になった。なかでもトマス・

ブラウン『医師の信仰・壺葬論』（生田省悟・宮本正秀訳　松柏社）、グリンメルスハウゼン『阿呆物語』（望月市恵訳　岩波文庫）、オウマ・カイヤム著、フィッツジェラルド訳『ルバイヤート』（井出俊隆訳　南雲堂）、ホルヘ・ルイス・ボルヘス『幻獣辞典』（柳瀬尚紀訳　晶文社）、同『伝奇集』（鼓直訳　岩波文庫）、フリードリヒ・ヘルダーリン『ヘルダーリン全集』（手塚富雄ほか訳　河出書房新社）からは該当箇所を概ねそのまま、あるいは少々改変するかたちで踏襲させていただいた。訳者の方々に心からお礼を申しあげたい。

第一章に出てくるグリンメルスハウゼンの『阿呆物語』からの引用部分（27頁）について付記しておく。〈刻々変幻〉と訳しておいたバルトアンデルスが書記に変身して書きつける文章は、図版としても引用されているが、「われは初めにして終わりにして、いかなる場所にても真なり」という冒頭の一句の指示に従って、つづく各句の冒頭と末尾の一字ずつを拾って読んでいけば、「その事物がいかなる歴史を持つかを考え、それにより適当に問答をつくり、それにより事物に近きものを想像せよ、しからば汝の愚かなる好奇心をみたすことを得べし」（望月市恵訳）となるしくみだ。また手塚富雄訳を参考にさせていただいた第七章に見えるヘルダーリンの詩句「夜が来たのだ、この驚くべきものが、人の世の異郷の客として、山々の背から、悲愁をおびて壮麗に」は、詩「パンと葡萄酒」から採られたもので、ゼーバルトの原作では、原詩のドイツ語ではなくわざわざ英訳したものが載せられている。言うまでもなく、そのあとに〈私〉が会うことになるマイケル・ハムバーガーの手になるものだ。

ドイツからの移民であるハムバーガーは自身詩人であるほか、ヘルダーリン、リルケ、トラークルなどのドイツ詩を英語に訳した翻訳者としても名高い。ゼーバルトの死後に出版された画家ヤン・ペーター・トリップとの共著になる画文集『語られずに』の英訳はハムバーガーが手がけている。邦訳では英語の音訳ルビを振っておいた。

なお『土星の環』の第一章は、ゼーバルトを先駆けて日本に紹介なさった柴田元幸氏が『新潮』(二〇〇一年新年号)誌上に英語から訳出されている。柴田氏の邦訳からは多大な恩恵をこうむったが、とりわけブラウンの文章が英文のまま引用されている箇所の一部は、訳文をそのまま使わせていただいた。別して深謝します。また一々お名前を挙げないが、いつにも増して多かった他国語の読みをご教示下さった多数の方々、本当にありがとうございました。

訳者略歴
一九五六年生まれ
名古屋大学大学院博士課程前期中退
椙山女学園大学教員
翻訳家
主要訳書
ベーレンス「ハサウェイ・ジョウンズの恋」
ゲナツィーノ「そんな日の雨傘に」
ゼーバルト「アウステルリッツ」
「移民たち」
「目眩まし」
「空襲と文学」
「カンポ・サント」
「鄙の宿」（以上、白水社）

土星の環　イギリス行脚（新装版）

二〇二〇年七月二五日　第一刷発行
二〇二四年四月五日　第三刷発行

著者　W・G・ゼーバルト
訳者 ©　鈴木仁子（すずきひとこ）
装幀者　緒方修一
発行者　岩堀雅己
印刷所　株式会社理想社
発行所　株式会社白水社

東京都千代田区神田小川町三の二四
電話　営業部〇三（三二九一）七八一一
　　　編集部〇三（三二九一）七八二一
振替　〇〇一九〇-五-三三二二八
郵便番号　一〇一-〇〇五二
www.hakusuisha.co.jp
乱丁・落丁本は、送料小社負担にてお取り替えいたします。

株式会社松岳社

ISBN978-4-560-09778-6
Printed in Japan